Ngũgĩ wa Thiong'o behandelt im dritten Band seiner Erinnerungen Jahre von entscheidender Bedeutung: Während seiner Studienzeit von 1959 bis 1964 findet er seine Stimme als einer der bedeutendsten Schriftsteller der Gegenwart.

An der Universität spiegeln sich die einschneidenden Veränderungen, die den Kontinent zu jener Zeit erfassen – die alten Kolonialreiche zerfallen, die neuen Staaten suchen nach ihrem Weg. Ngũgĩ wa Thiong'o ist Beobachter und Motor dieser Unabhängigkeitsbewegungen. Unterdrückung und Erniedrigung setzt er eine Literatur entgegen, die den unbedingten Willen zu einer eigenen Identität widerspiegelt. Im Austausch mit Chinua Achebe, dem er 1962 begegnet, erfindet Thiong'o die afrikanische Literatur neu. So wird aus dem jungen Träumer der Traumweber, der sich der Wahrheit verschreibt, und einer der herausragenden Schriftsteller der Gegenwart.

Ngũgĩ wa Thiong'o wurde 1938 als Sohn einer traditionellen Bauernfamilie in Kenia geboren. Nach dem Besuch einer Missionsschule studierte er am Makerere University College in Kampala, Uganda, und an der University of Leeds in Großbritannien. 1977 wurde er wegen eines Theaterstücks in Kenia verhaftet und ohne Anklage für ein Jahr inhaftiert. 1982 musste er sein Heimatland verlassen, ging zunächst ins Exil nach London und schließlich in die USA. Mit seinem umfangreichen Romanwerk und politischen Essays zählt er heute zu den bedeutendsten Schriftstellern Afrikas. Ngũgĩ wa Thiong'o lebt in Kalifornien, wo er an der University of California in Irvine lehrt. Im Fischer Taschenbuch Verlag liegen vor: »Träume in Zeiten des Krieges«, »Im Haus des Hüters« und »Herr der Krähen«.

Weitere Informationen finden Sie auf *www.fischerverlage.de*

Ngũgĩ wa Thiong'o

Geburt eines Traumwebers

Zeit des Aufbruchs

Aus dem Englischen von Thomas Brückner

FISCHER Taschenbuch

Bildnachweise: AFP / getty images (S. 233), Archiv Ngũgĩ wa Thiong'o (S. 155, 168, 210, 217), Bernth Lindfors (S. 2017, 214), Nat Frothingham (S. 70), Kimũnya wa Ngũgĩ (S. 103, 110), Makarere University (S. 8, 34), Susie Tharu (S. 173)

MIX
Papier aus verantwortungsvollen Quellen
FSC® C083411
FSC www.fsc.org

Erschienen bei FISCHER Taschenbuch
Frankfurt am Main, März 2018

Lizenzausgabe mit freundlicher Genehmigung
des A1 Verlags, München

Die Originalausgabe erschien 2016
unter dem Titel »Birth of a Dream Weaver.
A Memoir of a Writer's Awakening« bei The New Press, New York

Druck und Bindung: CPI books GmbH, Leck
Printed in Germany
ISBN 978-3-596-29815-0

In Erinnerung an Minneh Nyambura, die heute in ihren Enkelinnen gleichen Namens weiterlebt: Nyambura wa Mũkoma, Nyambura wa Saami und Nyambura wa Ndũcũ.

Sprachlicher Hinweis

In diesen Erinnerungen wird der bewaffnete Widerstand, den die Briten als „Mau Mau“ titulierten, bei seinem korrekten Namen genannt: *Land and Freedom Army (LFA)*. Ihre Kämpfer werden als Soldaten bezeichnet.

Prolog

Im Juli 1959 schrieb ich, Untertan einer britischen Kolonie, mich am Makerere University College ein. Im März 1964 ging ich als Bürger eines unabhängigen afrikanischen Staates ab. Dazwischen, zwischen Untertan und Staatsbürger, wurde ein Schriftsteller geboren. Dies ist die Geschichte, wie aus dem Hirtenjungen, dem kindlichen Arbeiter und dem Träumer in der Oberschule aus „Träume in Zeiten des Krieges“ und „Im Haus des Hüters“ ein Traumweber wurde.

Sir Bunsen mit der Mutter der britischen Königin bei der Abschlussfeier am Makerere am 20. Februar 1959

Die Wunde im Herzen

Ein britischer Beamter ist zu so etwas nicht fähig. Deswegen ...
Weswegen?
Ein britischer Beamter. Deswegen. Nichts weiter.

Ich lehnte an einer Säule in Queen's Court, so benannt zu Ehren von Queen Elizabeth, nachdem sie im April 1954 gemeinsam mit dem Duke of Edinburgh Uganda besucht hatte, und versuchte, die Neuigkeit zu verarbeiten. Der Court, ein von Gebäuden umschlossenes Viereck mit griechischen Säulen am Eingang, bildete das Zentrum der Geisteswissenschaften und beherbergte unter anderem auch das English Department. Meine Kommilitonen *Bahadur Tejani*, Bethuel Kurutu, Selina Coelho und Rhoda Kayanja gingen an mir vorüber und winkten mir zu, mich ihnen anzuschließen, aber ich ignorierte ihre Aufforderung. Würden sie meinen Kummer verstehen können?

Peter Nazareth hätte mich vielleicht verstanden. Er war zwar am College ein Jahr über mir, tatsächlich aber zwei Jahre jünger als ich. Er war 1940 in Kampala in Uganda zur Welt gekommen und ich 1938 in Limuru in Kenia. Wir hatten gemeinsam für „Penpoint" gearbeitet, die Literaturzeitschrift des Department of English, doch er hatte inzwischen seinen Abschluss gemacht und mir die Herausgeberschaft übertragen. Und nun führte ich Selbstgespräche, fühlte mich einsam, versuchte, in einer Wirklichkeit die Nerven zu bewahren, der ich ohnmächtig gegenüberstand. Mein Einakter „The Wound in the Heart" war nicht zum alljährlichen landesweiten Theaterfestival am Kampala National Theater zugelassen.

Peter und ich wohnten in verschiedenen Wohnheimen; es war ein Leben voll freundschaftlicher Rivalität vom Sport bis zum Theater; und bislang war noch jedes siegreiche Stück des Englisch-Wettstreits der Wohnheime auf dem Hügel im einzigen wichtigen Theater der Stadt aufgeführt worden.[1] Das war der begehrte Preis für den Sieg: Das Stück kam auf die nationale Bühne. Keine materielle Ehrung war damit verbunden, das Prozedere erinnerte eher an das Drama in der Akropolis im antiken Griechenland, wo die Anerkennung einer Schöpfung der Fantasie jeden materiellen Gewinn hinter sich ließ.[2]

Im vergangenen Jahr, 1961, war „The Rebels", mein allererster Einakter und Wettbewerbsteilnehmer für die Northcote Hall, Zweiter hinter dem Sieger geworden: Nazareths „Brave New Cosmos", dem Wettbewerbsbeitrag der Mitchell Hall, der später im Theater in Kampala aufgeführt wurde. Zu Zeiten seines „Cosmos" war Nazareth bereits eine am gesamten Makerere anerkannte Persönlichkeit, eine eindrucksvolle Erscheinung, was Musik, Sport, Theater, studentische Politik und Literatur anging.[3] Zwar hatte es für mich gegen diese Ikone des Hügels nicht zum Ritterschlag gereicht, aber aufgegeben hatte ich nicht. Und in diesem Jahr, 1962, hatte mein Stück „The Wound in the Heart" gewonnen. Gemeinsam mit meiner Erzählung „The Village Priest", die den Preis in der Kategorie Kurzprosa abgeräumt hatte, hatte das Stück dazu beigetragen, dass Northcote Hall den ganzen Wettstreit gewann. *Hugh Dinwiddy*, der Wohnheimpräfekt, begrüßte das Gesamtergebnis als begeisternde Neuigkeit, „weil die Qualität der Arbeit sehr hoch war, die für diesen Sieg geleistet wurde", und auch, weil „so viele Bewohner der Hall diesem Ziel ihre Dienste zugetragen hatten".[4] Meine Truppen waren gut aufgestellt. Auf geht's zum National Theater, glaubte ich.

Ich spürte, dass etwas nicht stimmte, als die außerordentliche Aufregung, die immer mit der unvermeidlichen Aufführung im National Theater einherging, im Laufe der Zeit verpuffte. Die Professoren, von denen ich glaubte, dass sie Bescheid wüssten, wichen mir aus, aber zu guter Letzt gelang es mir, *David John Cook* zu stellen.

Cook gehörte zu den zwei aktivsten im Lehrkörper bei der Unterstützung künstlerischer Unterfangen von Studenten. Absolvent des Birkbek College der University of London, hatte Cook 1961, von der University of Southampton kommend, das Makerere kurz besucht und war 1962 mit einer Festanstellung zurückgekehrt. Er setzte seinen jugendlichen Einfluss für die wachsende Zahl lokaler Talente ein, die nach der von Margaret MacPherson geförderten Generation mit *David Rubadiri, Erisa Kironde* und *Rebecca Njau* kam. Margaret MacPherson war die treibende Kraft hinter dem Hervortreten dieser ersten Generation studentischer Schriftsteller auf dem Hügel und 1948 stolzes Gründungsmitglied des English Departments.[5]

Dieses Institut war das Kronjuwel des Colleges, das 1922 als technisches Gymnasium seinen Anfang genommen, sich zur diplomvergebenden Institution ausgebildet hatte und seit 1949 der University of London angeschlossen war. Diese Entwicklung hat MacPherson in ihrem Buch „They Built for the Future“[6] nachgezeichnet, dessen Titel sie dem Wahlspruch des Makerere entlehnte. Das College war für das gesamte britische Reich in Ost- und Zentralafrika zuständig und nahm vorrangig Studenten aus Uganda, Kenia, Tanganyika, Sansibar, Malawi (damals Nyasaland), Sambia und Simbabwe (damals Nord- und Südrhodesien) auf. Das English Department war der Hort der kolonialen Herrschaftssprache.

Ich traf Cook in seinem Büro im Institut. Er hatte meine Bemühungen unterstützt, gehörte zu den ersten, die mir zum Sieg gratulierten; er war mit John Butler befreundet, Dichter und Leiter der Lubiri Secondary, einer führenden Oberschule in Kampala, der regelmäßiger Gast sowohl beim Uganda Drama Festival als auch dem Student Drama Festival war und außerdem derjenige, der bei dem Wettbewerb, in dem mein Stück gewonnen hatte, zu entscheiden gehabt hatte. Cook forderte mich auf, mich zu setzen, schien aber nicht begeistert, mich zu sehen. Ich kam gleich zur Sache: Ob er wüsste, warum meinem Stück die Bühne des National Theater verweigert wurde?

Er sah mir nicht in die Augen und sagte etwas über den British Council, Rassenbeziehungen und all das. Und dann diese Worte. „Sie glauben nicht, dass ein britischer Beamter dazu fähig ist." Er verhielt sich ungewöhnlich geschäftig, schob Papiere auf dem Tisch hin und her. Sie haben nichts gegen das Stück als solches, murmelte er, aber sie sind der Meinung, dass ein britischer Beamter nicht fähig ist, so etwas zu tun!

Das Stück spielt in der Zeit des bewaffneten Befreiungskampfes gegen den britischen Siedlerstaat in Kenia. Die Briten hatten dieser Befreiungsbewegung, die überall nur *Land and Freedom Army (LFA)* hieß und seit 1952 gegen den Kolonialstaat kämpfte, die Bezeichnung „Mau Mau" angehängt. Sie steckten viele zivile Anhänger der Bewegung in Konzentrationslager, die man damals verharmlosend Internierungslager nannte. In „The Wound in the Heart" geht es um einen LFA-Soldaten, der aus solch einem Konzentrationslager nach Hause kommt und feststellen muss, dass ein weißer District Officer seine Frau vergewaltigt hat. Diese Szene wird nicht dargestellt; sie wird lediglich erwähnt, erzählt und nicht gezeigt. Nicht die Vergewaltigung bildet den wesentlichen Handlungsfaden, sondern die ursprüngliche Weigerung des Mannes, sich mit der Veränderung abzufinden.

John Butler, der Preisrichter, beschrieb das Stück als schön geschrieben und fein aufgebaut und lobte die Inszenierung und die Darsteller dafür, dass sie der Qualität des Stücks gerecht wurden.[7] Und da Butler Mitglied des Drama Festival Committee war, muss er dort ebenfalls für die Aufnahme des Stückes in das Festivalprogramm eingetreten sein. War er abgewählt oder überstimmt worden, nur weil es nicht vorstellbar war, dass ein britischer Beamter eine afrikanische Frau mit

Gewalt nahm? Die Kunst der Politik, ausgeübt von einigen, denen das Politische im Stück nicht passte, hatte die Kunst des Theaters ausgestochen.

Cook war nur der Überbringer der schlechten Neuigkeiten, nicht deren Urheber, doch als ich in Queen's Court stand, waren es seine Worte, die sich wie bei einer kaputten Schallplatte wieder und wieder in meinem Geiste drehten: „Ein britischer Beamter ist nicht fähig ..." Schließlich ging ich und bog nach links zum Hauptgebäude ab, unentschlossen, ob ich in die Bibliothek gehen oder in mein Wohnheim zurückkehren sollte. Das Main Building, ein Nachbau des Hauptgebäudes des University College London, beherbergte die Büros von Rektor und Kanzler sowie von deren Untergebenen. Es war das Mehrzweckzentrum des politischen und administrativen Lebens am Makerere. Hier fanden wichtige Versammlungen statt; an Wochenenden wurde das Erdgeschoss zum Tanzsaal, eine Zurschaustellung von Tanzschritten und Abendgarderobe, die oft vom populären MABADA organisiert wurde, wobei MABADA als Akronym für Makerere Ball Room Dancing Club stand. Auf dem Gipfel des Hügels gelegen, bildete das Main Building von jedem Punkt des Campus' für Studenten, Lehrkörper und Besucher den Mittelpunkt der Anlage.

Ich lief *Ganesh Bagchi* und seiner Frau Sudharshana über den Weg. Sie unterrichteten an der Government Indian Secondary School in Old Kampala, die 1954 eröffnet worden war. Sie waren unzertrennlich. Oft traten sie gemeinsam auf, manchmal mit Bagchis eigenen Stücken. Zusammen mit Erisa Kironde, einem schwarzen Ugander, bildete das indische Paar die prominenteste Erscheinung einer Kulturszene, die sonst großteils von der Gemeinschaft weißer Exilanten beherrscht wurde.

Da sie selbst Theater spielten, hielt ich Bagchi und Sudharshana für die vollendeten Abnehmer meines Kummers. Sie lebten schon lange genug im kolonialen Uganda und ich fragte mich, ob sie als indische Schriftsteller in der rassisch geteilten literarischen Welt Kampalas ähnliche Erfahrungen gemacht hatten: der Ablehnung eines Stücks aufgrund seines Inhalts.

Meine Zuhörer schüttelten in einer Geste hilflosen Mitgefühls die Köpfe.

Ich ging in mein Zimmer, Nr. 75 im ersten Stock, und legte mich aufs Bett. Im Geist hörte ich eine Kakophonie mit dem Refrain „Ein britischer Beamter ... deshalb ... das ist alles", deren Stimmen alle zu derselben Frage führten: Ein britischer Beamter ist dazu nicht fähig, wirklich nicht?

Das scheint absurd?
Manchmal stellen wir Fragen
Nicht um der Antworten willen, die wir nicht haben
Sondern der Antworten wegen, die wir schon kennen.

Anmerkungen

1 Der Hügel – das Gelände des Makerere University College in Kampala

2 Das Theater des Dionysos zeigte Stücke von Aischylos, Euripides, Sophokles, Aristophanes u. a. Der Sieger erhielt einen Dreifuß als Auszeichnung

3 Nazareth ist heute der bekannte Autor der Romane „In a Brown Mantle" und „The General Is Up", herausragender Professor an der University of Iowa, Berater des dort angesiedelten International Writing Program, Herausgeber zahlreicher wissenschaftlicher und kreativer Werke und darüber hinaus auch auf dem Weg, wegen seiner innovativen interpretatorischen Sicht auf Elvis Presley als multirassischem, multikulturellem Drittweltler traurige Berühmtheit zu erlangen

4 Northcote Hall Newsletter, No. 4, 1962, S. 1

5 MacPherson verantwortete bis zu ihrem Tod 2011 den „Old Makerere Newsletter", der sich auf die Suche nach allen Angehörigen des Lehrkörpers und allen Studenten begab und ihre Aktivitäten auflistete, wo immer in der Welt sie sich aufhielten

6 Margaret MacPherson: „They Built for the Future: A Chronicle of Makerere University College", 1922–1962, Cambridge: CUP, 1964

7 Northcote Hall Newsletter, No. 4, p. 2, 1962. Glennie Dias, Ronnie Roddick, Bethuel Kurutu, Herman Lupogo, Emanuel Kiwanuka, Nazareno Ngulukulu und Paula Bernak spielten in dem Stück mit

Ein verwundetes Land

In mir streiten Abbilder der zahlreichen Gräueltaten, die das weiße Siedlerregime in Kenia begangen hat. Dabei geht es nicht um die sträflichen Massaker, die Massenverhaftungen und gewaltsamen Massenumsiedlungen; die waren zu ungeheuerlich, um sie in jener Zeit in Gänze aufnehmen und verarbeiten zu können. Es geht um den Einzelfall, um das offensichtlich Abartige und Absonderliche, das sich ins Bewusstsein schleicht.

Wie Molo zum Beispiel. Ein weißer Siedler leiht seinem weißen Besucher ein Pferd, damit der zum Bahnhof reiten kann, der siebzehn Meilen entfernt ist. Er befiehlt einem Arbeiter, wahrscheinlich dem, der sich um den Stall kümmert, mit dem Reiter zu gehen und das Tier anschließend zurückzubringen. Das eisenhufbewehrte Pferd trabt; der barfüßige Arbeiter rennt, um Schritt zu halten. Auf dem Rückweg steigt der erschöpfte Arbeiter auf das Pferd. Weiße, die einen schwarzen Körper auf einem Pferd sehen, melden dieses Sakrileg.

Als Besitzer peitscht der Siedler den Arbeiter aus. Europäische Nachbarn kommen herbei, um der sportlichen Übung beizuwohnen. Als es Abend wird, fesselt der müde Dienstherr den Arbeiter mit einem Zügel und sperrt ihn in einen Lagerraum. Nach einem üppigen Abendessen geht der Herr in den Lagerraum und findet den Arbeiter mit leicht gelockertem Zügel bewusstlos auf dem Boden liegen. Den Dienstherrn kümmert weniger der bewusstlose Zustand denn die lose Fessel. Sie ist Anzeichen für einen Fluchtversuch. Er fesselt den Gefangenen fester als zuvor, bindet die Hände des Mannes an einen Pfahl und verriegelt die Tür. Der Herr schläft gut, der Arbeiter für immer. So geschehen am 10. Juni 1923.

Als der Fall endlich zur Verhandlung gelangt – sie wird von Justice Sheridan im Gebäude des Nakuru Railways Institute geleitet –, wird deren Ausgang von der hinter den Handlungen stehenden Absicht abhängig gemacht. Nicht der des Mörders, sondern vom Vorsatz des Ermordeten. Augenscheinlich hatte man ihn, bevor er bewusstlos wurde, sagen hören: Ich bin tot. Die ausschließlich weiße Jury gelangte zu einem einstimmigen Urteil: Die Folter hatte nichts mit seinem Tod zu tun. Er hatte seinen Tod willentlich herbeigeführt. Eingeborene starben nicht unter den Händen der Siedler, sie führten ihren Tod willentlich herbei. Die Jury befand den Siedler nur der schweren Körperverletzung für schuldig. Der „East African Standard" berichtete zwischen dem 2. und 10. August 1923 ausführlich über den Fall, und Karen Blixen bediente sich bei ihrer Nacherzählung dieser Geschichte in ihren Erinnerungen „Jenseits von Afrika" eindeutig bei dieser Berichterstattung, zieht man ihren Nachlass heran.[1] Sie kannte den richtigen Namen des Siedlers: Jasper Abrahams. Interessanterweise erwähnte sie ihn nicht.

Zwar deutet die Art und Weise, in der Blixen Kitoschs Geschichte erzählt, vor allem in der Deutlichkeit der Einzelheiten darauf hin, dass der Fall sie verstörte, doch gelangt sie, die als Isak Dinesen schreibt, nicht etwa dahin, dieses Zerrbild der Gerechtigkeit anzuprangern. Vielmehr erkennt Blixen im Tod des Eingeborenen „eine ganz eigene Schönheit". Im Willen zu sterben ist „die sich entziehende Endlichkeit des Wilden verkörpert, der sich in der Stunde der Not der Existenz eines Zufluchtsorts im Irgendwo bewusst ist; der geht, wenn es ihm gefällt; das ist etwas, dessen wir nie habhaft werden können". Tod aufgrund von Folter wird zu einer Manifestation von Schönheit. Dergestalt ist das Wesen des Wilden, ein Mysterium, das der vernunftbestimmte Geist nur bestaunen kann.

Wie leicht den liberalen und konservativen weißen Reisenden in Afrika das zoologisch determinierte Abbild aus der Feder fließt: 1909 war Theodore Roosevelt bei seiner Safari in

Ostafrika von den wilden Menschen und den wilden Tieren beeindruckt, die ihn an Europa erinnerten, wie es vor zwölftausend Jahren war. Die Dänin und der Amerikaner sahen durch dieselbe rassistisch eingetrübte Brille. Weiter vorn im Buch hatte sie verkündet, dass ihr das, was sie von den wilden Tieren des Landes gelernt hatte, im Umgang mit den Eingeborenen von Nutzen war.

Blixens Welt war das Kenia im Besitz der British Company und die spätere Kronkolonie. Das Jahr 1920 bildete die Scheidelinie zwischen beiden. 1931 zog die Baroness Blixen aus Kenia in ihre dänische Heimat zurück. Als jedoch 1952 der „Mau-Mau-Krieg“ um Land und Freiheit ausbrach und Gouverneur Evelyn Baring den Ausnahmezustand ausrief, wurden die beschriebene Szene und die Todeswunschtheorie auf größerer Bühne erneut lebendig, der des ganzen Landes. Diesem Wiederauftreten geht eine eigene Geschichte voran.

Ein Jahr nach Beginn des Krieges und des Ausnahmezustands heuerte die Regierung die Dienste Dr. J. C. Carothers an, *M. B., D. P. M.*, Verfasser des Buches „The African Mind in Health and Disease: A Study in Ethnopsychiatry“, und entlohnte ihn großzügig, damit dieser die „Mau Mau“ wissenschaftlich untersuchte.[2] Die Ergebnisse veröffentlichte dieser Kenner der afrikanischen Seele 1955 unter der Überschrift „The Psychology of Mau Mau“.[3] Er diagnostizierte die „Mau Mau“ als Massenwahn, der sich in Gewalt und Hexerei manifestierte.

Er war nicht der Erste. 1851, einhundert Jahre vor ihm, hatte Samuel A. Cartwright, auch ein selbsternannter Kenner der afrikanischen Seele, der Louisiana Medical Association einen Aufsatz mit dem Titel „Diseases and Peculiarities of the Negro Race“ vorgelegt, in dem er das Verlangen, aus der Sklaverei zu fliehen, als Geisteskrankheit diagnostizierte, der er den Namen Drapetomanie gab.[4] Ein akuter Ausbruch dieses Wahns führte zum tatsächlichen Versuch des Opfers, dem Himmel der Sklaverei zu entkommen.

Carothers medizinische Wissenschaft und die Cartwrights vor ihm machten sich eine Mischung aus Mythischem und Christlichem zunutze: Hexen, Hexerei und Teufelsbesessenheit. Der Siedler betrachtete wie sein historisches Gegenstück, der Sklavenhalter, sein System als natürlich, vernünftig und lobenswert, als Manifest göttlicher Güte; dessen Missachtung war ihm Abweichung und Abkehr von der erstrebenswerten Norm, war ihm Manifestation des Teufels. Gedungene medizinische Wissenschaft flankierte also diese verzerrte, doch profitable Sicht auf das Universum. Bei Cartwright fand die Einheit von Psychiatrie, Psychologie und Christentum ihre Apotheose in der Sklavenplantage; bei Carothers war es die Siedlerkolonie. Cartwrights Heilverfahren, die Zehenamputation, die verhinderte, dass man sich auf zehenlosen Füßen weit entfernte, hallt in Carothers Forderung nach einem chirurgischen Eingriff in die Seele wider, die es einem seelenlosen Leib unmöglich macht, sich nach Freiheit zu sehnen. Beide empfahlen zwecks Prävention die Austreibung jenes Bösen, das die Eingeborenen zur Umsetzung verrückter Ideen trieb: In Cartwrights Fall soll stetige Folter zur dauerhaften Unterwerfung führen; bei Carothers soll dies durch die Quarantäne Tausender in Konzentrationslagern erfolgen, in denen sie gezwungen werden sollen, ihre Sünden zu beichten. Das von beiden Fachleuten am wärmsten empfohlene Heilverfahren war jedoch Arbeit. Arbeit reinigt. In Kenia wandern diese Empfehlungen vom Schreibtisch eines Psychologen auf den Evelyn Barings, zwischen 1942 und 1944 Gouverneur von Süd-Rhodesien und ab 1952 berufener Gouverneur von Kenia. Diese Doktrin wird amtlich: „Sobald man einen Mann in eine Lage versetzen kann, Arbeit zu verrichten und sich dadurch vom geleisteten Mau-Mau-Schwur zu reinigen, besteht die Möglichkeit der Rehabilitation."[5]

Hier entsteht ein Problem. Die Befallenen wollen gar nicht von ihrer Krankheit befreit werden. Sie sind politische Gefangene, keine Sklaven, beschweren sie sich. Für ihre Häscher aber reimt sich Gefangener auf Sklave und Eingeborener. Das Christentum hat versagt, die umnachteten Seelen der kenianischen Eingeborenen zu läutern. Moralische Amputation durch physische Eingriffe wurde zur Notwendigkeit erklärt: Diese Philosophie trägt den Namen John Cowans, des damaligen Senior Superintendent of Prisons in Kenia. Ausprobiert wird sie im berüchtigten Fall von Hola.

Hola war ein Konzentrationslager in Garissa in Ost-Kenia. In ihm waren LFA-Gefangene eingesperrt, die man als hartgesotten einstufte. So bezeichneten die Briten diejenigen, die unbeirrbar an ihrem Widerstand gegen das System der Konzentrationslager und der britischen Kolonialherrschaft festhielten. Sie verliehen ihren Beschwerden Ausdruck. Zur Arbeit an Bewässerungsvorhaben gezwungen, weigerten sie sich und verlangten, als politische Gefangene und nicht als Sklaven behandelt zu werden. Sie forderten besseres Essen und bessere medizinische Versorgung.

Cowans Plan wurde vom 3. März 1959 an umgesetzt. Ungefähr hundert politische Gefangene der LFA wurden für die moralische Amputation durch Zwangsarbeit ausgewählt. Zwei höhere Beamte, der Superintendent des Gefängnisses, Michael Sullivan, und sein Stellvertreter, Walter Coutts, überwachten die moralische Amputation, Maßnahmen, die „das Risiko, dass jemand verletzt oder getötet wird" billigend in Kauf nahmen. In der als Hola-Massaker bekannt gewordenen Aktion wurden elf Männer zu Tode geknüppelt und Dutzende mehr zu Krüppeln gemacht.

„Das Grauen! Das Grauen!"[6] Selbst Joseph Conrads Kurtz konnte das Grauen erkennen, das er im Herzen der Finsternis verursacht hatte. Für das Kolonialregime aber lag der eigentliche Schrecken von Hola darin, mit blutigen Händen erwischt worden zu sein: Die Gefängnisbeamten hatten versäumt, Vorsicht walten zu lassen: Wenn wir sündigen, sollten wir im Verborgenen sündigen.[7] Dieser Rat steht in einem Schreiben des

Generalstaatsanwalts der Kolonie Eric Griffith-Jones an Gouverneur Evelyn Baring, seinen Chef. Der sechsundfünfzigjährige Baring, Spross einer Bankiersfamilie, der ein Jahr später als 1. Baron of Howick of Glendale, *KG, GCMG, KCVO* aus dieser heldenhaften Prüfung hervorgehen sollte, heckte die Vertuschung aus. Seine Unterlinge in der Administration hielten sich bis zum niedrigsten Rang hinunter an die Anweisung von oben und wiederholten die fromme Lüge. Die Opfer hatten verunreinigtes Wasser getrunken. Sie waren skorbutanfällig. Und die Verletzungen? Britische Folterknechte sind ausgebildete christliche Operateure: Sie schlachten, um zu heilen, nicht um zu töten. In Wahrheit erlagen die Männer weder Blutergüssen noch gebrochenen Schädeln. Bei einer späteren Untersuchung fasste es Walter Coutts, einer der Aufseher der Folterungen, folgendermaßen zusammen: Diese Männer hatten ihren Tod willentlich herbeigeführt. Blixen, die sanfte Baroness aus Dänemark, hatte gesagt, dies widerfahre den Kreaturen der Wildnis.

Diese Theorie hatte bei der Vertuschung zahlloser Fälle vor dem Hola-Massaker am 3. März 1959 funktioniert, nicht aber hier. Das Massaker wurde Gegenstand einer Parlamentsdebatte in Großbritannien. Selbst London gestand ein, dass britische Beamte das Massaker verübt hatten. Gouverneur Baring, der ursprüngliche Architekt des Vertuschungsversuchs, dass die Todesfälle durch verunreinigtes Wasser hervorgerufen worden waren, musste schließlich gestehen, dass die Verletzungen auf solch chirurgische Instrumente wie schwere Knüppel, Schlagstöcke und Stiefel zurückzuführen waren. Die Kenianer aber bedurften dieser Debatte nicht, um es zu wissen. Nahezu jede Familie aus Zentralkenia hatte einen Verwandten oder Nachbarn, der von den Briten als „hartgesotten“ eingestuft worden war.

Auch in meiner Familie gab es einen, der dieses Brandzeichen trug. Er hieß Gĩcini Ngũgĩ. Er war mein Onkel. In der Zeit an meiner ersten Grundschule, der Kamandũra, hatte er sich um mich gekümmert.[8] Er war älter als ich und ging von der Schule ab, geradewegs in die Wirklichkeit einer Siedlerkolonie hinein. Mein Bruder Mwangi, alias Good Wallace, und er waren dabei gefasst worden, als sie versuchten, Patronen für die Guerillakämpfer der Land and Freedom Army zu beschaffen. Good Wallace entkam in die Berge. Gĩcini entging dem unabwendbaren Tod nur aufgrund seiner Jugend, wurde allerdings in ein Konzentrationslager gesperrt. Wie Hunderte andere nahm er nicht hin, von gefährlichem Verlangen infiziert zu sein und der Therapie zu bedürfen, und wurde als „hartgesotten" eingestuft, gehörte aber nicht zu den elf Männern, die zu Tode geprügelt wurden.

Bei William Shakespeare lockt Lady Macbeth ihren verstörten Mann, kurz nachdem dieser König Banquo ermordet hat, mit der Zusicherung wieder ins Bett: „Ein wenig Wasser reint uns von der Tat. Wie leicht dann ist sie!"[9] Die Macbeths versuchen, den Beweis ihrer Schuld mit ein bisschen Wasser abzuwaschen. Der Kolonialstaat versuchte, alle Beweise seiner Schuld dadurch abzuwaschen, indem er einfach den Namen des Ortes von Hola in Galore veränderte. Das Einfache wurde zum Komplexen: Das Hola-Massaker entlarvte die Fassade von Recht, Ordnung und Zivilisation, die die Kolonie vor dem Antlitz der Welt aufgerichtet hatte. Dennoch versuchte der Staat so weiterzumachen, als ob tatsächlich ein wenig Wasser das Blut an der Hand abgewaschen hätte.

Hola markierte trotzdem so etwas wie eine Veränderung. Am 1. April wurde Jomo Kenyatta, der Führer des politischen Flügels des antikolonialen Widerstands, der 1952 wegen der Führung der „Mau Mau" verurteilt und acht Jahre in Laukitang inhaftiert worden war, nach Lodwar verlegt. War dieser Schritt ein Vorbote sich abzeichnender Veränderungen? Diese Geste verdrängte Hola aus den Schlagzeilen; gebot aber nicht dem Grauen oder dem Albtraum Einhalt, der das Land weiter im Griff behielt.

Eine Gestalt verkörperte diesen Albtraum, eine Art Buhmann wie aus Kindergeschichten, nur dass es ihn tatsächlich gab und dass er weiß war und Brite, und selbst Erwachsene ihn fürchteten. Allgegenwärtig, fähig, gleichzeitig an verschiedenen Orten zu erscheinen, war er ein bösartiger Dämon, ein Gesetz für sich.

Niemand schien seinen richtigen englischen Namen zu wissen. Alle kannten ihn als Waitina und nannten ihn im gleichen Atemzug mit den weißen Offizieren, die die Verwaltungspolizei und die Home Guards befehligten.

Die Home Guards waren eine britische Erfindung, eine aus Eingeborenen gebildete, schlechtbezahlte Hilfsarmee. Ein gewisser Generalmajor Sir *William „Loon(e)y" Hinde* unterstellte diese Hilfsstreitkräfte, die Home Guard, im Januar 1953 den District Officers, den niedrigsten von Weißen besetzten Rängen der Verwaltungsbeamten, die in jedem Distrikt stationiert waren. Dadurch überantwortete Hinde dem District Officer eine Bürgerwehrarmee, die außerhalb der Befehlsgewalt der regulären Armee stand. War nun der gesetzlose Gesetzeshüter ein District Officer und Waitina sein Gattungsname, oder der der ihm unterstehenden Soldaten?

Es war eindeutig nicht die Gattungsbezeichnung für jeden District Officer oder jeden britischen Soldaten. Den britischen Soldaten kannte man als Njoni, das stand für Johnny, und der District Officer war der Ndiũũ, für D.O. Die Auflösung dieses Rätsel fand sich im Spitznamen: Waitina. Das wurde manchmal als einer mit großem Hintern übersetzt, wörtlich bedeutet es aber „der mit dem Arschloch verwandt ist" oder der „Arschverwandte". Waitina bezog sich auf einen weißen Boss, der sich Männer und Frauen mit Gewalt nahm. Es war die Bezeichnung für einen Sodomiten, höchstwahrscheinlich einen District Officer oder einen Polizisten, denn diese gab es in jedem Distrikt in Kenia.

Vergewaltigung war eine Waffe im Krieg, und auch wenn sie Sünde sein mochte, wen kümmerte es, solange der Sünder diese im Verborgenen beging und das Opfer zu sehr traumatisiert war, öffentlich zu bekunden, Opfer sexueller Gewalt geworden zu sein? Allerdings konnten die Opfer durch den Gattungsbegriff Waitina eine Warnung übermitteln.

Man erzählte sich, dass dieser Waitina, der allgegenwärtige gesetzlose Gesetzeshüter, Körperteile seiner Opfer sammelte: Hände, Ohren, Augen, männliche Genitalien. Oder vielmehr: Seine Unterlinge brachten sie in Körben oder Sisalbeuteln zu ihm. Trophäen, hieß es, doch gab es Hinweise, dass er Zwielichtigeres mit den Körperteilen anstellte.

Das Sammeln von Körperteilen als Trophäen beschränkte sich jedoch nicht nur auf den weißen Waitina, wer immer das war. Jahre später sollte sich herausstellen, dass ein schwarzer Soldat der King's African Rifles, der ursprünglich aus Uganda stammte, sich nicht etwa durch seine Körpergröße von 1,96 m hervortat, sondern durch die Menge an Körperteilen, die er seinen britischen Vorgesetzten regelmäßig brachte. Er machte keine Gefangenen; die abgesäbelten Köpfe waren wertvoller als die Worte, die sprechen könnten. Sein Eifer gegenüber den Soldaten der LFA oder LFA-Verdächtigen brachte ihm schnelle Beförderung, sodass er vom Private über den Corporal zum Sergeant aufstieg. Er hieß *Idi Amin Dada*. 1959 versetzten die Briten ihren Mann aus Kenia wieder ins heimische Uganda.

Drei Jahre zuvor war ein anderer Ugander, der 1950 nach Kenia gegangen war, nachdem man ihn wegen seiner antikolonialen Aktivitäten vom Makerere College verwiesen hatte, ebenfalls nach Uganda zurückgekehrt. Er hieß *Apollo Obote*. In Kenia hatte er als Ungelernter für die Mowlem Construction Company gearbeitet, war Verkaufsmann einer Ölgesellschaft geworden, hatte bei den Gewerkschaften gearbeitet und war dann 1956 nach Hause zurückgekehrt, um sich dem antikolonialen Uganda National Congress anzuschließen.

Ignatius Musazi hatte den Congress 1952 gegründet, nachdem 1949 die Uganda Farmers Union verboten worden war. Man beschuldigte sie unter anderem, im selben Jahr Krawalle gegen das asiatische Monopol des Baumwollginnens organisiert zu haben. Die schwelenden Auswirkungen mögen dazu beigetragen haben, zwei Jahre nach der Rückkehr des antibritischen Makerere-Manns und ein Jahr, bevor der pro-britische Militär heimkehrte, den Boykott asiatischer Geschäfte durch die *Baganda* auszulösen.

Das Leben des einen Mannes überlagerte das des anderen. Idi Amin Dada wurde im August 1925 in Koboko im Distrikt West Nile in Norduganda geboren; Obote kam im Dezember 1925 in Akokoro im Distrikt Lango in Norduganda zur Welt. Lango und West Nile sind Nachbardistrikte. Beide waren in Kenia tätig, wenngleich auch auf entgegengesetzten Seiten der Front: Obote in der pro-LFA *Kenya African Union*, Idi Amin bei den britischen Streitkräften, die gegen die LFA kämpften. Und dann waren diese beiden Männer mit ihren unterschiedlichen kenianischen Erfahrungen ungefähr zur gleichen Zeit nach Uganda zurückgekehrt.

1959 beförderten die Briten Idi Amin ein weiteres Mal, zum *Warrant Officer*, dem höchsten für einen Afrikaner in der britischen Armee dieser Zeit erreichbaren Rang. Im selben Jahr trennte Obote sich vom Uganda National Congress und gründete den militanteren Uganda People's Congress.

In jenem Jahr kam es zu diesen Ereignissen, und noch weit dramatischeren auf der Weltbühne – zur Vertreibung Batistas aus Kuba und zum Aufstieg von Fidel Castro; zum Anschluss Hawaiis als 50. Bundestaat der Vereinigten Staaten; Leakeys Entdeckung des Zinjathropus, des 1,75 Millionen Jahre alten Schädels menschlicher Vorfahren in der Olduvai-Schlucht in

Tansania; Charles de Gaulles Machtantritt in Frankreich, der von der Algerien-Politik überschattet wurde – doch für mich war es das Jahr, in dem ich, Untertan des britisch kolonisierten Kenia, in einen Zug Richtung Makerere im benachbarten britischen Protektorat Uganda stieg. Beides waren Kolonien, selbstverständlich. Nur dass die eine, meine, ein durch weißes Siedlertum wundes Land war und Uganda, obwohl ausgebeutet, nicht von weißem Siedlertum wund.

Anmerkungen

1 Aus den Forschungsaufzeichnungen von Professor Peter Lehmann, die er mir zur Verfügung stellte.

2 John C. Carothers: „The African Mind in Health and Disease: A Study in Ethnopsychiatry", Geneva: WHO, 1953

3 John C. Carothers: „The Psychology of Mau Mau", Nairobi: Printed by the Government Printer, 1955

4 Samuel A. Cartwright: „Report on the Diseases and Peculiarities of the Negro Race", New Orleans, 1851

5 F.D. Corfield: „Historical Survey of the Origins and Growth of Mau Mau", Presented to Parliament by the Secretary of State for the Colonies by Command of her Majesty, May 1960

6 Kurtz' letzte Worte, in: Joseph Conrad: „Herz der Finsternis", Frankfurt: S. Fischer, 1985, S. 130

7 Zitiert nach „The Guardian", 18. April, 2012

8 Siehe „Träume in Zeiten des Krieges"

9 William Shakespeare: „Macbeth", II.1, in: „Sämtliche Werke", Berlin und Weimar: Aufbau-Verlag, 1975, Band 1, S. 629

Rot und Schwarz

Ende Juni 1959, und es kommt mir wie ein Traum vor. Ich steige in Limuru in den Zug. Es ist derselbe Bahnhof, der vor vier Jahren meine Tränen gesehen hat, als die Beamten mich nicht in den Zug zur Alliance High School einsteigen lassen wollten, weil ich keine Genehmigung für die Reise in eine andere Region besaß, wie dies damals unter dem Kriegsrecht verlangt wurde, das die Reisen der Afrikaner im Landesinneren regelte. Ein mitfühlender Beamter niederen Rangs musste mich in einen anderen Zug schmuggeln.[1] Jetzt, vier Jahre später, steige ich in einen anderen Zug, der nicht in irgendeine Region innerhalb des Landes unterwegs ist, sondern in das benachbarte Territorium. Und wie in der Vergangenheit auch bleibt meine Mutter mein Anker. Seit sie mich vor zwölf Jahren zum ersten Mal zur Schule geschickt hat, hat sie immer verlangt, dass ich mich hinauswage, um mir anzusehen, was da draußen ist.

Ich verlasse das koloniale Kenia des Terrors und der Unsicherheit, aber zugleich auch das Land meiner persönlichen Träume und Sehnsüchte. Minneh Nyambura gehört ebenfalls zu den vielen, die gekommen sind, um mich zu verabschieden, und ihr lächelnder Blick lässt mein Herz so laut schlagen, dass ich glaube, die Leute um mich herum können das Wummern hören. Vor ungefähr einer Woche haben sie und ich einen geheimen Seelenpakt geschlossen.

Der erste Juli versetzte mich aus dem kaum wahrnehmbaren Raum zwischen persönlichem Traum und öffentlichem Albtraum in einen fahrenden Zug, der ENDLICH FORT ENDLICH FORT tutete.[2] Zumindest in meiner Einbildung. Bei meinen früheren Zugreisen war es von meinem Zuhause in Limuru zu meiner Oberschule in Kikuyu gegangen, und ich war dritter Klasse gereist. Jetzt befand ich mich in der zweiten Klasse und reiste vom Bekannten in ein Unbekanntes, wobei sich dieses Unbekannte einladender anfühlte als das Bekannte. Außerdem hatte ich die Gesellschaft anderer, mit denen ich gemeinsam die Alliance High besucht hatte.

Für einige war das College, wie für mich auch, noch ein Traum. Andere aber, die vor uns von der Alliance abgegangen und am Makerere aufgenommen worden waren, kannten das Leben dort bereits aus eigener Erfahrung und schienen nur zu bereit, vor den Novizen ihre Collegeerfahrung zur Schau zu stellen. Alkohol gehörte zum Übergangsritual vom Rohzustand in der Schule zur Vollreife am College. In gewisser Weise war die Verwandlung bemerkenswert. Wen ich als gottesfürchtigen und vorbildlichen Internatsschüler der Alliance erlebt hatte, der öffnete nun mit der Unbekümmertheit des erfahrenen Trinkers seine Bierflasche.

Das Ganze hatte etwas von einer Theatervorstellung, diese Salve beim Flaschenöffnen unter dem Druck der Gleichzeitigkeit. Denn schon bald wurde offensichtlich, dass es ihnen nicht genügte, die Tatsache zur Schau zu stellen, dass sie nach einem Jahr am College ihr Leben an der Oberschule hinter sich gelassen hatten; es schien ihnen noch wichtiger, die Gelegenheit des Personenzugs zweiter Klasse zu nutzen, um die Frischlinge in das richtige Leben einzuführen.

Sie ließen das Bier herumgehen, und einige der Mitneulinge leerten begierig die Gläser. Ich hatte noch nie gebrautes Bier gekostet. Der einzige Alkohol, den ich je getrunken hatte, war selbstgemachter *Mũratina*, eine Art Wein aus Honig und Hefe. Ich lehnte das Angebot ab. Bloß kosten, forderte mich einer von ihnen auf. An der Alliance war Njĩhia eine Klasse über mir gewesen, aber nun tat er so, als hätte er alle Erkenntnis gepachtet, nur weil er ein Jahr am College hinter sich hatte, und sähe sich in der Pflicht, mich vor *Platons Höhlengleichnis* retten zu müssen. Je mehr ich mich weigerte, durch Alkohol zur Erkenntnis zu gelangen, desto aufdringlicher wurde Njĩhia. Sein Loblied auf das Bier, das einen weißen Schaumschnurrbart auf seiner Oberlippe zurückließ, wechselte mit Spott über meine vorgebliche Unschuld und dem Vorwurf, dass ich versuchte, heiliger zu erscheinen als sie. Du gehst nicht mehr zur Schule, du bist kein Baby in Direktor Carey Francis' Obhut mehr. Doch ich weigerte mich, das Glas auch nur anzufassen.

Meine beharrliche Weigerung machte ihn wütend, und Njĩhia sprang plötzlich von seinem Sitz hoch und versuchte, mir das Bier aufzudrängen. Es spritzte mir auf die Kleidung. Die Sache entwickelte sich zu einer körperlichen Auseinandersetzung, bis die anderen uns trennten. Das war nicht die angenehmste Art, als angehender College-Student eine Reise zweiter Klasse zu erleben. Trotzdem war ich froh, dass ich standhaft geblieben war. Mutter hatte mich gelehrt, allem Gruppenzwang zu widerstehen, der mich veranlassen sollte, etwas zu tun, gegen das sich etwas in mir wehrte. Das sollte mir später helfen, für das einzutreten, wovon ich überzeugt war, ungeachtet des Drucks, sich dem Aktuellsten und Populärsten zu unterwerfen. Wenn ich später im College Alkohol trank, dann zur Befriedigung meiner sozialen Bedürfnisse und nicht, um meinen Kommilitonen irgendetwas zu beweisen.

Von der Teilhabe an der alkoholvermittelten Fröhlichkeit befreit, saß ich am Fenster und schaute hinaus. Das Fenster rahmte das Bild einer beständig vergehenden Wirklichkeit. Es zeigte eine Reihe von Landschaftsgemälden mit einer unendlichen Vielfalt an Farbe, Größe und Form der Hügel, Täler, Felsen, Dickichte und Wäldern bis hin zu den ausgedehnten Farmen, den Weizenfeldern und Kaffeeplantagen, die den weißen Siedlern gehörten.

Und dann fiel es mir auf. Es war eben diese Eisenbahnlinie, die dieses reiche und verschiedenartige Land der weißen Besiedlung aufgeschlossen hatte. Die Bahnhöfe und Städte, durch die wir kamen, von Limuru über Nakuru und Eldoret bis hin zu denen nahe der Grenze zwischen Kenia und Uganda, waren mit der Eisenbahnlinie entstanden, die von 1899 an gebaut und 1903 fertiggestellt wurde. Befürworter und Gegner der Eisenbahn hatten ihr Blut vergossen. Der von *Koitalel arap Samoei* angeführte Widerstand der Nandi gegen den Bau der Bahnlinie und die Kolonialarmee, die den Widerstand unterdrückte, waren Vorboten des aktuellen bewaffneten Kampfes der LFA, zu der mein Bruder Good Wallace und mein Onkel Gĩcini Ngũgĩ gehörten. Die wogenden, ausladenden Hügel und die Felder mit Kaffee und Weizen, die die Bahnlinie hervorgebracht hatte, sprachen von der Anwesenheit der Weißen. Sie sprachen aber auch beredsam vom afrikanischen Verlust. Ich war Nutznießer einer Geschichte, die meine Geschichte negierte.

In Tororo überquerten wir die Grenze. Aus dem terrorgeplagten Kenia auf der einen Seite kommend, hinein in eine Art gelobtes Land auf der anderen Seite der Grenzstadt.

Das Land, in das wir nach dem Überqueren der Grenze gelangten, schien irgendwie von einem Heiligenschein umgeben. Die säuberlich manikürten Teeplantagen von Limuru und Kericho in Kenia wurden in Uganda von Kaffeesträuchern und

Bananenstauden abgelöst, die in der Freiheit der Wildnis zu wachsen schienen und dennoch volle Früchte trugen. Das unüberschaubare Grün vor uns, alles in afrikanischer Hand, war in seiner extravaganten Zurschaustellung naturbelassener tropischer Pracht atemberaubend.

So muss es gewesen sein, als der Schriftsteller Winston Churchill 1908 auf seiner ersten Afrikareise endlich das Kenia der zänkischen britischen Kolonialsiedlerschaft hinter sich ließ und in das von den Briten geschützte afrikanische Königreich überwechselte: „Uganda ist vom einen Ende bis zum anderen ein ‚schöner Garten', in dem die ‚Hauptnahrung' der Menschen fast ohne ihr Zutun wächst ... Klingt das nicht nach dem Paradies auf Erden?[3] Uganda ist die Perle (Afrikas)[4]."

Das Einzige, was sich zwischen meinen ununterbrochenen Blick auf das wild wuchernde Grün schob, waren die Zuckerrohrplantagen des Inders Madhavani in Jinja, doch selbst das Zuckerrohr kam, durch das Fenster des Zweiter-Klasse-Waggons gesehen, als im Wind tanzende grüne Klingen daher. Außerdem war das mein erster persönlicher Blick auf eine Plantage, die einem Inder gehörte und von ihm geleitet wurde. In Kenia verbot den Indern ein Gesetz den Landbesitz – und das, obwohl sie geholfen hatten, die Eisenbahnlinie von Mombasa nach Kampala zu bauen. In Uganda aber, und dafür waren die Madhavanis ein Beispiel, stellte es sich ganz anders dar. Nach dem Zuckerrohr war es ein plötzlicher Wiedereintritt in die reiche tropische Üppigkeit, eine Fortsetzung von Churchills Paradiesgarten.

Churchill hatte die Menschen aus der Landschaft Ugandas getilgt. Als ich jedoch meinerseits fünfzig Jahre nach ihm aus diesem Garten auftauchte und mich am Bahnhof in Kibuli in der Großstadt wiederfand, sah ich mich vom geschäftigen Treiben schwarzer Menschen umgeben, die *matokes*, Kartoffeln und Erdnüsse verkauften, eindeutig die Früchte ihrer Arbeit auf eigenem Grund und Boden. Schwarze Baganda-Frauen

legt hatte. Tausende andere aber hatten den Eid auf Land und Freiheit abgelegt und schmachteten dafür, oder nur wegen des Verdachts, weiter in Konzentrationslagern. Jomo Kenyatta und vier weitere der Kapenguria Six waren wegen Führung der „Mau Mau" und der Handhabung des Schwurs verurteilt worden und wurden noch in Lodwar gefangen gehalten, obwohl ihre Haftzeit bereits abgelaufen war.[6] Erst vor vier Monaten waren in Hola elf Männer zu Tode geprügelt worden, weil sie nicht gestehen wollten, den Schwur geleistet zu haben. Und hier am Makerere, diesem Hochsitz der Gelehrsamkeit, wollten sie mir weismachen, dass ich kein Mitglied der Auserwählten werden durfte, sofern ich nicht einen Eid ablegte.

Irgendjemand erklärte, dass allesamt Amtseide ablegten, Richter, die Offiziere beim Militär, sogar die Königin von England. Ja, ja, doch war niemand von denen deswegen ins Gefängnis gewandert oder hatte deswegen Körperteile abgetrennt bekommen.

Die gefürchtete Eideszeremonie erwies sich als großartige Angelegenheit, bei der rotgewandete Frischlinge aus allen vier Himmelsrichtungen im Campus zur Main Hall strömten. Dabei gab es eine interessante sichtbare Unterteilung. Alle Roten waren Afrikaner und Asiaten; fast alle Schwarzen waren Europäer. Vorn, auf dem Podium, die Weißen in Schwarz, unten die Schwarzen in Rot, ihnen gegenüber.

Mr. Paul Vowles, der akademische Registrar, sprach den Schwur vor: „Ich verspreche, nach der Wahrheit zu streben und eifrig zu studieren, dem Rektor und allen zu gehorchen, denen es gebührt, und die Regeln des Colleges einzuhalten."

Wahrlich einfache Worte, die wir mit all der Feierlichkeit eines religiösen Gelübdes nachsprachen. Einige wenige vorbereitete Worte und es war erledigt, doch der Schwur hallte im Geiste nach: Strebe nach der Wahrheit.

Was ist Wahrheit?, fragte Pilatus scherzend und wartete die Antwort nicht ab. Das sollte ich später im Englischkurs in

Studenten im roten Talar vor dem Hauptgebäude der Makerere University

Francis Bacons „Of Truth" lesen.[7] Das Wort Wahrheit lag an der Alliance stets in der Luft. Dort jedoch erschien sie mehr wie eine axiomatische Ganzheit; wir mussten sie nur noch annehmen. Eigentlich mussten wir lediglich vor dem Kreuz niederknien, um sie besitzen zu können. Nein, nicht wir besaßen sie, sie besaß uns. Eine zivilisierte Besessenheit des Geistes. Eine Wahrheit für alle. Unwandelbar. Ewig. Es war eine glaubensabhängige Wahrheit.

Diese aber, der wir uns eben verpflichtet hatten, fühlte sich anders an, wie ein Prozess, war näher an dem, was ich später bei Aristoteles las: „Die Aufgabe der Wissenschaft, die auf Erforschung der Wahrheit gerichtet ist, darf man wohl in einer Beziehung als schwierig, in anderer Beziehung wiederum als leicht bezeichnen. Ein Anzeichen davon ist schon dies, dass kein Denker zwar die Wahrheit in völlig zutreffender Weise zu erreichen, keiner aber auch sie völlig zu verfehlen vermag, sondern jeder wenigstens etwas vorzubringen weiß, was der Natur der Sache entspricht, und dass, wenn auch der einzelne sie gar nicht oder nur in geringem Maße trifft, doch aus dem Zusammenwirken aller sich schließlich ein gewisses Quantum des Wissens ergibt.“[8]

Vielleicht hätte ich anders reagiert, wenn ich bereits gewusst hätte, dass Giordano Bruno am 17. Februar 1600 mitten in Rom am Brandpfahl starb, weil er Ansichten vertrat, die dem römisch-katholischen Glauben zuwiderliefen; oder dass der zwanzig Jahre alte schottische Student Thomas Aikenhead am 8. Januar 1697 gehenkt wurde, weil er Wahrheiten vertrat, die denen der presbyterianischen Kirche widersprachen.

Im Moment aber klang es berauschend, als hätte ich, nachdem ich in einem Land mit nur einer, der kolonialen Wahrheit gelebt hatte, nun das Recht erworben, Fragen zu stellen und etwas zum „gewissen Quantum des Wissens“ beizutragen.

Es gab noch weitere Übergangsrituale, gesellschaftliche zumeist, aber nichts kann es mit meinem ersten Mal bei einem Gesellschaftsabend in Northcote Hall aufnehmen. Später bekam ich mit, dass jedes Wohnheim zu unterschiedlichen Zeiten seine Gesellschaften veranstaltete. Ich vermutete, dass es sich um eine Art abendliches Zusammensein handelte, bei dem die Studenten Karten spielten, Schach, Dame oder Tischtennis, oder um einen bunten Abend, bei dem die Studenten Witze oder Geschichten aufführten. Ich hätte die aus den Studienjahren über mir fragen sollen, aber selbst dann hätte mich nichts auf diesen Abend vorbereitet.

Es war nicht nur die Verwandlung des Speisesaals in einen Tanzsaal, an der sich die Begeisterung entzündete, sondern der Anblick einer richtigen Band auf der Bühne, die normalerweise der *Hohen Tafel* vorbehalten war. Livemusik gehörte ganz offensichtlich zu jedem Wohnheimabend, meist war es Peter Nazareths Band. Sie bestand nur aus den Studenten, die sich eigene Instrumente kaufen konnten, und hieß zunächst nach Elvis „Teddy Bear", bevor man sich auf „Makerere Jazz Band" festlegte. In der Jazztradition stehend, mussten sie erfinderisch sein und ergänzten, was sie hatten, indem sie sich aus einer Teekiste und einem Besenstiel einen Bass bauten, den sie mit einer Schnur bespannten. Die Idee hatten sie sich bei Skiffle-Musikern abgeschaut. An diesem Abend aber hatte Northcote eine Band aus der Stadt verpflichtet.

Zuerst tauchten die Northcoter auf, allesamt Männer, einige im Dreiteiler, aber fast alle mit Krawatte oder Fliege, und lungerten in Gruppen herum, bis sich plötzlich Erregung breitmachte. Busse waren angekommen. Sie brachten Frauen, mehrheitlich Krankenschwestern aus den Krankenhäusern Mulago und Mengo, die nun hereinmarschierten. Das Muster, so sollte ich später mitbekommen, blieb Jahr für Jahr dasselbe, nur die Akteure wechselten, wenn Absolventen durch Frischlinge ersetzt wurden. Die Mädchen wurden in einem angemieteten Bus hergebracht, blieben für die Dauer der Tanz-Party, und wurden danach wieder in ihre Schwesternheime zurückgefahren. Täuschen Sie sich nicht: Die Damen trugen keineswegs weiße Schwesternuniformen, und der Duft, der in der Luft lag, hatte nichts mit dem Krankenhausgeruch gemein.

Dieser glamourösen Veranstaltung kamen an der Alliance die schottischen Landtänze auf den Rasenflächen noch am nächsten. Und im Dorf waren es die bloßen Füße der jungen Männer in Alltagssachen, in von Paraffinlampen schwach erleuchteten Hütten, die allein den Staub aufwirbelten, denn es gab nur wenige Frauen, die sich nachts an solche Orte wagten. Eine Gitarre und ein oder zwei menschliche Stimmen lieferten die Musik. Die Männer tanzten paarweise, doch hieß das meist Solist gegen Solist, mit Bewegungen, die akrobatischer waren als die katzenartigen Bewegungen auf dem Boden eines Tanzsaals. Und nun das hier! Auf dem Hügel, dem Makerere Hill!

Hochbehackte Mädchen aus Mengo und Mulago
Mit tiefem Ausschnitt im Kleid mit halbem Arm oder
ohne gar
Röcken mit glänzenden Perlen geschmückt
Glitzernden Schmuck um den Hals
Der Ausdruck reiner Freude im Gesicht der Männer
im Anzug
Die sie im Arm halten bei Walzer Tango und Foxtrott
Oh Anmut ehrwürdiger Paare die über die Tanzfläche gleiten

Nach jedem Tanz geleiteten die Herren ihre aufgeputzten Partnerinnen zu den Stühlen zurück, die entlang der vier Wände aufgestellt waren. Die Männer blieben in Gruppen stehen und warteten auf den nächsten Tanz. Sobald der begann, brachen die Gruppen auseinander und die einzelnen Männer glitten auf die Wände zu, um die nächste Dame um einen Tanz zu bitten.

Wir Frischlinge saßen oder standen ebenfalls in Gruppen herum und stachelten einander an, den ersten Schritt zu wagen. Die Damen schienen nie Nein zu sagen, und schließlich waren sie alle zum Tanz hierhergekommen, ein Gästekollektiv, für das wir Teil des Gastgeberkollektivs waren, warum sollten wir also unserer Rolle nicht gerecht werden? Es dauerte eine Weile, bis auch nur einer von uns den Mut aufbrachte, sich diesen glamourösen Wesen zu nähern. Der Erfolg des Ersten, diese selbst auferlegte Gehemmtheit zu durchbrechen, ermutigte die anderen.

Die Möglichkeit, dass meine Nase Opfer des Parfumdufts werden könnte und meine Augen zum Gefangenen dessen, was sich gerade so oberhalb des Ausschnitts zeigte, hatte ich nicht in Betracht gezogen. Ich widerstand dem Verlangen, einfach herumzustehen und zu starren; und statt zu versuchen, mit den Schritten mitzuhalten, über die ich nichts wusste, trat ich bald schon meiner Partnerin auf die Füße. Als der Tanz zu Ende war, wartete sie nicht ab, dass ich sie zu ihrem Sitzplatz zurückbegleitete. Als wir Frischlinge uns später austauschten, verblüffte mich die Ähnlichkeit unserer Erfahrungen. Es war wohl jeder seiner Partnerin auf die Füße getreten; das war das beherrschende Thema. Ein zweites war die Beschämung hinterher, wenn wir versuchten, einen weiteren Tanz zu bekommen und unsere vormaligen Opfer uns mit eisigen Blicken abwiesen, mit einem leichten Kopfschütteln oder dadurch, dass sie plötzlich zu Boden schauten oder sich angeregt mit der Nachbarin unterhielten, sobald wir uns näherten! Es war klar, dass wir allesamt an derselben Krankheit litten. Die Älteren nannten uns das Heilmittel: MABADA – Makerere Ball Room Dancing Association.

MABADA hatte die größte Mitgliederzahl aller Klubs und Vereinigungen auf dem Hügel. Die Tanzstunden, die die Älteren den neuen Mitgliedern anboten, waren das Beste daran. Ich entdeckte, dass diese Tänze nichts mit dem unbekümmerten Tanzstil in unserem Dorf gemein hatten. Hier handelte es sich um eine höchst formalisierte Angelegenheit: von der Haltung, wo und wie man sich aufzustellen hatte, bis zum Zählen der Schritte nach links, rechts und vorn. Zu Anfang übten wir mit Kissen, die wie vor uns hielten, als wären sie unsere Partnerinnen. Dann kam das paarweise Üben, erst führte der eine Mann und dann war der andere an der Reihe. Zu guter Letzt waren wir für eine erste Probe unserer Fertigkeiten bereit.

Es war ein von MABADA organisierter Abend in der Main Hall. An diesem Ereignis, das allen offenstand, war alles größer und einschüchternder als das, was wir in den einzelnen Wohnheimen erlebt hatten. Diesmal kamen die Damen aus allen Frauenzentren, meist Krankenhäusern, in Kampala und Umgebung. Auch die Lehrkräfte waren da. Viele erschienen mit Gattinnen, Ehemännern oder Freundinnen. Die Sitzplätze befanden sich alle im Freien, außerhalb des Tanzsaals. Mein erster Abend als MABADA-Absolvent war ebenso ein Test für Nerven und Beinarbeit. Wieder waren es Walzer, Tango und Foxtrott, die die Tanzfläche dominierten. Und es war beglückend zu tanzen, ohne der Partnerin auf die Füße zu treten:

Und plötzlich tönen Samba und Rock ’n’ Roll
Und steife Paare reißen sich los
Doch ist es die *Lingala-Musik* aus dem Kongo
Die zu guter Letzt den Tanzsaal erobert der
Makerere Ballroom Dancing Association
Frei werden die Körper und fließen und fliegen
Als suchten sie Lösung von der Schwerkraft

Doch selbst jetzt gab es noch vieles zu lernen. Sitzen drei oder mehr Damen an einem Tisch, und die erste weist deine Hand zurück, dann frag nicht die nächste, weil sie mit ziemlicher Sicherheit ebenfalls Nein sagen wird. Man geht zu einem anderen Tisch, möglichst weit weg vom Schauplatz der ersten Ablehnung, und versucht dort sein Glück. Es ist nichts Persönliches, nur das Ausleben der Gruppendynamik

Nachdem man die Einzelheiten und Formalitäten des Gesellschaftsabends und des Makerere-Tanzsaals gemeistert hatte, war es nun Zeit, in einem Nachtklub zu testen, aus welchem Holz man geschnitzt war: Im Top Life in der Nähe von Mengo und später im Suzana in Nakulabye. Die Gesellschaftsabende hatten sich auf die Zugehörigkeit zu einem Wohnheim beschränkt. Die MABADA-Tanzabende waren Anziehungspunkte für die Elite des Hügels und darüber hinaus. Der Nachtklub jedoch brachte die Mächtigen und die Niedrigen zusammen, Makerere und die Stadt, die Vergebenen und die Alleinstehenden. Die Haus- oder Gast-Band war größer und verfügte über ein ganzes Aufgebot an Instrumenten. Neonlicht sorgte für Intimität, Geheimnis und Wunder. Das war das Echte:

Jubelnder Trompetenton
Sexy-frech das Saxofon
Becken Piano Xylofon
Manyanga-Rhythmen Trommelschlag
Gitarrensaiten von tief unten zum frühlingsluftigem Sopran
Packend rufen Blech und Klarinette
Sie reden und fragen und klagen
Und manchmal treten sie nach vorn
Zum Solo und die anderen halten den Groove
Bis sie wieder zueinander finden und
Weinen und stöhnen und schreien
Körper gefangen im Klangteppich auf dem Tanzboden
Auf den Flügeln der Lust swingen, schwenken, schwitzen sie
und schwärmen
Oh oh oh mach diesen Schritt
Oh oh oh der darf nie aufhören
Oh oh oh oh oh oh oh oh

Zigarettenrauch und der Geruch nach schalem Bier
Verhüllt in Winkeln balzende Körper

Doch allzu bald so scheint es schwindet der Klang ins
Schweigen
Widerstrebend schlendern entspannte Körper zu den Stühlen
Lachen und schreien und wispern und trinken
Herzen warten klopfend auf die nächste Runde in
Synchronität

Freitag- oder Samstagabend war die beste Zeit für einen Ausflug in die Nachtklubs. Man hatte den ganzen Sonntag, um seinen Kater zu pflegen und – für die religiös Gebundenen – die Kirchen aufzusuchen und um Vergebung der Sünden zu bitten, die man unter dem Einfluss von Alkohol begangen hatte.

Die Dozenten schienen dem Wahrheitsstreben, zu dem wir uns verpflichtet hatten, aufgeschlossen gegenüberzustehen. Sie ermutigten uns, eigene Standpunkte zu entwickeln, anstatt die ihren wiederzukäuen oder treu und brav zu wiederholen, was wir in Büchern gelesen hatten – das sei der Unterschied zwischen Oberschule und College, fügten sie hinzu. In der Schule wurde man mit dem Löffel gefüttert; im College hielt man selbst den Löffel in der Hand und aß. Die Frage, ob es sich um dasselbe Essen handelte, wurde nicht gestellt.

Ich brauchte die Predigten nicht. Ich nahm den Schwur ernst und der beeinflusste meine Einstellung zu Büchern und Unterricht. Ich beurteilte mich nicht anhand der Noten, die ich bekam, sondern im Verhältnis zur Messlatte, die ich für mich selbst legte. Daran war nichts Besonderes, es handelte sich um die Wiederaufnahme der Frage meiner Mutter: Ist das das Beste? Jetzt aber hatte ich einen Eid abgelegt, nach dem Ideal zu streben, stets der Wahrheit zu folgen, wohin sie mich auf der Straße zu diesem Besten auch führen würde.

Bald entdeckte ich jedoch noch während des ersten Jahres, dass nicht jeder Dozent der optimistischen Sicht auf das Streben folgte. In meinem ersten Jahr belegte ich Geschichte, Englische Sprache und Literatur, Wirtschaft und den fakultativen Religionskurs. Ich befand mich in einer ständig auf- und abflammenden Liebesbeziehung zur Bibel, einem Buch, in dem Blakes Hochzeit von Himmel und Hölle in Schrecken und Verheißung vollzogen war. Und ich hatte darauf gehofft, dass dieser Kurs ein Studium der Religion im Allgemeinen sein würde, einschließlich der afrikanischen und fernöstlichen.

Das Christentum war, unterteilt in Katholiken und Protestanten, die auf dem Hügel vorherrschende Religion. Es gab eine winzige Gruppe Muslime, aber die mussten sich für ihre Gottesdienste anderswo einen Raum mieten. Es gab zwei Kaplane und zwei Kapellen: Reverend Denis Payne an St. Francis und Pater Paul Foster an St. Augustine. Payne war Anglikaner, aber für alle Protestanten da; Foster war Benediktiner, diente aber sämtlichen Katholiken. Was ihre Persönlichkeiten betraf, so konnten sie nicht unterschiedlicher sein: Payne, schüchtern, verschlagen und streitsüchtig, aber anscheinend voller Demut; Foster, locker, umgänglich und auffallend, anscheinend jedoch verständnisvoll.

Der Religionskurs erwies sich als Studium des Christentums, ausschließlich. Der benediktinische Katholik und der anglikanische Priester teilten sich die Vorlesungen des akademischen Teils. Es war der „demütige" Payne, dessen intellektuelle Intoleranz als Erstes herauskam. Das geschah bei seiner Vorlesung über die Reformation. Er erwähnte die fünfundneunzig Thesen, die Martin Luther an eine Kirchentür geschlagen hatte, mit denen er den Missbrauch von Ablass und andere Übel kritisierte, und natürlich auch die Gegenreformation mit dem Trienter Konzil 1545.

Während einer Diskussion, die sich an Paynes Vortrag über die Reformation anschloss, sagte ich, obwohl nach schottischer

Lesart protestantisch getauft, dass es den Indizien zufolge so aussähe, als hätten die Römisch-Katholischen die richtige Einstellung. Wie konnte ein Politiker, im Fall der anglikanischen Kirche eine Königin oder ein König, Oberhaupt einer religiösen Institution werden? Natürlich hatte es Zeiten gegeben, in denen Päpste gekrönt worden waren und über Armeen und Harems geboten. Doch schien zumindest mir dies ein klarer Fall von fortgesetzter Vermischung von Politik und Religion – eben jener Praxis, gegen die die Architekten der protestantischen Reformation vorgehen wollten. Ich ergriff nicht Partei, aber wir befanden uns im College und waren durch einen gemeinsamen Schwur gebunden, nach der Wahrheit zu streben, oder nicht? Und das war eine akademische Debatte, oder nicht? Reverend Payne schien das nicht so zu sehen. Er beendete die Diskussion und hielt eine Predigt darüber, wie man Katholik werden konnte, wenn man es wollte; er und sein benediktinischer Gegenspieler hatten ein Verfahren ausgearbeitet. Ich hatte dem Mann gar nicht gesagt, dass ich meine konfessionelle Bindung wechseln wollte.

Seine Einstellung erinnerte mich an eine ähnliche Reaktion seitens eines meiner Lehrer an der Alliance, der feindselig reagierte, als ich ihn als Antwort auf seine Behauptung, dass Jesus ein sehr einfaches Englisch sprach, darauf hinwies, dass Jesus Aramäisch gesprochen hatte. Ich stand mich nicht gut mit Mr. Smith von der Alliance High School, konnte sein Fach aber nicht abwählen. In der Schule gab es nur Pflichtfächer und die Ordnung der Kenntnisse war festgelegt. Doch musste ich mir das am College und noch dazu in einem Wahlfach antun? Ich nahm nie wieder an Paynes Unterricht teil. Dies war meine erste Übung in akademischer und religiöser Freiheit, und sie fühlte sich gut an.

Drei Jahre später war es am auffällig umgänglichen Foster, aus den Seiten Platons zu treten und seine wahre rassistische Flagge zu schwenken. Sein engstirniges Weltbild beschränkte sich nicht auf den Seminarraum, auch wenn er es ganz offensichtlich nicht zuließ, dass seine Vorlesungen über griechisches Denken davon infiziert wurden; vielleicht tarnte er es auch nur mit seiner sozialen Extravaganz, doch 1961 ließ er alles in einem Buch heraus, das er mit „White to Move" überschrieb und in Großbritannien veröffentlichte, wo es bescheidener kritischer Aufmerksamkeit teilhaftig wurde.[9] Als ob er Carothers und Cartwright gelesen und ihre staunenswerte Fähigkeit in sich aufgenommen hätte, im Denken der Schwarzen zu lesen, erzählte Foster höchst amüsante Geschichten über seine afrikanischen Studenten, die eine klare Frage niemals eindeutig beantworten würden. Nach jenem Vogel auf jenem Baum befragt, erzählten sie von einem Baum auf einem Hügel nahe ihres Zuhauses. Auf diese Art verkündete er, dass Logik und Rationalität dem afrikanischen Denken fremd seien. Seine Studenten, die ihn als freien, liberalen, großherzigen Denker und Schriftsteller verehrt hatten, der eine starke Liebe zu Afrika und den Afrikanern empfand, waren verletzt und wütend, als sie lasen, wie Foster sie gesehen hatte. Sie hatten ihn als einen Mitmenschen umfangen; er hatte sie nur als schwarze Objekte seines anthropologischen Starrblicks gesehen.

Im Gegensatz zum schüchternen, gerissenen und streitlustigen Payne, der schwierigen Fragen auswich, und dem offenherzigen, großtuerischen Foster, der Freund und Feind gleichermaßen etwas vormachte, stand Reverend Fred Welbourne, der durch seinen freundlichen und feinfühligen Umgang mit Studenten und Lehrkräften seinem Namen alle Ehre machte. Welbourne, der Warden der Mitchell Hall, der 1948 in Makerere anfing, um Physik zu lehren und als erster Kaplan von St. Francis die Seelen der Protestanten fit zu machen, hätte direkt einem Buch von Graham Greene entstiegen sein können. Sein Kleidungsstil, weiße Kanzus der Baganda statt der Robe und Sandalen anstelle der Schuhe, war eine Prüfung für die orthodoxe koloniale Vorstellung von Priesterschaft. Er war allen Ansichten jeglichem Thema gegenüber aufgeschlossen, selbst was religiöse Angelegenheiten betraf, widmete seine Energie einer Studie zu afrikanischen Religionen und Glaubensvorstellungen, was die orthodoxe Priesterschaft erneut gegen ihn aufbrachte. Wie konnte er die Teufelsanbetung als Religion bezeichnen, geschweige denn Zeit dafür opfern, um sie zu studieren? Im Wesentlichen aber war er gläubiger Christ. Als er nach Makerere versetzt wurde, bestellte ihn die Missionary Society in London ein und erklärte ihm, dass sein Mandat darin bestünde, das ganze Land zum Christentum zu bekehren. Ich hatte keine Möglichkeit, bei Welbourne Unterricht zu nehmen, doch hatte ich wie jeder andere auch von ihm gehört. Er war Missionar mit liberaler Mission.

Intellektuelle Intoleranz und Engstirnigkeit beschränkten sich nicht auf Kapellen und Kaplane, wie ich bald in meinem Wirtschaftsseminar herausfand. Das Fach Wirtschaft hatte zwei Unterteilungen: Theorie und Geschichte. Dr. Cyril Ehrlich, der Wirtschaftsgeschichte lehrte, war klein und hatte auf dem Kopf eine kahle Stelle in Form eines Hufeisens. Die ersten zwanzig Minuten jeder Vorlesung verbrachte er damit, uns zu erklären, wie intellektuell unterbemittelt wir seien, und uns zu warnen, uns ja nichts einzubilden. „Ihr denkt, dass ihr sehr intelligent seid, nur weil ihr am Makerere angenommen worden seid? Ihr glaubt, alles zu wissen, nur weil ihr einen Fuß ins College gesetzt habt? Ihr wisst gar nichts." Anschließend ließ er sich über ausländische Universitäten aus, über die hohen Standards, die Erwartungen. Dieses tägliche Herunterputzen seiner Studenten war schlimmer als alles, womit ich in der Schule hatte fertigwerden müssen. In Ehrlichs Seminar hatte ich das Gefühl, in der Falle zu sitzen. Ich konnte einen Pflichtkurs nicht abwählen, ohne mir das fatale „F" einzuhandeln. Am Ende des zweiten Jahres stand die Preliminary genannte Abschlussprüfung an und ein „F" in einem der Wissensgebiete konnte das Ende meiner Bildungsreise bedeuten. So blieb ich in seinem Seminar, doch fühlte es sich dort nicht nach der offenen Gesellschaft an, die ich nach den Schwüren akademischer Freiheit erwartet hatte. In seinem Seminar bildete sich in mir die vage Idee heraus, als Student ein Buch zu veröffentlichen. Nur zu gern hätte ich ihm gezeigt, dass wir über alles verfügten, was es brauchte, um die zu werden, die wir sein wollten.

Dem offenherzigen Foster, diesem Experten auf dem Gebiet schwarzen Denkens, bin ich im Seminar nie begegnet, und so blieben Payne und Ehrlich für mich die Ausnahmen, die die Regel bestätigten. Zumindest in Englischer Sprache und in Geschichte traf ich auf Angehörige des Lehrkörpers, die gegensätzlichen Ansichten gegenüber tolerant blieben, die aber dennoch klarmachten, dass das Lernen eine Disziplin war und nicht nur aus einer Aneinanderreihung von Meinungen bestand. Da gab es etwas, das man Fakten nannte, Beweise, Zitate, Logik, Vergleiche und natürlich die Gliederung des Materials in eine zusammenhängende Beweisführung.

Dem stand Emile Rado aus dem Wirtschaftsbereich gegenüber, der während meiner letzten Jahre einen halb geheimen Klub der Dreizehn gründete, der sich aus Dozenten und Studenten zusammensetzte. Es war ein Klub für diejenigen mit vermutlich einzigartigen Gaben. Die Mitgliederzahl hatte jedoch stets dreizehn zu betragen. Warum die Zahl dreizehn, fragte ich mich. Dreizehn war angeblich eine Unglückszahl, zumindest für die Engländer. Als ich unlängst meinem Sohn Mũkoma davon erzählte, und dass ich wegen der Zahl so verwirrt gewesen war, meinte er, dass sie womöglich von Jesus und seinen zwölf Jüngern abgeleitet war! War Rado der Jesus für uns zwölf Jünger? Vielleicht nicht ganz, denn wenn man vom Makerere abging, schied man automatisch als Mitglied aus, und das galt auch für den Gründer. Die anderen Mitglieder wählten in diesem Fall einen Ersatz aus dem Kreis der Dozenten und Studenten. Die Dreizehn blieb, aber ihre Zusammensetzung änderte sich. Von der exklusiven Geheimhaltung abgesehen, erlebte ich nie etwas Außergewöhnliches in den diskutierten Themen oder in Bezug auf die Gründlichkeit der Diskussion, zumindest nichts, das anders war als das, was in den gewöhnlichen Versammlungen vorherrschte. Aber das war erst in meinem letzten Jahr am College.

Am beharrlichsten bestärkte der Pfeifenraucher Peter Dane die Unterschiedlichkeit von Meinungen und Ansichten. Er tat sich auch durch seine sorgfältige Interpretation der Texte hervor. Er ließ die Figuren in Dickens' „Große Erwartungen", vor allem den Verurteilten Magwitch, für uns lebendig werden. Australien war eine Strafkolonie, in die die in England Unerwünschten für den Rest ihres Lebens verschickt wurden: Niemals wieder durften sie an Albions Küsten landen, ohne dass ihnen Verhaftung, Verurteilung und Gefängnis drohte. Danes bewegende Schilderung von Magwitchs aufwendigen Versuchen, in der Figur des Pip seinen eigenen Gentleman zu erschaffen, sowie von der Verlockung zurückzukehren, um sich, wenngleich heimlich, des Anblicks seiner Schöpfung zu erfreuen, brachte uns, ohne dass er das ausführte, dazu, den Roman mit Blick auf Weltreich und Ausgrenzung aufgrund der Klassenzugehörigkeit zu lesen. Er brachte Dickens näher an unser Leben heran. Kolonie und Krone, Gefängnis und Palast, sie schufen einander. „Große Erwartungen" wurde zum Lieblingsbuch, und ein paar von uns nahmen den Namen Pip an.

Als ich nach den Preliminary-Prüfungen des zweiten Jahres für das dreijährige Honors-Programm in Englischer Sprache und Literatur zugelassen wurde, freute ich mich, mehr Zeit mit Peter Dane verbringen zu können. Doch er verschwand vom Makerere; wir hörten später, dass er an die University of Auckland in Neuseeland gegangen war, was mich stark verwirrte. Wie konnte jemand wegen einer Insel vom Makerere weggehen, das wir für die begehrteste Institution der Welt hielten?

Viele Jahre später bin ich ihm wiederbegegnet. Zwei Mal. Zuerst 1984, als ich an der Universität Auckland die Robb-

Vorlesungen hielt, aus der das Buch „Decolonising the Mind" hervorging, doch erinnere ich mich nicht an einen Austausch zwischen uns.[10] Das zweite Mal begegnete ich ihm 2005, als er aus Anlass der Ehrendoktorwürde, die mir eben diese Universität verlieh, die Laudatio hielt. In seinem Vortrag erinnerte er sich an die Tage am Makerere, vierzig Jahre lagen sie zurück; sie hatten für ihn eine besondere Bedeutung, weil es seine erste Stelle als Universitätsprofessor gewesen war.

Beim Mittagessen erfuhr ich mehr über seine erstaunliche Lebensreise, die ihn zu jener ersten akademischen Arbeitsstelle am Makerere führte. Er wurde 1921 in Berlin geboren, hatte einen deutschen Vater und eine jüdische Mutter. 1939 floh er vor Hitler nach Großbritannien. Der achtzehnjährige junge Mann wurde als feindlicher Ausländer ab 1940 in einem Lager nahe Waggawagga in Australien interniert. Nach dem Krieg ging er nach England zurück. Dort begegnete er seiner Frau Gabriele Hermann, die ihn mit ihrer Liebe ins Leben zurückholte und ihm den Glauben wiederschenkte. 1945 heirateten sie, und mit ihrer Hilfe machte er 1952 seinen Abschluss in Englischer Sprache und Literatur an der University of London. Über fünfzig Jahre blieb sie die Liebe seines Lebens, bis er sie durch Krankheit verlor. Als ich ihm zum zweiten Mal in Auckland begegnete, war er emeritiert, hatte die zweite Liebe seines Lebens geheiratet, eine Maori, und wohnte mit ihr im gemeinsamen Heim in der Bay of Islands.

Ich konnte nicht anders, ich musste ihn beim Mittagessen an unsere Seminare zu Dickens' „Große Erwartungen" am Makerere erinnern. Ich dachte an die Magie seiner Darstellung des Magwitch und auch daran, dass er nie ein Wort über seinen Aufenthalt in Australien verloren hatte. Die Begegnung zeigte mir, wie wenig ich über den Makerere-Dane wusste; ich hatte stets angenommen, dass er englischer Abstammung wäre, ein Akademiker, dessen Leben aus Büchern bestanden hatte, aus Büchern und noch mehr Büchern.

Der Lehrkörper war zwar überwiegend weiß, aber tatsächlich sehr verschieden, was den kulturellen Hintergrund anging. Allein im Department of English gab es die Iren Alan und Phyllis Warner, die Südafrikaner D. D. Stuart, Trevor Whittock und Murray Carlin, Margaret McPherson, die Schottin, sowie den wortkargen Engländer R. Harris. Später kamen die Engländer David Cook und Geoffrey Walton dazu.

Die Begegnung mit Dane veranlasste mich, auf meine Anfangsjahre am Makerere zurückzublicken, und warf die Frage auf, welche verborgenen und verwickelten Geschichten meine Professoren unter der Maske der schwarzen Talare, strengen Gesichter und wohlüberlegten Worte getragen haben mögen. Carol Sichermann, eine der Biographinnen Makereres, erzählte mir unlängst, dass Murray Carlin in Nordafrika gekämpft hatte, beseelt vom Wunsch, als südafrikanischer Jude die Nazis zu bekämpfen. Die Pro-Nazi-Tendenzen einiger Buren müssen eine mächtige Motivation gewesen sein, und doch konnte ich während meiner Studien zu D.H. Lawrence an seinem unergründlichen Gesicht nichts von diesem Drama ablesen.

Manchmal tragen wir Masken
Nicht, um zu täuschen
Nicht einmal, um das Gesicht vor Sonne zu schützen
Sondern das Innere vor dem Außen
Oder den Tag vor dem starren Blick des Gestern
Wir tragen Masken
Damit wir besser tanzen können, die große Maskerade
des einfach Lebens

Der andere, zumindest vom Anblick her, Unergründliche war Rektor Bernard de Bunsen. Wir hatten kaum mit ihm zu tun, erhaschten nur bei wichtigen Zeremonien den einen oder anderen Blick auf ihn, sodass er uns ein Mysterium blieb. Trotzdem hatte ich das Gefühl, ihn bereits zu kennen: Sein Name erinnerte mich an den Bunsenbrenner, den wir in den Laboren der Schule verwendet hatten, die Initialen B. B. konnten sowohl für den Brenner als auch das Gehirn (brain) stehen. Ob er mit Robert Bunsen verwandt war, dem deutschen Chemiker des 19. Jahrhunderts, der den nach ihm benannten Brenner entwickelt hatte? Nicht herauszukriegen. Erst als ich später seine Autobiographie „Adventures in Education" las, erfuhr ich, dass er nicht in Deutschland geboren war, sondern in der Umgebung von Cambridge, wohingegen er das Balliol College in Oxford besuchte.[11] Seine erste wichtige Arbeitsstelle war als Bildungsdirektor in Palästina, nicht dem des osmanischen Reiches, von dem ihm seine Mutter erzählt hatte, sondern dem unter britischem Mandat, „dem Schauplatz des endlosen Konflikts zwischen Arabern und Juden, der nach dem Krieg durch neue Wellen jüdischer Immigration aus den Ghettos und Konzentrationslagern in Mittel- und Osteuropa angeheizt wurde, die hier nicht nur das Heimatland sahen, das Balfour versprochen hatte, sondern auch einen jüdischen Staat."[12]

Am 15. Mai 1948, drei Monate nach Ende des britischen Mandats, war er auf dem Weg von Jerusalem nach Kampala, dort zunächst als Dozent und Direktor des Education Department tätig, und in meiner Zeit am Makerere als Rektor.

Am anderen Ende der Hierarchie stand jemand, den wir alle zu kennen glaubten. Hugh Dinwiddy trat 1956 als Lektor für Englisch in das Department und das College ein. Er tauchte aber nur selten in Seminaren auf; er hatte als Warden der Northcote Hall alle Hände voll zu tun.

Northcote gehörte zu den Six Halls of Residence.[13] Die anderen hießen Mitchell, New Hall, Livingstone und University und waren sämtlich Männern vorbehalten; während Mary Stuart ein Frauenwohnheim war. Neben den Vorlesungen und

Seminaren, den Instituten und Fakultäten, über die das akademische Studium organisiert war, bildeten die Halls die Zentren des studentischen Lebens. Sie hatten ihre eigenen Traditionen, ihre Kultur und ihre Werte, gestählt in Rivalitäten in allen Bereichen, vom Sport über gesellschaftliche Aktivitäten, Theater und akademische Erfolge. Die eigene Identität lag im jeweiligen Wohnheim, in der eigenen Hall of Residence.

Mitunter fanden die Rivalitäten im Vokabular von Kolonisator und Kolonisiertem ihren Ausdruck. Als New Hall gebaut worden war, teilte sie sich Leiter und Verwaltung mit der älteren Northcote. Im Jargon der damaligen Zeit sprach man von New Hall als einer Kolonie der letzteren. In der Spannung zwischen beiden sah man das ständige Streben der New Hall, sich aus Northcotes kolonialem Schatten zu befreien.

An einer anderen „kolonialen Geschichte" waren Mitchell und University Hall beteiligt. Mitchell gehörte zu den ältesten Männerwohnheimen des Makerere, zu den Hostels bei der ursprünglichen Begründung als technisches Gymnasium. Es war nach Sir Philip E. Mitchell benannt, zwischen 1935 und 1940 Gouverneur von Uganda, der deren frühe Entwicklung unterstützte und die Schule als zukünftiges Zentrum höherer Bildung für die Territorien in Ostafrika sah[14]: „einen Ort, an dem Versorgung für die Söhne der Größten im Land ebenso bereitsteht wie für die der Ärmsten"[15], eine Vision, die am Makerere, das ich jetzt besuchte, umgesetzt wurde. Die alte Mitchell versinnbildlichte die Kontinuität vom Gymnasium zum College.

Ohne abschließbaren allgemeinen Zugang zu den verstreuten Gebäuden konnte die neu eingeführte *Oxbridge*-Tradition der Schließung der äußeren Tore durch Portiers oder Wärter um Mitternacht und der Ausschluss von Besuchern nach der Geisterstunde nicht wirksam werden. Der Nachtwächter, der nur mit einem Stock bewaffnet war, konnte nicht alle festnehmen, die gegen die Sperrstunde verstießen. So konnten sich die Mitchellites zu jeder Tages- und Nachtstunde frei bewegen.

Die Freiheit der Mitchellites war ein Verweis auf die „Unfreiheit“ nach Mitternacht in den anderen Wohnheimen. Wir hörten Schauergeschichten über Studenten, die nach Anbruch der Sperrstunde zurückkamen und versuchten, an den hohen Mauern der modernen Wohnheime hinaufzuklettern, was einmal im Falle Northcotes sogar zum Tod führte. Die Modernität hatte also ihren Preis, so schien es, und die Mitchellites waren nicht geneigt, ihn zu zahlen.

Als es 1962 so weit war, dass die alte Mitchell geschlossen und eine neue, moderne gebaut werden sollte, beschloss man, deren Bewohner auf die anderen Wohnheime aufzuteilen. Die Mitchellites nahmen den Verlust ihrer Freiheit übel, mehr aber noch den Witz, sich nun einer ordentlichen Ausrichtung unterziehen zu müssen, weil sie nie richtig „zivilisiert“ gewesen waren. In der Nacht zum 29. März 1962 legten sie ihre alten Talare an, aßen zeitig zu Abend, stürmten anschließend University Hall, pflanzten die Mitchell-Flagge auf den Mitteltisch, bedrohten den Vorsitzenden mit einer kleinen Pistole und zwangen ihn, die Unterwerfungs-Charta zu unterzeichnen, die Glennie Dias, der später Northcoter werden sollte, für sie in gotischer Schrift vorgefertigt hatte.

Die Begriffe und Bedingungen dieser Unterwerfung legten vertraglich fest, dass Mitchell Hall, nachfolgend als „die Kolonisatoren“ bezeichnet, University Hall, im Folgenden „die Eingeborenen“ genannt, erobert und folglich kolonisiert hatte.

Im Bewusstsein, dass die Eingeborenen lediglich eine äußerliche Form der Zivilisation erlangt hatten, gelobte die Kolonialregierung, den Eingeborenen das Wesen der Zivilisation zu vermitteln. Zu diesem Zweck hatte die Kolonialmacht beschlossen, vierzig Auswanderer auszusenden, die bei den Eingeborenen unter der Bedingung leben sollten, dass (a) das eroberte Land den Auswanderern adäquaten Anreiz böte und (b) die Auswanderer bei Rentenantritt Anspruch auf volle Kompensation für den Verlust ihrer Karrieren hätten, die von den

Eingeborenen zu tragen sei. Als Teil der übergreifenden Kolonisierungspolitik hatte Mitchell Hall entsprechend des AID-Programms für rückständige Länder Emissäre an New Hall, Northcote und Livingstone gesandt.

Die Studentenzeitung „The Makererean“ titelte spöttisch über den Zwischenfall, dass University Hall „vom beständig expandierenden Mitchell Hall Empire überfallen, erobert und kolonisiert wurde“.

Ungeachtet der Gefühlslage an der Hohen Tafel – ganz offensichtlich amüsierten sich dessen Herrscher nicht über diesen Seitenhieb auf den Kolonialismus – waren die Mitchellites fest entschlossen, ihre Zugehörigkeit zu Mitchell dadurch aufrechtzuerhalten, dass sie als Eroberer und nicht als Bittsteller in University Hall Einzug hielten.[16] Sie mussten einen besonderen Charakter schützen und einen Ruf bewahren.

Der Fall Mitchell steht beispielhaft für das Offensichtliche, dass jede Hall ganz eigene Traditionen und einen Gemeinschaftssinn entwickelt hatte, die nur ihr allein entsprachen. Doch es waren nicht nur die Studenten: Auch der Charakter des Warden trug dazu bei, die übergreifende Ausrichtung eines Wohnheims zu bestimmen. Welbournes freigeistiger Charakter und der der Hall, über die er gebot, reflektierten einander, und manch einer behauptete gar, dass er in der Planungsphase des Überfalls mit von der Partie gewesen war.

Dinwiddy, der 1959 die Leitung Northcote's von John Coleman übernommen hatte, war Katholik und verkörperte, völlig anders als Pater Foster, eine echte katholische Kultur. Sein Charakter war durch Sport und Wissenschaft geformt worden. Er hatte in Cambridge studiert, war ein erstklassiger Cricket-Spieler, der in den Dreißigern für den Kent County Cricket Club (KCCC) und den Cambridge University CC gespielt hatte; sich für Rugby begeisterte, für die *Harlequins* spielte und 1936 sogar für England auflief. Er liebte Literatur, Musik und die Menschen, und war immer von persönlichen Geschichten angetan und an ihnen interessiert. Sein herzhaftes Lachen war ansteckend.

Unter Dinwiddy zog Northcote alle möglichen Charaktere an: den Rätselhaften, den Tragischen und den Exzentriker. Der Rätselhafte, genannt Dr. Scout, war ein blitzgescheiter Medizinstudent – überdies Produkt der Alliance –, ein Anführer bei den Pfadfindern, sogar als *Queen's Scout* ausgezeichnet, der sein Zimmer in Northcote Hall zum Hauptquartier einer riesigen Fahrzeugdiebstahl- und Rauboperation machte, die sich über den Kongo, Uganda, Tanganyika und Kenia erstreckte. Als seine Raubzüge Jahre später herauskamen und seiner blühenden Arztpraxis ein Ende bereiteten, stellte sich, wer ihn von damals kannte, die Frage, wie er es geschafft hatte, seine Medizinprüfungen zu bestehen, während er gleichzeitig Raubzüge über Ländergrenzen hinweg plante.

J. Njoroge war der Fall des tragischen Genies. Er war vielleicht der belesenste und dabei tiefschürfendste Student in meiner Zeit auf dem Hügel. Er schrieb sich ein Jahr nach mir am Makerere ein, und nur Monate nach der Ankunft forderte er Drittjahrstudenten im Honors-Programm Geschichte bei Fakten und Interpretation von europäischem Denken und europäischer Geschichte heraus. Er erzählte verblüfften Studenten, die ihm Jahre voraus sein sollten, von Kant, Hegel, Thomas von Aquin und Marx. Er nahm das Forschen nach der Wahrheit wörtlich und wollte dazu die Missionsarchive in Kampala besuchen. Er wandte sich an das Institute of Social Research am Makerere und bat um Hilfe, aber sie lehnten ihn als Streber ab: Konzentriere dich auf die Seminare und Seminaranforderungen. Er weigerte sich, sich auf englische Geschichte zu beschränken und wandte ein, dass es wichtig sei, sie im Kontext der europäischen Geschichte zu betrachten. Er ging zu den Lehrstuhlinhabern, die ihn wissen ließen, dass er sich darauf konzentrieren solle, seine Prüfungen in englischer Geschichte zu bestehen. J. Njoroge studierte nie um der Prüfungen willen:

Für ihn waren Prüfungen ein Test dessen, was er bereits wusste, und nicht ein Test dessen, was er ein paar Wochen vor den Prüfungen eingepaukt hatte. Er bestand immer mit „Auszeichnung". Im März 1962 veröffentlichte er einen Artikel „Christianity and the Rise of Nationalism in East Africa" in der Zeitschrift „The Undergraduate". Da war er bereits von dem enttäuscht, was für ihn die intellektuelle Engstirnigkeit des Makerere darstellte. Er wollte raus. Insgeheim bewarb er sich für ein Stipendium an einer Einrichtung in Paris, die er für ein College hielt, und bekam es auch, stellte aber bei der Ankunft in Paris fest, dass es sich um eine Fachoberschule für Französisch handelte und flog zurück. Er ging nach Daressalaam, schrieb sich an der neu eröffneten Law School ein, ohne sich am Makerere exmatrikulieren zu lassen, und wurde noch frustrierter. Er kehrte ans Makerere zurück, wurde wegen Verstoßes gegen die Regularien exmatrikuliert, aber Dinwiddy setzte sich für ihn ein und erreichte, dass der Bann auf drei Monate Suspendierung reduziert wurde. Er hatte den rastlosen Geist eines Genies, und Dinwiddy schien dies zu verstehen. Doch Njoroge kam nie zurück. Er starb bei einem Autounfall.

Ich vermisste ihn sehr. Wir beide, er und ich, verstrickten uns immer wieder in hitzige Debatten über alles und jedes, von Politik über Literaturgeschichte bis zur Philosophie. Zwar konnte ich ihm in europäischer Geschichte und Philosophie nicht das Wasser reichen, aber das machte ich durch meine enormen Literaturkenntnisse mehr als wett.

Babulal Patel war der Exzentriker, ein brillanter Maler, der über keine formale Kunstausbildung oder -anleitung verfügte. Er war fast taub und kaum am gewöhnlichen akademischen Lehrplan interessiert, den eine Aufnahme am College verlangte, aber er fand Unterstützung bei Mr. Manohar Lal Sood, dem Rektor der Kisumu High School in Kenia, der Babulals einzigartige Begabung erkannte, am Makerere einen Antrag stellte und für ihn die Zulassung am Fine Arts Department erwirkte.

Patel fand sogleich in Northcote ein Zuhause, arbeitete aber lieber im Schatten eines Baums, nackt bis auf die Unterwäsche. Er malte von indischen Epen inspirierte Figuren mit vielen Gliedern, in kühnem Grün oder Blau, die einem nicht mehr aus dem Gedächtnis wollten. Manchmal verschwand er, ohne jemandem Bescheid zu sagen, Dinwiddy machte ihn jedoch, meist im umliegenden Buschland, immer ausfindig und lockte ihn zurück in die Hall. Er war das vollendete Beispiel des Platon'schen „verrückten" Genies.

Dinwiddy! Er trug den freundschaftlichen, aber wetteifernden Sportsgeist in die Kultur von Northcote: Er war Cheftrainer, Motivator, Cheerleader, Ratgeber und Obertröster. Er war da, um seine Kämpfer zu verabschieden, und er war vor Ort, um sie wieder in Empfang zu nehmen, egal ob sie nun gewonnen oder verloren hatten. Seine großzügige Persönlichkeit trug dazu bei, einen besonderen Northcote-Gemeinschaftsgeist herauszubilden, dem wir allesamt treu waren.

Er und seine Frau, die Pianistin Yvonne Marie, geborene Catterall, waren tatsächlich die Oberhäupter einer Northcote-Familie, die mit einer Reihe privater und öffentlicher Rituale genährt wurde, deren Zeremonienmeister Dinwiddy war. War jemand in Schwierigkeiten, sprach er persönlich bei ihm vor und hörte sich dessen Problem an. Er veröffentlichte zudem den Northcote-Newsletter, in dem er über alle Aspekte des Lebens in der Hall berichtete, sie herausstellte und unsere Errungenschaften im Sport und den akademischen Bereichen pries. Der Newsletter war mit Witz verfasst und von Anspielungen aus Sport und Literatur durchsetzt.

Die siegreichen Helden eines Wettstreits lud er zum selbst gekochten Essen zu sich nach Hause ein, direkt gegenüber dem Haupteingang zur Hall, doch öfter noch lud er herausragende Studenten zum Mahl an der Hohen Tafel.

Northcotes Speisesaal diente mehreren Zwecken: Täglich war er Speisesaal, Tanzsaal bei den Gesellschaftsabenden, und er war Kunstgalerie, die Wände bedeckt mit Kunstwerken von Künstlern der Hall. *Sam Ntiro* mit seinen Wandbildern und Ignatius Sserulyo mit seiner Interpretation der „Religionskriege in Buganda" waren die berühmtesten.

Die im Wohnheim untergebrachten Angehörigen des Lehrkörpers aßen immer an der Hohen Tafel, während uns Studenten die niederen Tische vorbehalten blieben. Einmal in der Woche aber wurde die Hohe Tafel zur formalen Angelegenheit und die Dinierenden trugen Anzüge und akademische Roben. Zu den Gästen gehörten wichtige Repräsentanten der Verwaltung des Uganda Protectorate oder Würdenträger, die von außerhalb Ugandas kamen und zu Besuch weilten. In meiner Zeit waren es *Abiola Irele*, ein aufstrebender nigerianischer Intellektueller, der in Paris lebte und später eine führende Leuchte der Literaturtheorie und -kritik wurde; der Gouverneur Kenias, Sir *Patrick Renison*, der Kenyatta in schändlicher Weise als den Anführer von Finsternis und Tod bezeichnete; sowie der ehemalige Gouverneur von Uganda, Sir *Andrew Cohen*, der einst den jungen Kabaka von Buganda nach London ins Exil zwang, bevor er seinerseits gezwungen wurde, ihn wieder zurückzuholen. Dinwiddy war der Vorstand am Tisch und die bewundernswerte Yvonne stets an seiner Seite.

Wohnte man in Dinwiddys Northcote, so hieß das, Teil von etwas zu sein, dass größer war als man selbst. Sieg und Niederlage, Triumph und Katastrophe erzeugten ein gemeinschaftliches Gefühl von Trauer oder Freude; und selbst wir, die Frischlinge des Jahrgangs 1959 in der Familie, waren schon bald in den Geist Northcotes eingegliedert. Stellte ein Northcoter sich in irgendeiner Arena dem Wettbewerb, dann gingen wir hin, um ihn anzufeuern. Doch was Publikumsteilnahme und gespannte Erwartung anging, so konnte es nichts – nicht einmal der Sport – mit dem Englisch-Wettbewerb der Halls untereinander aufnehmen. Man musste kein Spezialist sein, um sich an einer Theateraufführung zu erfreuen.

Die Inter-Hall English Department Competition für Originalstücke, Erzählungen, Reden und Gedichte wurde 1958 von Professor Alan Warner eingeführt. Seine Frau Phyllis war in den Theaterkreisen von Makerere und Kampala bekannt und Hauptdarstellerin bei den Makerere Players, einem Amateurensemble, das vorwiegend aus ausländischen Lehrkräften auf dem Hügel bestand. Auf Grund der Stellung des Englischen im akademischen, intellektuellen und kulturellen Leben der Kolonien war dieser Wettstreit zwischen den Wohnheimen zugleich das Kronjuwel aller Wettbewerbe. Er fand jährlich statt.

Ich gehörte zu den Northcoters, die am Wettbewerb 1960 teilnahmen und die demütigende Niederlage des Beitrags unserer Hall erfahren mussten, der letzter wurde. *Jonathan Kariaras* „The Green Bean Patch" mit *Ben Mkapa* gewann für die New Hall den begehrten ersten Platz. Kariara sollte später Verleger bei Oxford werden und Ben Mkapa der dritte Präsident Tansanias. Damals aber waren sie nichts weiter als die glücklichen Gewinner unserer Nachbarn, der New Hall. Unsere kollektive Trübsal war an jeder Geste abzulesen.

Irgendetwas geschah in mir. Trotz der Theatererfahrungen an der Alliance hatte ich noch nie zuvor ein Stück geschrieben oder auch nur daran gedacht, eins zu schreiben. Doch auch ohne es jemandem anzuvertrauen, wusste ich, dass ich für das nächste Jahr einen Einakter schreiben würde. Mein erster Versuch im Genre des Theaters erfolgte als Reaktion auf ein gemeinschaftliches Bedürfnis und aus Hoffnung. So kam mein erster Einakter auf die Welt, „The Rebels".

Das Stück handelt von einem Makerere-Studenten aus Kenia, der sich in ein Mädchen aus Uganda verliebt und sich mit ihr verlobt. Ihre Hochzeitspläne werden vom Einspruch seiner Gemeinschaft durchkreuzt, die eine Einheirat in eine Kultur nicht hinnehmen kann, in der Frauen nicht beschnitten werden. Er schwankt zwischen den Forderungen der Liebe und den Regeln der Tradition, kann sich weder von dem Mädchen trennen noch gegen seine Gemeinschaft auflehnen. Das Mädchen entscheidet für ihn; sie verlässt ihn und wirft ihm verächtlich den Verlobungsring vor die Füße.

Der Schluss sollte düster sein, traurig, mit tragischem Unterton. Aber Wahome, der Junge, der das Mädchen spielte, ein hübsches Mädchen zudem, entschied sich gegen alles, was wir zuvor besprochen hatten, und kreiste in einer übertriebenen Geste der Verachtung mit den Hüften.[17] Das Publikum platzte vor Lachen. Bis dahin hatten wir uns sehr gut geschlagen. Diese Geste riss uns jedoch rein. Wir wurden Zweiter, doch das war ein großer Sprung im Vergleich zur Platzierung, auf der wir in nicht lange zurückliegenden Jahren gelandet waren.

Das war 1961. Gegen meinen Willen war ich Dramatiker geworden. In der Oberschule hatte ich zwar bei Shakespeare-Dramen mitgemacht, mich aber nie als zukünftigen Dramatiker gesehen, meine literarischen Ambitionen lagen eher im Bereich der Prosa. Doch jetzt hatten die Umstände mich als Erstes zum Theater gebracht, und die Ergebnisse meines Versuchs am Einakter „The Rebels", der hinter Peter Nazareths „Cosmos" den zweiten Platz belegte, hatten mir den Ruf eines Dramatikers eingetragen. Jeder Northcoter sagte, dass ich einer sei. Dinwiddy sagte das und erwähnte meinen Namen prominent im Northcote Hall Newsletter. Ich wurde zur großen Hoffnung meiner Hall für das Jahr 1962 und enttäuschte nicht.

Ich erfüllte die Erwartungen mit meinem zweiten Einakter „The Wound in the Heart".[18] Alle waren glücklich, als wir 1962 die Trophäe der Inter-Hall English Competition gewannen.

Niemand nahm daran Anstoß, dass „The Wound in the Heart" die nationale Bühne verweigert wurde. Nicht Dinwiddy, keiner von meinen Kommilitonen in Northcote, weder der Lehrkörper noch die Studenten im English Department. Für sie war der Wettbewerb eine Angelegenheit von gestern, lag buchstäblich Monate zurück.

Mir aber kam die Ablehnung an den seltsamsten Orten und zu seltsamen Zeiten in den Sinn. Ich war jetzt im dritten Jahr, hatte die Preliminaries bestanden, die Abschlussprüfungen nach zwei Jahren auf halbem Weg zu einem Diplom. Wer durchgefallen war, wurde exmatrikuliert. Wer bestanden hatte, konnte sein Hauptfach wählen. Man hatte mich beim Honors-Programm in Englischer Sprache und Literatur angenommen, das ein Jahr länger dauerte als der allgemeine Abschluss.

Ich wählte Wirtschaft ab, auf Wiedersehen Dr. Cyril Ehrlich, keine Vorträge mehr über eingebildete Studenten, doch blieb die unbestimmte Vorstellung, etwas tun zu müssen, das noch nicht getan worden war, nur um ihm zu beweisen, dass ich dazu fähig war. Ich vermisste Geschichte, das andere Fach, aber das machte nichts. Literatur, das war mir klar geworden, beinhaltete eine Menge Geschichte, Philosophie und Kultur der unterschiedlichen Perioden, in die das Studium der englischen Literatur unterteilt war. Einiges aus den Listen der Sekundärliteratur, die mit einzelnen Texten einhergingen, half mir dabei, die Literatur in die große Bewegung der Ideen und des gesellschaftlichen Wandels der jeweiligen Epoche einzuordnen.

Nicht, dass diese Verbindungen in den Seminaren deutlich hergestellt worden wären. Um sie eingehender zu diskutieren und all ihre Implikationen hervorzulocken, gründeten Gulzar Nensi, Selina Coelho, Emmanuel Kiwanuka, Bethuel Kurutu, Bahadur Tejani und ich eine Studiengruppe, die sich außerhalb der Studienzeiten traf. Einer machte eine Präsentation zu einem Thema seiner Wahl, die jedoch auf einem allen vorliegenden Text aufbauen musste. Die anderen antworteten ihm. Ein Text, der in Vorlesung und Seminar blutleer geblieben war, löste in unserer Gruppe große Leidenschaft bei seiner Verteidigung oder Ablehnung aus. Ich redete einmal zum Thema „King

Lear: The God" und folgte der Entwicklung seiner Selbstwahrnehmung als Göttlichkeit bis zur Entdeckung seiner Menschlichkeit während des Sturms. In einer Mail aus Oxford, wo sie heute lebt, konnte sich Gulzar Kanji, geborene Nensi, immer noch an das erinnern, was sie das King-Lear-Seminar nannte.[19]

Warum beschäftigte mich dann bei all der Begeisterung für das Studium die Ablehnung eines Einakters für die nationale Bühne so sehr? Das Stück und der Wettbewerb zählten nicht einmal für mein Diplom.

Vielleicht hätte ich das Schicksal akzeptiert, wenn ich nicht von den Gründen dahinter erfahren hätte. Aber der Ausdruck „ein britischer Beamter ist dazu nicht fähig" fuchste mich. Das Verbot log. Ohne Antwort verhüllte seine Befolgung lediglich die Lüge.

Der Makerere-Schwur fiel mir ein, deutlich und klar und unmissverständlich: Strebe nach der Wahrheit. So lautete die Mission, auf die ich geschworen hatte. Deswegen besuchte ich das College. Ich konnte die Entscheidung der Mächtigen nicht umkehren, ich konnte jedoch dagegen ankämpfen, zumindest den Monopolanspruch der europäischen Gemeinschaft auf das Kampala National Theater in Frage stellen. Die große Frage aber lautete: Wie?

Das Jahr 1960 hatte bereits eine Reihe von Ereignissen in der Welt wie in Afrika in Gang gesetzt, die den Campus auf unterschiedliche Weise beeinflussen sollten und dadurch auch meine letztliche Entscheidung und die Antwort auf diese Frage.

Anmerkungen

1 Vgl. „Träume in Zeiten des Krieges"

2 Vgl. „Träume in Zeiten des Krieges" und „Im Haus des Hüters"

3 W. Churchill: „My African Journey", Toronto 1909, S. 88–89

4 Ebenda, S. 197

5 „A Grain of Wheat", London: Heinemann, 1967

6 Politiker, die gemeinsam mit Kenyatta vor Gericht gestellt und inhaftiert wurden: Paul Ngei, Bildad Kaggia, Kũng'ũ Karumba, Fred Kubai. Der sechste, Achieng Oneko, wurde an einem anderen Ort gefangen gehalten

7 Francis Bacon: „Of Truth. Essays, civil and moral", New York: Collier, 1909

8 http://www.zeno.org/Philosophie/M/Aristoteles/Metaphysik/Erste+Abteilung.+Die+Hauptst%C3%BCcke/Vorbemerkung

9 Paul Foster: „White to Move: A Portrait of East Africa Today", London: Eyre and Spottiswoode, 1961; Eine Besprechung von Fred Mpologoma erschien dazu in „Transition", November 1961

10 Ngũgĩ wa Thiong'o: „Decolonising the Mind: The Politics of Language in African Literature", London: Heinemann, 1986

11 Sir Bernard de Bunsen: „Adventures in Education", o. O., 1995

12 Ebenda, S. 68

13 Heute gibt es weit mehr Wohnheime, und Northcote ist in Nsibirwa Hall umbenannt worden

14 Mitchell regierte der Reihe nach auch Fidschi und Kenia, in letzterer wurde er von Evelyn Baring abgelöst, der 1952 den Ausnahmezustand ausrief

15 Zitiert nach Dinwiddy: „Makerere and the Development in East Africa in the Colonial Period", Vortrag auf der Uganda-Konferenz an der Universität Kopenhagen, 25.–29. September 1985

16 Peter Nazareth, Anführer der Eroberer, erzählte mir die Einzelheiten der Geschichte. Siehe auch der Beitrag von Dinwiddy in „Tributes to Fred Welbourne"

17 Die weiteren Darsteller waren Bethuel Kurutu und Ben Kipkorir

18 Peter Nazareth erzählte mir viel später, dass er das Stück 1973 in Iowa City zwischen meinen Büchern in der Universitätsbibliothek gefunden hatte, mit dem Titel „The Wound in the Knee". Er sagte dem Bibliothekar, dass das Stück „The Wound in the Heart" hieße. „Oh", sagte der. „Das Buch kam kurz nach dem Aufstand von Wounded Knee rein, und das muss die Person, die es gelistet hat, beeinflusst haben."

19 E-Mail an den Autor, 2012

Mercedes-Benz, Turnschuhe, Frisbees und Flaggen

Am 10. Januar 1960 wurde John F. Kennedy als 30. Präsident der USA vereidigt. Seine Erklärung „Frag nicht, was dein Land für dich tun kann, frag, was du für dein Land tun kannst", trug jeder Student auf dem Campus auf den Lippen.[1] Nicht, dass wir Länder gehabt hätten, an die wir hätten Forderungen stellen oder die wir unserer Hingabe hätten versichern können. Zu dieser Zeit waren wir allesamt noch koloniale Untertanen. Und doch schienen diese Worte uns irgendwie anzusprechen und Hoffnung zu geben. Kennedy war wegen der dramatischen *Studentenluftbrücke* bei uns bereits ein bekannter Name. Sie wurde eingerichtet, nachdem er und unser *Tom Mboya* sich bei einer Konferenz über internationale Beziehungen 1959 getroffen hatten.

Tom Mboya war mit 29 Jahren vom führenden Gewerkschaftsfunktionär zur Führungspersönlichkeit derjenigen Politiker aufgestiegen, die nach der Inhaftierung Kenyattas 1952 in Kenia die politische Bühne betreten hatten.[2] Er gehörte zu den am leidenschaftlichsten verehrten jungen, antikolonialen Nationalisten. Bildung war der dritte Schwerpunkt der Forderungen ihres antikolonialen Kampfes, die anderen beiden hießen Land und Freiheit. Und es war ihnen klar, dass die kolonialen Institutionen nicht genügend fähige und gebildete Menschen hervorbringen konnten, die sich den Herausforderungen des Neuen Afrika stellen konnten, das sich mit der Unabhängigkeit Ghanas 1957 angekündigt hatte. Die Mboya-Kennedy-Luftbrücke zu amerikanischen Bildungseinrichtungen war einfach dazu gedacht, dieses Bildungsdefizit aufzuheben.

Zum ersten Schub von einundachtzig Studenten, die am 11. September 1959 in New York City landeten, gehörten auch einige aus der Alliance High School, helle Köpfe, die es jedoch nicht geschafft hatten, sich einen der begrenzten Plätze am Makerere zu sichern. Dank der Luftbrücke waren Philip Ochieng, mein Tischtennis spielender Freund vergangener Zeiten, und ich im selben Jahr auf das College gekommen, er in den USA und ich in Uganda. Barack Obama Senior, der Mann, der den künftigen Präsidenten der USA, Barack Obama Junior, zeugen sollte, war ebenfalls Nutznießer der Luftbrücke.

Der Wohlfühl-Moment der pädagogischen Massenrettung war ein heilendes Gegengewicht zur Erinnerung an das Hola-Massaker Anfang des Jahres. Zusammen mit dem Thema der Beseitigung von Armut in manchen seiner Reden ließ die Luftbrücke, die sich über das Jahr 1960 hinaus fortsetzte, Kennedy erscheinen, als stünde er auf Seiten der Stimmen des Neuen, die sich gegen das alte, koloniale Europa erhoben. Es erforderte kaum Anstrengungen von den jungen Kenianern, sich mit Kennedys Wahlkampf und seinem Triumph und den Ambitionen seiner Antrittsrede zu identifizieren.

Der Kennedy-Moment und sein Impuls lösten andere Initiativen aus, einschließlich einiger, die *Jaramogi Oginga Odinga* organisierte und die auf Osteuropa ausgerichtet waren. Die Rivalitäten des Kalten Krieges erstreckten sich auf alles, auch auf die Bildungsangebote. Wie wär's mit einer Lehrerluftbrücke zu den Studenten, zusätzlich zu einer Studentenluftbrücke?

Die Idee zu *Teachers for East Africa*, einem Vorläufer des *Peace Corps*, entstand formal auf der Princeton Conference 1960, die vom African Liaison Committee des American Council of Education getragen wurde. Später sollte man die „Ursprungsgenies“ dieser Idee, J. Freeman Butts und Karl Bigelow, auf einem Foto zu sehen bekommen, auf dem Idi Amin, die Geißel der örtlichen Lehrer und Intellektuellen, die beiden anlächelt. Doch schmälert das nicht den lebhaften Idealismus des ursprünglichen Zieles, „Ostafrika dabei zu unterstützen, die Sekundarbildung und die Lehrerbildung so auszubauen und zu entwickeln, dass Ostafrika schnellstmöglich dazu übergehen kann, seine eigenen Lehrer in Dienst zu stellen". Noch schmälert dies das Engagement, die Hingabe, den Enthusiasmus und die Freundlichkeit der einzelnen Lehrkräfte. Sie sahen sich als diejenigen, die auf die Herausforderungen einer neuen Grenzlinie reagierten, ein Selbstverständnis, das durch John F. Kennedys Telegramm noch verstärkt wurde, das er ihnen in ihre ursprüngliche Ausbildungsstätte an der Columbia University schickte und in dem er sie daran erinnerte, dass sie inoffizielle Botschafter der USA waren, denn „Wenn ihr in Ostafrika seid, werdet ihr als Repräsentanten der Vereinigten Staaten gesehen werden, eure Werte als ihre Werte, eure Worte als ihre Worte".[3]

Das Makerere College sollte der letzte Abschnitt ihrer Ausbildung werden. So erwachten wir 1961 und sahen den Himmel über den grünen Rasenflächen des Hügels voller „nicht identifizierter" Flugobjekte, und den Boden von Sneakers tragenden Fremden besetzt, die versuchten, diese zu fangen.

Bernard de Bunsen, der Rektor meiner Zeit, beschreibt Makerere in seinem Buch „Adventures in Education" als ein *Charing Cross* mit ständigem Zustrom an Besuchern von Gouverneuren über Kabinettsminister bis zu Führern der Welt wie Indira Gandhi aus Indien und Golda Meir aus Israel. Gouverneur Sir Andrew Cohen kam oft zu den Tanzabenden, die in der Main Hall stattfanden.

Das Makerere zog nicht nur den Gelehrten, den Politiker und den Musiker an. Auch der Abenteurer kam vorbei. Ich erinnere mich an ein deutsches Paar, Friedrich und Susanne

Vogel: Sie waren mit ihrem Mercedes-Benz durch Nordafrika nach Ostafrika gefahren. Das war die erste Etappe ihrer ersten Afrika-Reise, die sie über Zentral- und Westafrika zurück nach Deutschland führen sollte. Dank Dinwiddy wurden sie Gäste von Northcote. Vielleicht war ihr Mercedes der erste auf dem Boden Ugandas, möglicherweise sogar Ostafrikas; die Marke zog in Ostafrika, das damals Land des Fords war, nicht sehr viel Verwunderung oder Aufmerksamkeit auf sich, mir fiel jedoch auf, dass die Vogels ihr Auto mit öffentlichen Auftritten recht allgegenwärtig und unübersehbar gemacht hatten, ganz zu schweigen von den vielen Gruppenfotos mit den Vogels und Studenten ringsherum.

Das Paar war sehr angenehm, ganz das Gegenteil des Bilds der Deutschen, das die Engländer in ihrer Geschichte über den deutschen Kolonialismus in Tanganyika und Südwestafrika und natürlich den Zweiten Weltkrieg gezeichnet hatten. Das Paar und die Wärme, die von ihnen ausging, waren meilenweit vom Deutschen des Völkermords an den Herrero in Südwestafrika, dem heutigen Namibia, und den Gaskammern in Auschwitz entfernt. Sie redeten kaum über Politik, dafür umso mehr über deutsche Philosophie, Kunst und Industrie. Trotzdem musste ich stets an dieses Paar denken, sobald die Politik der Berliner Mauer, die am 13. August 1961 errichtet wurde, in den Zeitungen erwähnt wurde.

Als ich fünfzig Jahre später in ihrem Heim in der Nähe von München zu Gast war, das auf die schneebedeckten Alpen schaut, erfuhr ich, dass ihre Reise weniger vom Wasser in Nil, Kongo, Sambesi oder dem Niger bestimmt gewesen war als vielmehr vom Fluss des Bluts in ihren Adern. Susanne hatte nur unter der Bedingung eingewilligt, Friedrich zu heiraten, wenn ihre Hochzeitsreise durch Afrika gehen würde, einen Kontinent, den sie beide noch nie besucht hatten. Er nahm die Herausforderung an. Sie warfen alles Geld zusammen, das sie gespart hatten, was bei dem gerade abgeschlossenen Studium nicht viel war, und handelten dem Hersteller einen gebrauchten Mercedes-Benz kostenlos ab. Ihre romantische Reise wurde auch zur Werbetour für das Logo mit dem dreizackigen Stern, dem weltweiten Symbol der Marke Mercedes-Benz seit dem Zusammenschluss von Daimler und Benz im Jahr 1926. Der Name Mercedes wurde eingeführt auf Grund der Beharrlichkeit von Emil Jellinek, einem wohlhabenden Kunden der Hersteller, der darauf bestand, dass die Autos den spanischen Namen seiner Tochter trugen: Mercedes.

Bereits bald sollte Mercedes-Benz zum Statussymbol der vom Makerere hervorgebrachten und nach der Unabhängigkeit aufstrebenden Elite werden, und ich schrieb die Erzählungen „Ein Mercedes-Begräbnis“ und „Der Mann aus dem Stamm der Mubenzi“, in denen ich diese Obsession satirisch darstellte.[4] Wamabenzi und Merceded wurden zu Spitznamen für die neue, postkoloniale, wohlhabende Mittelklasse.

Mit seiner Gründung als Universitäts-College zog das Makerere Besucher an, die ihrerseits hier und da im gesellschaftlichen Leben auf dem Campus ihre Spuren hinterließen. Nichts aber kam den Aliens mit den Sneakers gleich.

Eine amerikanische Invasion! Sie waren noch gar nicht richtig angekommen, als sie sich auch schon über den Campus verteilten und Fangen mit monsterähnlichen Handschuhen spielten, die den Ball verschluckten, Frisbees schleuderten, die wie Teller aus dem Weltall durch die Luft flogen, sich oval geformte Bälle zuwarfen und die Einheimischen mit „Hi“ anredeten. Einige trugen vielfarbige, sackartige Hosen und Westen dazu, und an den Füßen hatten sie Sandalen und Sneakers, die wir als Tennis- oder Gummischuhe bezeichneten. Die erste Ladung der Fremden war durchgängig weiß.

Der Unterschied in der Kleidung zwischen ihnen und uns war auffallend. Als ich in meinen nicht-so-smart-aussehenden Hosen im Makerere ankam, hatten die Freunde mich schleunigst zu Savanis Tuchladen in der Kampala Street geschleppt, damit ich mir maßgeschneiderte Sakkos und Hosen aus Gabardine und Wolle zulegte. Savani war ein indischer Schneider, der irgendwie zum Modedesigner des Makerere geworden war. Jeder Student war stets so gekleidet, als wäre er sofort zu einer Cocktailparty bereit. Eine Krawatte vervollständigte die Garderobe. Ich mochte eine schmale schwarze Fliege mit einer Spur Weiß an den Rändern. Die Amerikaner verwandelten bei feierlichen Anlässen ihre Freizeitkleidung in etwas Formelles, indem sie einfach eine Fliege in schreienden Farben hinzufügten. Die Kleidungstraditionen der Amerikaner und Briten standen eindeutig auf Kriegsfuß.

Auch vorher waren schon amerikanische Besucher an das Makerere gekommen. 1959 war es, über das State Department, der Flötist *Herbie Mann*, 1960 hatte Peter Nazareths Makerere Jazz Club Louis Armstrong zu Gast. Beide traten in der Main Hall auf. Die Ankunft der ersten Welle Teachers for East Africa im Juni 1961 war jedoch in jeder Hinsicht etwas anderes. Die Lehrer waren zu einem Orientierungsprogramm oder wegen eines Diploms ans Department of Education gekommen, das damals von Professor Eric Lucas geleitet wurde. Anschließend sollten sie auf afrikanische Oberschulen in Kenia, Uganda und Tanganyika verteilt werden.

Ihre Anpassungsfähigkeit half ihnen, rasch den Charakter des Wohnheims aufzunehmen, in dem sie jetzt untergebracht waren, während ihre erfinderische Tatkraft auch den Charakter ihrer jeweiligen Unterkunft beeinflusste. Auf dem Campus als Ganzem veränderten sie einige alte Verhaltensweisen. Als Erstes verschwand der rote Talar, langsam zunächst, aber im Laufe der Zeit war die Obrigkeit gezwungen, die Auflagen zu seiner regelmäßigen Benutzung zu lockern. Sneakers und Sandalen begannen die zu spiegelähnlicher Feinheit aufpolierten Lederschuhe herauszufordern. Die von ihnen eingeführte, gedruckte Zeitung „The Makererean" ersetzte bald die althergebrachten studentischen Nachrichtenmagazine, die „Guild Information Bulletin" hießen, zusammengetackerte, vervielfältigte Schreibmaschinenseiten. Auch die Partnersuche. Amerikanische Mädchen mit afrikanischen und asiatischen Jungen, amerikanische Jungen mit afrikanischen und asiatischen Mädchen, oder einfach Amerikanerin und Amerikaner. Wie immer auch die Paarungen aussahen, die Amerikaner waren der öffentlichen Ausstellung von Zuneigung gegenüber geneigter als ihre einheimischen Gegenspieler.

Sie wagten sich auch ans Theater, am Bemerkenswertesten dabei die „Macbeth"-Produktion in afrikanischer Kleidung. Ich hatte viele Shakespeare-Produktionen gesehen, zumeist an der Alliance, aber bei denen hatten die afrikanischen Schauspieler Imitationen englischer Bekleidung aus dem 17. Jahrhundert getragen. Das hier war eine absolute Neuheit. Es lag vielleicht an meinem zweiten Platz im Drama-Wettbewerb des vergangenen Jahres, dass *Nat Frothingham* mich aussuchte, aber ich willigte ein, die Regieassistenz zu übernehmen. Ich machte Notizen zu Szenen und Positionen; ich kontaktierte die Schauspieler und ging, wenn Nat nicht zugegen oder mit anderen Ereignissen beschäftigt war, die Szenen durch, die bereits abgehakt waren. Ich wurde zum Gedächtnis der Produktion.

Frothingham wurde nachfolgend Herausgeber und Verleger der „Montpelier Bridge" und außerdem Verfechter der Unabhängigkeit Vermonts, am Makerere aber schien er mehr von der Liebe zum Theater als von Politik und Ideologie inspiriert. Und doch war er sich bewusst, dass diese Produktion eine Herausforderung des Status quo darstellte. Die vorausgegangenen Shakespeare-Produktionen auf dem Hügel waren bislang alle vom weißen Lehrkörper um eine Amateurtruppe, die Makerere Players, gestaltet worden.

Szene aus „Macbeth"

Frothingham war unglaublich optimistisch und verströmte ansteckende Energie und Enthusiasmus, der die ursprüngliche Skepsis bei einigen Schauspielern in Glauben und Hingabe verwandelte. „Macbeth" in afrikanischer Kleidung und mit afrikanischen Akzenten war ein Erfolg, was den Besuch und die Aufregung anging, die diese Inszenierung auslöste. Noch nie hatte es eine vollständige Shakespeare-Produktion der Studenten gegeben, geschweige denn in afrikanischer Kleidung.

Er bat mich, ihm bei einer anderen Produktion zur Seite zu stehen. Ich lehnte ab. Ich befand mich damals gerade inmitten der Arbeit am Stück „The Wound in the Heart", dessen Wirkung mich in die Kunstpolitik in einer sich schnell verändernden kolonialen Situation stürzte, deren Kraft und Geschwindigkeit ein Jahr zuvor von einem britischen Politiker in einem erinnerungswürdigen Bild eingefangen worden war.

Dieser populäre Politiker war der Konservative *Harold MacMillan*, durch den das Bild vom Wind, der über den Kontinent Afrika wehte, zum Tropus für ein unaufhaltsames Wiederaufleben nationalen Bewusstseins wurde.

Der Kontext von Zeit und Ort ist hier ebenso Teil der Bedeutung wie die Worte, die sie tragen. Als am 10. Januar 1960 die Wind-of-Change-Rede in Accra gehalten wurde, der Hauptstadt des kurz zuvor unter Kwame Nkrumah unabhängig gewordenen Ghana, wurde sie mit Applaus aufgenommen; am 10. Februar in Pretoria hingegen, der Hauptstadt des Apartheid-Südafrika unter *Hendrick Verwoerd*, empfing sie eisiges Schweigen. Bald klang das Schweigen lauter als der Applaus; die Ablehnung der Folgerungen aus diesem Satz durch die Weißen war so geschwind und wütend wie der Wind selbst.

Die südafrikanischen Weißen verwandelten das Land in einen *kraal*, um den herum sie Planwagen aus Gleichgültigkeit gegenüber den Aufschreien der Schande aus dem Ausland und der Krise des Widerstands im Inland auffuhren. Das Apartheid-Regime wetzte seine Krallen, verübte das Massaker von

Sharpeville und nach dem Blutbad folgte das Verbot des African National Congress (ANC), des *Pan Africanist Congresss (PAC)* und anderer Massenorganisationen, anschließend warfen sie deren jeweilige Führer *Albert Luthuli* und *Robert Sobukwe* aus dem umkämpften staatsbürgerlichen Raum und in das Schweigen der Gefängnisse, was schließlich in der Inhaftierung Mandelas im Jahr 1962 gipfelte. Zwei Jahre danach überschrieb *Michael Blundell*, ein Anführer der weißen kenianischen Siedler, seine Autobiographie mit „So Rough a Wind", in dem die Metapher MacMillans aus dem Jahr 1960 deutlich widerhallte.[5]

Der Kolonialstaat versuchte, die Kraft des rauen Windes dadurch abzufangen, dass er seinerseits eine dramatische Fanfare entfesselte, den Corfield Report, vorgeblich einen „Historical Survey of the Origins and Growth of Mau Mau".[6]

Frank Derek Corfield, der „Historiker", den der Staat 1957 ausgesucht hatte, diese Untersuchung zu verfassen, konnte als Qualifikationen Gouverneursposten im Sudan und in Palästina sowie ab 1954 den altersbedingten Rückzug nach Kenia vorweisen, wo er Sekretär des War Council gegen die „Mau Mau" wurde. Ein voreingenommener Historiker erhielt eine ansehnliche Summe, um mit annotierten Träumereien über eine Situation daherzukommen, in die er selbst in jeder Hinsicht verwickelt war. Er enttäuschte nicht: Er verfasste, was wahrscheinlich ganz und gar eine faktische, historische Einschätzung der LFA vom Standpunkt eines Siedlers war.

Als ich Kenia 1959 verließ, glaubte ich, dem politischen Albtraum, der das Land gefangen hielt, entkommen zu sein; aber der Corfield-Report, ein literarischer Albtraum eigener Güte, verfolgte mich bis nach Uganda. Während er auf dem Hügel allgemeine Unruhe auslöste, regten sich sehr persönliche Gefühle in mir. Ich las ihn mit den Augen meines Bruders Good Wallace und meines Onkels Gĩcini, und ich wusste, dass beide gute Menschen waren. Beide hatten an meiner schulischen Entwicklung positiven Anteil gehabt, sodass ich jetzt in der Lage war, das geschriebene Wort zu lesen, nicht als einem geschenkten Gaul, sondern als einer, dessen Zähne nach kritischer Betrachtung verlangten.[7]

Doch waren es meine Zähne, mit denen ich knirschte und die ich zusammenbiss, als ich im Corfield-Report die Beschreibung der Soldaten der Land and Freedom Army als gesellschaftliche Außenseiter las; dass „die Saat potentieller Unruhen immer dann gelegt wird, wenn eine primitive Gesellschaft mit einer höher zivilisierten Gesellschaft in engen Kontakt gebracht wird".[8] Schwarz auf Weiß las ich dort, dass die Gemeinschaft, aus der ich kam, als primitiv und für Atavismus anfällig beschrieben wurde, nur weil sie sich nach Freiheit sehnte und Maßnahmen ergriff, diesen Traum Wirklichkeit werden zu lassen. Um den LFA-Widerstand zu erklären, bediente Corfield sich einfach und unverfroren bei J. C. Carothers' Regierungsauftragswerk „The Psychology of Mau Mau", das Corfield in einer Fußnote als tiefschürfendes Dokument bezeichnet. Zugleich räumt er ein, es großzügig konsultiert zu haben, „um meine eigene Kenntnis des Afrikaners zu ergänzen".[9]

Die Behauptung einer Kenntnis des eingeborenen Denkens und Geistes zieht sich wie ein roter Faden durch einen großen Teil der europäischen Literatur über Afrika, liberale ebenso wie konservative. Grundlage dieser Sachkenntnis war die bloße Tatsache des Kontakts mit ihnen oder mit Tieren oder beiden – daher auch ihr Rückgriff auf Metaphern aus Zoologie und Urwald. Die Tatsache, dass die LFA-Soldaten im Wald lagerten, führt bei Corfield zur Beobachtung, dass „die natürliche Tendenz des verwundeten Tieres darin besteht, in seinen Bau zurückzukehren".[10]

Bei seinem Blindflug in die Urwaldtheorie vertraute Corfield auch dem Werk einer weiteren „Autorität", des Polizisten *Ian Henderson*, der in seinem Buch „Hunt for Dedan Kimathi", das 1958 auf den Markt kam, ebenfalls behauptete, das afrikanische Denken und seine Urwald-Gerichtetheit zu kennen: „Wenn die Kikuyu die Deutschen des Kenia der Stämme sind, dann war Kimathi ihr Hitler“, schrieb Henderson. „Wie Hitler musste er abwarten, bis um ihn herum die Struktur der Gesellschaft zusammenbrach, aber dann vermochte er die Konvulsionen mit brennender, pulsierender Redekunst zu nutzen. Finanzielles Chaos und die Bedrohung durch den Kommunismus gaben Hitler seine Chance. Die Korruption der Bräuche der Kikuyu durch die Mau Mau und die Flucht in den Urwald eröffneten Kimathi seine Möglichkeit.“[11]

Seiner Schilderung der LFA lag Carothers Psychologie zugrunde. Und nun hatte Corfield Henderson benutzt, um zu untermauern, was er bei Carothers entlehnt hatte. Carothers, Corfield und Henderson wurden Ko-Autoren derselben Pseudo-Wissenschaft, Erben Samuel Cartwrights im zwanzigsten Jahrhundert, jenes Chirurgen der Sklavenplantagen aus dem 19. Jahrhundert. Man musste nicht Psychologie studieren, um zu erkennen, dass man es hier mit einem Fall zu tun hatte, in dem die Kolonie ihre eigenen Taten auf den widerstehenden Anderen projizierte. Es war nicht die LFA, die das Massaker von Hola beging, strategische Dörfer erfand, Konzentrationslager, öffentliche Massenhinrichtungen und die Folterkammern, die in den Städten und Dörfern wucherten.

Wie sollte ein kolonialer Student dieses tägliche Bombardement mit einer herablassenden Sicht auf meine Geschichte und mein Sein ertragen? Die Bildungsreise eines kolonialen Studenten wird immer wieder von missglückten Versuchen gesäumt, aber auch von Siegen, doch können Narben zurückbleiben. Man kann nur hoffen, dass die Narben keine eiternden Wunden verbergen. Mein Glück war, dass ich Bücher liebte. Das aufklärende Buch kann auch umnachten, aber zumindest kann man das eine gegen das andere stellen. Das Makerere lehrte mich, Bücher noch mehr zu lieben, seine gut ausgestattete Bibliothek wurde mir zur zweiten Heimat. In der Bibliothek war ich der Herr des intellektuellen Anwesens, mit einer Hierarchie williger und engagierter Angestellter, die bereitwillig zu meinen Diensten standen.

So stolperte ich über Norman Leys „Kenya". Dieser an der Universität Glasgow ausgebildete Arzt stellte den Kolonialismus in Frage, dem er diente. Ein Gutteil meiner Faszination ging darauf zurück, dass er über seine Beobachtungen in den Jahren zwischen 1902 und 1920 schrieb, ohne ein einziges Mal zu behaupten, das Wesen des Afrikaners zu kennen. Er war die Antwort auf Corfield, Jahre bevor dieser Emissär kolonialer Wahrheit die Szene betrat.

Leys Buch enthielt für mich viele Juwelen, und ich schrieb sie gewissenhaft ab, als ob die Tatsache, sie mit meiner Handschrift einzufangen, sie dazu bringen würde, mir die Antworten zu geben, nach denen ich suchte.

„Dass ein Europäer mit 50.000 Pfund in Afrika auftauchen und diese Summe verzehnfachen kann, zum Teil zweifelsfrei durch eigene Betätigung, hauptsächlich aber durch den Verkauf von Land für 200.000 Pfund, dass er umsonst von der Regierung erhalten hat, und unter Ausnutzung von Ämtern, die die Eingeborenen des Landes dazu bringen, für ihn zu arbeiten, all das scheint der Regierung ein bewundernswertes Verfahren zu sein."[12]

Das war das genaue Gegenteil der herrschenden offiziellen kenianischen Geschichtsschreibung als Taten einer Truppe von weißen Idealisten in einer beinahe unbewohnten Wildnis, eine Sichtweise, der in *Elspeth Huxleys* „White Man's Country: Lord Delamere and the Making of Modern Kenya" die Tünche der Gelehrsamkeit verpasst wurde.[13] Corfield schlug bei Elspeth Huxley nach und ignorierte Norman Leys.

Meine Mutter, deren Einfluss auf mein intellektuelles Leben nicht hoch genug gewürdigt werden kann, ging immer sehr streng mit uns ins Gericht, wenn wir Kinder den Erwachsenen ins Gesicht sagten, dass sie logen. Das war die einzige

Zurechtweisung, die ich nie verstand. Die Erwachsenen logen immerzu. Doch immer noch unter dem Einfluss ihrer Bedenken, fragte ich mich: Wie kann sich ein ausgewachsener Mann, ein Erwachsener, ein Gouverneur sogar, im Sinne des Wortes hinsetzen und absichtlich Lügen fabrizieren und anschließend, unbeschwert von seinen Erfindungen, in seinem Bett einschlafen? Corfield hatte sogar die Mühen in den Müll getreten, die das kenianische Volk in die Errichtung eigener Schulen investiert hatte, Mühen, für die ich ein lebendiger Zeuge war.

Ich war das stolze Produkt der Bewegung für unabhängige Schulen, deren Verbot und Zerstörung durch den kolonialen Staat zu feiern Corfield sich berufen sah. Wenn er sich ehrlichen Herzens mit Leys „Kenya" auseinandergesetzt hätte, wäre er vielleicht auf ein weiteres Juwel gestoßen, das die riesige Diskrepanz in den Ressourcen beschrieb, die einem weißen europäischen Kind und einem afrikanischen Kind zugeschrieben wurden: „Die Bildungspolitik der Regierung wird anhand der Tatsache am deutlichsten, dass sie vorschlägt, für den Bau neuer Schulgebäude für die 1.500 europäischen Kinder in der Kolonie mehr auszugeben als die Gesamtausgaben für die Bildung afrikanischer Kinder der letzten fünf Jahre betragen."[14] Tatsächlich hatte der Arzt bereits 1924 einen bewaffneten Aufstand vorhergesagt, wie man in einem weiteren Kleinod nachlesen kann: „Die gesamte europäische Kolonie hat sich zur Verteidigung gegen einen afrikanischen Aufstand organisiert, wohingegen die Afrikaner und Inder, mit Ausnahme der Truppen und Polizeieinheiten mit europäischen Offizieren, unbewaffnet sind ... Nur: Werden sich die Afrikaner in Kenia immer passiv dem Lebenssystem unterordnen, das wir ihnen aufgedrückt haben?"[15]

1952 beantwortete die Land and Freedom Army diese Frage mit ihren Taten. Der Kolonialstaat versuchte, die Deutlichkeit dieser Bezeichnung durch das inhaltslose Kauderwelsch „Mau Mau" zu verbergen. Das alliterierende „Mau Mau" beruhte auf einer absichtlichen oder versehentlichen Übersetzung des ebenso alliterativen „MuMa“ aus „Muma wa (gwĩtia) ithaka na wĩyathi“, was Einheitsschwur für (die Forderung von) Land und Freiheit bedeutet. Der richtige Name des politischen Arms der Bewegung lautet „Kĩama kĩa Muma“ oder Muma-Bewegung, und für den bewaffneten Zweig „Mbũtũ ya Kũrũĩra na Wĩyathi“, Armee für Land und Freiheit. Ihr Motto lautete „Maũndũo no merĩ: Ithaka na Wĩyathi“ – zwei absolute Forderungen: Land und Freiheit. Da es niemals eine Organisation mit dem Namen „Mau Mau“ gegeben hat, beruhten die Massenverhaftungen und Massaker auf einer riesigen gesetzlichen Lüge, selbst nach den Standards der Mächte des Ausnahmezustands.

Am Makerere versammelte Reverend Fred Welbourne jede Woche eine Gruppe kenianischer Studenten um sich, um über den Corfield Report zu diskutieren. Ich hielt mich fern. Aber ich wartete gespannt auf die Ergebnisse, die unter dem Titel „Kommentar zu Corfield“ veröffentlicht wurden.[16] Die wohldurchdachten Beobachtungen und Erwiderungen der Gruppe wurden lediglich dadurch getrübt, dass sie so redeten, als wäre „Mau Mau“ auch eine Form von Religion. Die LFA jedoch war keine religiöse Bewegung, nicht mehr als die Conservative oder die Labour Party in Großbritannien christlich waren, weil sie Gebete sprachen und auf die Bibel schworen.

Doch welche Mängel auch bestanden, die über ein Jahr andauernde Diskussion zeigte erneut, dass das College sich allein schon durch die Tatsache, dass es sich buchstäblich wie metaphorisch auf einem Hügel befand, den Auswirkungen der politischen Winde, die über den Kontinent wehten, nicht entziehen konnte. Das Makerere war wie eine Windfahne, die die Richtung und Stärke des Windes verzeichnete.

Die Makerere Students' Guild, 1954 mit dem Malawier J. David Rubadiri als erstem Präsidenten gegründet, hatte die ganze Zeit auf ihre Weise die sich wandelnde koloniale Situation vorausgesehen. Zu einer Zeit, da die imperiale Welt allen Afrikanern das Stimmrecht verweigerte, wurden die Mitglieder des Studentenrates in geheimer Wahl auf der Grundlage ein Student, eine Stimme gewählt. Wahlkampf gehörte zu den Wahlen dazu, und er gipfelte in den Debatten der wettstreitenden Kandidaten vor der gesamten Versammlung. Der siegreiche Präsident bestückte dann sein Kabinett aus dem Students' Representative Council, der später in Makerere Students' Guild umbenannt wurde, der aus Delegierten der verschiedenen Wohnheime bestand und ebenfalls auf der Basis eine Person, eine Stimme gewählt wurde. Die Guild spielte Demokratie in einem sonst vollkommen absolutistischen kolonialen System. In ihrer Zusammensetzung war sie pan-afrikanisch und spiegelte so den multinationalen Charakter der Studentenschaft wider. Die Makerere Students' Guild hatte zwischen ihrer Gründung im Jahr 1954 und 1963 Präsidenten aus Malawi, Kenia, Tanganyika und Uganda.[17]

Ich war Delegierter von Northcote und wurde in der Ombati-Regierung 1961–62 Guild Information Minister, trat aber später wegen Meinungsverschiedenheiten über die Finanzierung des „Makererean" zurück. Ich stand hinter dem Prinzip, dass der „Makererean" zwar von der Guild finanziert wurde, jedoch seine redaktionelle Unabhängigkeit behielt, wohingegen andere der Meinung waren, das Blatt sollte als eine modernisierte Art des „Guild Information Bulletin" unter die Oberhoheit der Guild gestellt werden. Sie wollten keine gefährliche Institution finanzieren.

Die Guild markierte verschiedene Phasen einer sich rasch wandelnden Situation: Kaum drei Jahre nach ihrer Gründung feierte die Guild 1957 die Unabhängigkeit Ghanas. 1958 organisierte sie die erste Pan-African Students' Conference mit Delegierten aus elf Ländern, bei der Tom Mboya als Hauptredner auftrat.[18]

Im Jahr 1960 folgte die Unabhängigkeit Nigerias. Doch die Unabhängigkeit, die die frühen neunzehnhundertsechziger Jahre am deutlichsten kennzeichnete, war die des Kongo. Der „Wind of Change", der durch den Kongo wehte, wurde zum Hurrikan, der alles in seinem Weg in Unordnung brachte.

Der Aufstieg *Patrice Lumumbas* zur Macht war dem Kennedys sehr ähnlich. Beide führten ihren Wahlkampf zur gleichen Zeit im Jahr 1960. Lumumba gewann die nationalen Wahlen zwischen dem 11. und 25. Mai und wurde am 23. Juni als Premierminister eines vorgeblich unabhängigen Kongo vereidigt. Kennedy gewann seine Wahlen im November 1960. Doch während Nixon seine Niederlage mit Bedauern, aber würdevoll, eingestand, benahm sich der belgische König Baudouin I., Ehrengast der Unabhängigkeit, ausgesprochen unverschämt.

Baudouin sah in der Unabhängigkeit des Kongo den Höhepunkt der zivilisatorischen Mission Belgiens. Die Kongolesen sollten dem kolonialen Genie Belgiens dankbar sein; sie sollten die Strukturen, die der belgische Kolonialismus für sie eingerichtet hatte, beibehalten, zu denen jene seines Großonkels König Leopold II. gehörten, eines Massenmörders. Als einziger körperschaftlicher Besitzer des Kongo-Freistaats zwischen 1885 und 1908 war Leopold II. für den Tod von zehn Millionen Kongolesen verantwortlich. Trotzdem wählte Baudouin diesen Augenblick, um diese Geschichte als gutes Erbe für Lumumbas

Kongo anzupreisen, eine Erfolgsgeschichte, der sie nacheifern sollten.

Lumumba erinnerte seinerseits die Kongolesen daran, dass ihnen ihre Unabhängigkeit trotz der Gespräche am runden Tisch in Brüssel nicht überlassen, sondern durch ihren täglichen Kampf errungen worden war: „Wir sind auf diesen Kampf stolz, auf die Tränen, das Feuer und das Blut, bis in das Innerste unseres Wesens, weil es ein ehrenhafter und gerechter Kampf war und unabdingbar, um der demütigenden Sklaverei ein Ende zu bereiten, die man uns aufgezwungen hatte."[19]

Lumumba wurde am 17. Januar 1961, nur sechs Monate nach diesen zwei Reden, ermordet, und drei Tage später, am 20. Januar, wurde John F. Kennedy als Oberhaupt eines Staates vereidigt, dessen CIA-Agenten in Lumumbas Sturz und Ermordung verwickelt gewesen waren. Im Kongo übernahm schließlich der von Belgien sanktionierte *Joseph Mobutu* das Zepter der Macht. Unverzüglich fügte er seinem Namen die Bezeichnung Leopard hinzu. Leopard hörte sich wie Leopold an. Und also ging der Kongo aus den blutigen Händen des ausländischen Leopold in die blutigen Klauen des einheimischen Leopard über, die beide demselben Herrn dienten: westlichen körperschaftlichen Interessen.

Die Kongo-Krise – die Sezession durch *Moïse Tschombé*, Leopard Mobutus militärische Machtergreifung und die damit einhergehenden Kämpfe – wurden Kernstücke des Vokabulars der Politik des Kalten Krieges. Wer das Unvermeidliche abbremsen wollte, benutzte den Ausdruck „Das Kongo-Chaos" als warnende Metapher gegen eine schnelle Dekolonisierung. Doch den Macmillan-Wind konnte keine Kraft der Welt abbremsen.

In Kenia bewiesen ein Hund, ein Stein und eine Luger-Pistole, dass dieser Wind nicht am Land vorbeigezogen war. Mbwa Kali, wilde Kampfhunde, gehörte zu den gefürchtetsten Zeichen an den Toren eines Siedleranwesens. Manch Weißer machte sich nicht einmal die Mühe mit einem Warnschild. Jedes Siedleranwesen verfügte über Hunde, die darauf abgerichtet waren, schwarze Menschen anzugreifen. Lieblingssport der Siedler war es, Hunde auf Afrikaner loszulassen und dann auf jeden zu schießen, der angerannt kam, oder sich einfach zurückzulehnen und über ihre wilden Schreckensgesten zu lachen. Wehe dem aber, der einen Stein oder Stock nahm, um sich zu verteidigen. Auf den wartete mit Sicherheit eine Kugel. Akte geschlossen. So hatte eine Geschichte von Schwarzen und Weißen und Hunden bis zu dem Tag immer ihr Ende gefunden, an dem ein Hund, eine Pistole und ein Stein auf einer Straße in Nairobi kollidierten.

Hund und Pistole gehörten Peter Poole, einem Soldaten, der gegen die LFA gekämpft und später in der Government Road in Nairobi, der heutigen Moi Road, eine Technikwerkstatt betrieben hatte. Der Stein gehörte Kamawe Musunge, Pooles Haushilfe. Damals nannte man das „Houseboy". Aus unbekanntem Grund und vielleicht nur des üblichen Sports wegen, hetzte Peter Poole zwei Hunde auf Musunge, der mit dem Fahrrad daherkam. Warum sonst sollten die Hunde aus eigenem Antrieb eine Person angreifen, die sie schon oft im und um das Haus herum gesehen hatten? Der verängstigte Musunge hob einen Stein auf, um sich zu verteidigen. Er warf den Stein nicht nach den Hunden. Poole erschoss ihn, weil er das Leben seiner beiden Kampfhunde bedroht hatte. Das war nichts Neues, und als Peter Poole am 12. Oktober 1959 verhaftet wurde, dachten alle, Schwarze und Weiße gleichermaßen, dass sich der Fall so entwickeln würde wie die Kitosh-Geschichte, die Blixen in „Jenseits von Afrika" erzählt. Neu und völlig unerwartet war die Hinrichtung Peter Pooles nach Prozess und Verurteilung am 18. August 1960. In sechzig Jahren körperschaftlicher und kolonialer Herrschaft und nachdem zahllose Afrikaner durch bewaffnete weiße Siedler-Cowboys den Tod gefunden hatten, war Peter Poole der erste und einzige Weiße, der für dieses Verbrechen gehenkt wurde. Sein Vorname Peter bedeutet Stein, und Kamawe, der Vorname des Mannes, den er wegen des Verbrechens, einen Stein aufzuheben umgebracht hatte, bedeutet ebenfalls Stein. Zwei Steine kollidierten. Zwei Männer starben. Zwei Hunde überlebten.

Als Kenyatta im August 1961 aus dem Gefängnis entlassen wurde und die Führung der Kenya African National Union übernahm, verstärkte sich der Aufschrei der Weißen zum Wutausbruch.

Am 9. Dezember 1961 wurde Tanganyika mit *Mwalimu Julius Nyerere* als Premierminister ein unabhängiger Staat. Nyerere war ein alter Makererianer. Am 9. Oktober 1962 war Uganda an der Reihe, und Milton Obote wurde Premierminister. Auch Obote war alter Makererianer.

Für uns auf dem Hügel fasst Wordsworth den Augenblick am besten zusammen:

> Glückseligkeit es war, in jener Zeit
> der Morgendämmerung zu leben, und
> noch jung dabei zu sein, war Himmel pur![20]

Wir waren jung! Peter Kinyanjui, damals Präsident der Makerere Students' Dramatic Society, wollte die Glückseligkeit mit etwas stärkerem als Getränken, Tanz und Reden feiern. Wir können diesen Augenblick nicht mit Shakespeare begehen, sagte er zu mir und bezog sich auf unsere Beteiligung am „Macbeth" mit afrikanischen Kostümen, seine die des Schauspielers, meine die des Regieassistenten.

Kinyanjui war ein Jahr nach mir von der Alliance abgegangen, aber schon dort hatte er sich als großer Schauspieler in den Shakespeare-Stücken und den modernen Entsprechungen gezeigt. Am Makerere hatte er einen brillanten *Brother Jero* im gleichnamigen Stück von *Wole Soyinka* gespielt.

„Also?“, fragte ich ihn.

„Erkenne das Menetekel“, sagte er. „Gesucht! Ein Dreiakter. Hilf uns mit deinem Stift dabei, eine dramatische Aussage zu machen“, fügte er mit Nachdruck hinzu.

Ich hatte nie auch nur von mehr als einem Einakter geträumt. Und nun bat mich Kinyanjui um ein Stück, mit dem Ugandas Unabhängigkeit markiert und gefeiert werden sollte. Im Fahrwasser von Erfolg und Katastrophe von „The Wound in the Heart“ bot diese zufällige Aufforderung eine Möglichkeit und stellte zugleich eine Herausforderung dar. Nutze die Zeit, nutze den Tag.

„Nur unter einer Bedingung“, sagte ich, „dass wir es im Kampala National Theater aufführen.“

„Abgemacht“, antwortete er. Die Society sollte sich um die Angelegenheit des Aufführungsortes, ich mich um das Stück kümmern.

Anmerkungen

1 Rede zur Amtseinführung, 20. Januar 1961, http://www.jfklibrary.org/Asset-Viewer/BqXIEM9F4024ntFl7SVAjA.asp

2 Tom Mboya, der Minister in Kenyattas Unabhängigkeits-Kabinett wurde, wurde am 5. Juli 1969 in Nairobi auf offener Straße ermordet

3 Judith Lindfors (Hrsg.): The TEA Experience

4 Die Erzählungen „Ein Mercedes-Begräbnis“ („The Mercedes Funeral“) und „Der Mann aus dem Stamm der Mubenzi“ („Mercedes Tribesman“) sind, in der Übersetzung von Ruth Krenn, in dem Band „Verborgene Schicksale“ („Secret Lives“, London: Heinemann, 1975), Berlin (DDR): Verlag Volk und Welt, 1977, enthalten

5 Michael Blundell: „So Rough a Wind: The Kenya Memoirs“, London: Weidenfeld and Nicholson, 1964

6 F. D. Corfield: „Historical Survey of the Origins and Growth of Mau“, London: Her Majesty's Stationery Office. Presented by the Secretary of State for the Colonies by Command of Her Majesty, May 1960

7 Siehe auch die vorangegangenen Erinnerungsbände „Träume in Zeiten des Krieges“ und „Im Haus des Hüters“

8 Siehe Corfield

9 J.C. Carothers: „The Psychology of Mau Mau“; Zitat: Corfield, Note 1, S. 8

10 Corfield, Chapter Two, para 6

11 Ian Henderson: „The Hunt for Dedan Kimathi“, London: Hamish Hamilton, 1958, S. 22

12 Norman Maclean Leys: „Kenya“, London: Frank Cass & Co. Ltd, 1973 (4. Auflage), Vorwort von Professor George Shepperson, S. 6

13 Elspeth Huxley: „White Man's Country: Lord Delamere and the Making of Kenya“, New York: Praeger, 1967

14 Leys: „Kenya“, S. 9

15 Ebenda, S. 334

16 B. Gakonyo: „Comment on Corfield“, Kampala: Makerere Kikuyu Embu and Meru Students Association, 1960

17 Darunter waren Rubadiri aus Malawi, 1953–54; Ahmed Abdalla aus Kenia, 1958-59, Simeon G.M. Gor aus Kenia, 1959–60; Francis Lucas Nyalali aus Tanganyika, 1960–61, D.G. Ombati aus Kenia, 1961–62; Matthew Rukikaire aus Uganda, 1962–63 und E.M. Mugenzi aus Uganda, 1963–64

18 Carol Sicherman: „Becoming an African University“, Makerere 1922–2000, Trenton, New Jersey: Africa World Press, S. 334

19 http://www.columbia.edu/itc/history/mann/w3005/ under Websources: Patrice Lumumba: Speech at Léopoldville, 1958 (accessed 8/13/2015)

20 http://www.william-wordsworth.de/translations/the%20Prelude%20Bliss%20was%20it.html

Spitze Stifte und Feigenbäume

Sechzehn Jahre später im Kamĩtĩ Maximum Security Prison, in dem man mich zur Strafe für meine Aktivitäten am Community-Theater in Kamĩrĩthũ in Kenia gefangen hielt, schaute ich auf jenen Tag im Jahr 1962 zurück, als ich, mit gerade mal zwei kleinen Einaktern auf der Habenseite meiner Theaterkarriere, die Herausforderung Kinyanjuis annahm, und fragte mich: War das zugleich der Augenblick, in dem der Schriftsteller in mir gezeugt wurde?

Oder begann diese wundersame Empfängnis schon Jahre vorher an den Abenden in der Hütte meiner Mutter, als ich zum ersten Mal ihre Geschichten von der Schwalbe hörte, die Botschaften von denen, die in Not waren, weitertrug; vom Hasen, der die Großköpfe, die Hyäne, den Löwen und den Leoparden, austrickste und sogar zwischen ihnen schlichtete; von dem Esel, der Sorgen herausbrüllte und zugleich Berge schiss und so starrköpfig war; und vom furchteinflößenden zweimäuligen Ungeheuer, das schöne junge Mädchen in sein Lager hoch oben im Baobab oder in der Sykomore lockte?

Oder vielleicht doch etwas später, als ich lesen lernte und mich verlor inmitten der biblischen Figuren von Abraham, Kain, Abel, Isaak, Rachel und Leah, Goliath und David, dessen Schleuder gar nicht so verschieden von der war, die ich benutzte, um den Habicht zu verscheuchen, der vom Himmel herunterstieß und die Küken der Mutterhenne entriss oder Fleisch aus den Händen der kleinen Kinder? Oder mich von Davids Harfensaiten gefangen nehmen ließ, die ein ums andere Mal die unberechenbaren Stürme in der Seele König Salomos besänftigten? Vielleicht fing es an, als mich zum ersten

Mal das Wunder sprachlos machte, dass Kreidezeichen auf der Schultafel und Bleistiftspuren auf dem Papier Bilder heraufbeschwören konnten, in denen sich die Macht von Schleuder und Harfe verband?

Manchmal glaube ich, dass es von Zeiten herrührte, die ich gemeinsam mit Jim Hawkins bei der Schatzsuche auf winzigen Inseln in den Wassern des Pazifik verbrachte oder auf Fluchten mit Oliver Twist durch die Londoner Straßen des Bettelns und des Hungers. Ich war stets verwundert, dass ich Länder und Meere bereisen konnte, die in Raum und Zeit so weit entfernt waren, während ich es mir gleichzeitig in meinem ländlichen Außenposten in Limuru bequem machte und die Wahrheit der Worte bestätigte, die mein Klassenkamerad Kenneth Mbũgua und ich einander immer aufsagten: „Everyman, I will go with thee and be thy guide, in thy most need to go by thy side".[1] Kenneth und ich fanden diese Worte in den Ausgaben von Joseph Dent bei *Everyman's Library*. Wir machten diese Redensart zur unseren. Endlos stritten wir über die Bedeutung des Begriffs „jedermann". Hieß das nun alle, jeder, einschließlich der Frauen und Kinder?

Oder geschah es doch im Haus von Ngũgĩ wa Gĩkonyo, meinem Großvater mütterlicherseits. Ich trug seinen Namen, Ngũgĩ, und manchmal nannte meine Mutter mich scherzhaft ihren Vater. Mein Großvater hatte mich zu seinem Schreiber gemacht, der für ihn die Briefe schrieb und der mich sie ihm vorlesen ließ, wieder und wieder, bis ich den richtigen Ton, die Worte und Bilder getroffen hatte.[2]

Und dann wieder denke ich, dass alles an der Alliance High begann, an der ich, ohne einen Kenneth an meiner Seite, mit dem ich über Redewendungen und die Erlaubnis zu schreiben streiten konnte, zum ersten Mal *Peter Abrahams*' „Tell Freedom" sah, Brontës „Sturmhöhe" las und in Tolstois „Kindheit und Jugend" aufging. Ja, womöglich wurde ich zwischen den Seiten von Brontë und Tolstoi gezeugt.

Andere Augenblicke hatte es auch gegeben: das improvisierte Spiel in meinem Dorf, mit der Hilfe einiger Jungen von der Alliance, ein dramatischer Mix aus Weihnachtsliedern und Freiheitsspirituals in der Kamandũra Church; dann gab es etwas Ähnliches an der Kahũgũinĩ, wo ich als Aushilfslehrer arbeitete. Doch diese Momente verbanden sich, auch wenn ich auf den Ruf der Gemeinschaft oder ihr Bedürfnis reagierte, nicht mit einer geschriebenen Antwort auf eine Berufung.

Oder geschah es an dem Tag, an dem ich im Juli 1959 den Eid in Makerere ablegte, einen Talar in der Farbe von Blut über den Schultern, und mich zu einem Leben des Forschens verpflichtete?

Und dann gab es tatsächlich noch einen weiteren Tag, an dem ich mich, meiner Erinnerung nach, der Herausforderung des Schreibens gegenübersah: Ich war Erstsemester, als mich ein Student aus dem Honors-Programm für Englische Sprache und Literatur in Queen's Court anhielt. „Du musst der James Ngũgĩ sein, von dem man uns erzählt hat", sprach er mich an.

Kannte er mich? Hatte von mir gehört? Mir, einem Erstsemester? Ich erfuhr zum ersten Mal, dass meine Aufsätze allen vorgelesen wurden.

„Ich heiße Jonathan Kariara", fügte er hinzu und berichtete mir anschließend, dass Peter Dane seinem Honors-Kurs einen meiner Aufsätze vorgelesen hatte, als Beispiel, wie eine wissenschaftliche Arbeit auszusehen hatte, vor allem hinsichtlich der umsichtigen Verwendung von Zitaten, Vergleichen und Gegenüberstellungen, mit deren Hilfe man eine Meinung entwickelte.

Kariara war damals im letzten Jahr am College, gehörte zu den Stars der studentischen Literaturszene, weil er in „Penpoint", dem Markenzeichen des English Departments am Makerere, einige Gedichte und Erzählungen veröffentlicht hatte. In späteren Jahren sollte er sich als Herausgeber der kenianischen Niederlassung von Oxford University Press etablieren, doch blieb er immer der Stilist, zu dem er in den Geschichten geworden war, die er für „Penpoint“ geschrieben hatte.

Die erste Ausgabe erschien 1958 auf Initiative von Alan Warner, Professor und Lehrstuhlinhaber, mit dem Titel „The Magazine of the English Department“. Von der folgenden Ausgabe an hieß es „Penpoint“, weil ein Schriftsteller die Spitze seines Stifts benutzt, um eine Aussage zu treffen. Es war das Bild, auf das Kinyanjui anspielte, als er mich später vor seine theatralische Herausforderung stellte. Die Redaktionsleitung des Gründungsjahres bestand aus drei Studenten – Michael Woolman, Michael Kaggwa und Peter Nazareth – und einem Berater aus dem Lehrkörper, Murray Carlin. 1959 war dann Peter Nazareth Herausgeber und Peter Dane der Berater.

Ich war außerordentlich erstaunt. Nicht, dass Studenten die Zeitschrift herausgaben, sondern dass sie all die schönen Geschichten, Gedichte, Aufsätze und Theaterstücke selbst schrieben. Eine Kurzgeschichte gehörte zu meinen Lieblingsstücken, „And This At Last“ von *John Nagenda*. Ein Journalist, Produkt der modernen kolonialen Schule, kehrt in sein Dorf zurück, um einen alten Mann über sein Leben zu befragen. In seiner Modernität gefangen, verhält der Journalist sich arrogant, herablassend und sieht es als selbstverständlich an, dass er dem alten Mann das eine oder andere über die moderne Lebensweise beibringen kann. Am Ende des Gespächs weint der Journalist, weil ihm klar geworden ist, wie wenig er über das Leben weiß. Die Figur dieses Journalisten mit ihrer Einstellung dem Dorf gegenüber und ihrer allgemeinen Affektiertheit hätte jeder Einzelne von uns hier am Makerere sein können.

„Penpoint“ entzündete den Wunsch zu schreiben wieder in mir, wie ich ihn einst für einen Augenblick an der Alliance erfahren hatte, getan hatte ich aber noch nichts. Und nun stand ich hier Jonathan Kariara gegenüber, einer der Berühmtheiten der Zeitschrift!

Ich stand wie festgenagelt. Ich wollte mich weiter mit ihm unterhalten, wusste jedoch nicht, was ich sagen sollte. So ist das, wenn einem der Mund trocken wird! Wir gingen auseinander; ich mit dem Gefühl, dass da etwas war, das ich hätte sagen sollen, aber nicht gesagt hatte.

Einige Tage später lief ich ihm vor der Main Hall erneut über den Weg. Ich konnte die Gelegenheit nicht vorübergehen lassen. Ich platzte heraus:

„Entschuldigung, ich habe eine Kurzgeschichte geschrieben, kannst du sie dir mal ansehen?“

„Klar, gib sie mir, wann immer du willst“, antwortete er, ohne zu zögern, und ging weiter. Nach einigen Schritten blieb er stehen und schaute zurück: „Hast du sie dabei?“

„Oh, sie ist noch nicht ganz fertig, vielleicht morgen.“

„Lass dir Zeit.“

Ich hätte sagen sollen, dass ich daran gedacht hatte, eine zu schreiben, statt zu sagen, dass ich schon damit angefangen hatte, aber irgendwie hatte ich eine unbestimmte Sehnsucht in eine Tatsache verwandelt, die erst noch zu einer werden musste. Jetzt musste ich die Tatsache schaffen, denn wie sollte ich ihm sonst das nächste Mal gegenübertreten.

Ich ging in mein Zimmer in der Northcote und begann unverzüglich mit dem Entwurf meiner ersten Kurzgeschichte, „The Fig Tree“.

Es ist die Geschichte einer Frau in einem polygamen Haushalt, ein Opfer von häuslicher Gewalt. Sie hat keine Kinder; dies sollte das grundlegende Problem zwischen Mann und Frau sein. Meine Figur erträgt es nicht länger und beschließt, ihn zu verlassen. Ich war in der Lage, die sinnlose Gewalt zu beschreiben, die ich vor Jahren im Haus meines Vaters meiner Mutter gegenüber erlebt hatte. Ich schrieb wie im Fieber. Mir war nicht klar gewesen, dass ich die Last der Vergangenheit immer noch mit mir herumtrug. Es war eine Erleichterung, als alles herauskam.

Kariara, der den Entwurf las und mir zurückgab, lobte die Qualität des Schreibens, machte mich aber gleichzeitig auf den Unterschied zwischen einer Begebenheit und einer Erzählung aufmerksam. Ich hatte lediglich ein Ereignis beschrieben. „Du kannst nicht einfach nur sagen, ich fuhr nach Nairobi und zurück. Was ist dort geschehen und weshalb? Hat die Erfahrung die Figur irgendwie verändert, und sei es nur eine Winzigkeit?" Er sprach über Ironie, Wandel, die unsichtbare Logik hinter der Dichtung, in der nichts nur durch Zufall oder Fügung geschieht. „Die Frau wird geschlagen. Sie flieht. Ja, und?"

Ich ging zurück und überarbeitete die Geschichte. Nicht nur einen Entwurf, mehrere. Die Frau flieht, das blieb, aber sie findet Zuflucht unter dem Mũgumo, einem heiligen Feigenbaum, unter dem sie eine Art spiritueller Erfahrung macht, in Wirklichkeit aber herausfindet, dass sie bereits schwanger ist. Will sie ihn für immer verlassen? Aber wohin in einer Gesellschaft, in der man sein Leben in enger Verbundenheit mit dem Land und der Gemeinschaft lebt? Zurückkehren? Weil sie ein neues Leben in sich trägt, entscheidet sie sich dafür zurückzukehren und hofft, dass die Ehe diesmal funktionieren wird.

Die Geschichte und die häusliche Gewalt beruhen zwar auf meiner Erfahrung zu Hause, doch es gibt ein paar wichtige Abweichungen von meiner Biographie. Meine Mutter hatte Kinder, sechs waren es insgesamt, und als sie schließlich meinen Vater verließ und auf das Land ihres Vaters zurückkehrte, blieb sie und kehrte nie zurück. Die fiktionale Lösung des Konflikts ist unbefriedigend, weil nicht klar wird, ob sich auf

Seiten des Mannes etwas verändert hat, aber ich hatte viel in die Evokation des Landes hineingelegt, in die spirituelle Transformation und das Selbstwertgefühl, was beinhaltet, dass die Selbsterkenntnis der Frau ihr in der Beziehung verhilft, sich besser durchzusetzen.

„The Fig Tree" erschien in „Penpoint" Nr. 5 im Dezember 1960, und war – abgesehen von „I Try Witchcraft", die in der Zeitschrift der Alliance High School erschienen war, meine erste veröffentlichte schriftstellerische Arbeit. Ich schrieb noch weitere Erzählungen für „Penpoint", insgesamt sechs an der Zahl, ausreichend zumindest, dass mir der Gedanke kam, sie könnten in Buchform veröffentlicht werden.

Ein Empfehlungsschreiben, das mein persönlicher Tutor, Mr. B.S. Hoyle, am 13. November 1961 zu Beginn meines ersten Trimesters im ersten Jahr im Honors-Programm in Englischer Sprache und Literatur schrieb, erwähnt diesen Versuch. Hoyle weist darauf hin, dass ich kein Sportler sei und dass „seine englische Aussprache nicht besonders gut ist", dass allerdings meine Aufsätze stets interessant zu lesen seien, und er hebt ebenfalls hervor, dass ich meine Freizeit damit verbrachte, Erzählungen und andere Beiträge für „Penpoint" zu schreiben, worauf er schließt: „Er bemüht sich, eine Auswahl der Kurzgeschichten, die er geschrieben hat, für eine Veröffentlichung vorzubereiten."

Tatsächlich hatte ich alle meine Kurzgeschichten samt der Jugendsünden aus der Alliance an Verlage geschickt, auch an Hutchinson in London, die sie allesamt ablehnten. Lediglich Hutchinson fügte hinzu, sie hofften, sollte ich je einen Roman schreiben, dass ich ihn ihnen vorlegen würde. Im Rückblick wurde mir klar, dass ich ihnen ewig dankbar sein würde, dass sie diesen Band abgelehnt hatten, weil die unausgegorene Mischung aus dem Reifen und den Jugendsünden einen ziemlich unglücklichen Einstand in der Welt der Bücher und Büchermenschen abgegeben hätte.

Und ich war glücklich, dass sie darauf Bezug genommen hatten, dass ich einen Roman schreiben könnte. Tatsache ist, dass ich Ende 1960, Anfang 1961 bereits Kurs auf ein weit ambitionierteres fiktionales Unterfangen genommen hatte, einen Roman.

Anmerkungen

1 Zitat aus dem Mysterienspiel „The Somonyng of Everyman" (The Summoning of Everyman), Verfasser unbekannt, stammt aus dem späten 15. Jahrhundert. Das Stück „Jedermann" von Hugo von Hofmannsthal (1911) nahm den Stoff zum Vorbild

2 Vgl. „Träume in Zeiten des Krieges"

Lohnschreiberei

Die Motivation für die neue Unternehmung hatte einzig und allein mit der Ankündigung eines Romanwettbewerbs zu tun, der allen Ostafrikanern offenstand, mit einem Preisgeld von eintausend Shilling ausgestattet war, was damals fünfzig britischen Pfund entsprach, und vom East African Literature Bureau organisiert wurde. Das Bureau war 1947 als Einrichtung der British High Commission gegründet worden, welche die Angelegenheiten zwischen den Territorien Kenia, Uganda und Tanganyika regelte. Es gab viele Bücher in afrikanischen Sprachen heraus, vor allem Lesebücher für die Schulen. Politik und alles, was die koloniale Ordnung infrage stellte, war in diesen Büchern ausradiert, dennoch lag ihre Stärke darin, Texte und Anthologien in afrikanischen Sprachen verfügbar zu machen. Der durch die Rockefeller Foundation geförderte Wettbewerb war also das erste Projekt, bei dem das Bureau außerhalb seiner Norm und Tradition operierte.

Es war *Joe Mũtiga*, Bewohner der New Hall nebenan, ein aufstrebender Dichter und gleich mir Mitwirkender bei „Penpoint", der das Feuer meines Ehrgeizes entfachte. Von New Hall mag man geredet haben, als wäre sie eine Kolonie von Northcote, doch als Mũtiga zu mir kam, war er der Entdecker, der den unwissenden Eingeborenen wissen ließ, dass jenseits des Makerere English Department, der „Penpoint" und der Rivalitäten zwischen den Wohnheimen eine Welt existierte. In dieser Welt konnte man sein Glück machen und Ruhm erwerben. Fortuna, die in dieser Welt herrschte, kümmerte es nicht, ob ihre Bittsteller zum Lehrkörper gehörten oder Studenten waren, Weiße oder Schwarze. Mut und Kühnheit allein zählten.

Trauen wir uns, forderte er mich heraus. Ich brauchte keine Herausforderung, mich zu motivieren: Eintausend Shilling in den Taschen eines armen kolonialen Studenten winkten mir am Horizont. Schon malte ich mir aus, was ich mit diesem unglaublichen Vermögen anstellen würde...

Ich befinde mich in einem Traum. Während es anderen womöglich um den literarischen Ruhm geht, geht es mir buchstäblich um das Gold. Nur, wo soll ich zu graben anfangen? Worüber schreiben?

Vor meinem geistigen Auge erstehen die Schriftsteller, die ich für die Seminare in Englischer Sprache und Literatur gelesen habe: Charles Dickens, Jane Austen, Emily Brontë, George Eliot, Thomas Hardy, D. H. Lawrence: Ob ich in ihre Fußstapfen treten kann? Ich erinnere mich an meinen alten Lieblingsautor: Stevenson, der über die Abenteuer bei der Schatzsuche schrieb.

Aber andererseits habe ich vor Kurzem *Chinua Achebes* Roman „Okonkwo oder Das Alte stürzt" und Cyprian Ekwensis „People of the City" entdeckt. Diese zwei hatten es gewagt: Sie waren gedruckt worden. Ob sie auch des Geldes wegen geschrieben hatten?

Peter Abrahams nicht zu vergessen; seine Welt des Konflikts zwischen Schwarz und Weiß ist meiner in Kenia näher. Außerdem ist dieser Schriftsteller kein Fremder für mich. Ich weiß, dass er mit Jomo Kenyatta, Kwame Nkrumah, *W. E. B. Du Bois* befreundet ist: Sie nahmen zusammen am Manchester Congress 1945 teil, dem Wendepunkt im antikolonialen Widerstand. Doch während die anderen nach Afrika zurückkehrten – Jomo Kenyatta, um als „Mau-Mau"-Anführer ins Gefängnis gesteckt zu werden und immer noch im Gefängnis zu schmachten; Kwame Nkrumah, um als Agitator ins Gefängnis zu kommen und aus der Haft als Premierminister hervorzugehen; und Du Bois, der in die Vereinigten Staaten zurückkehrte, um wegen seiner Aktivitäten für Sozialismus und Frieden als feindlicher Agent vor Gericht gestellt zu werden, dem man den Pass wegnahm, obwohl die Anklage abgewiesen wurde; blieb Abrahams, der Exilant, den man aus dem Südafrika vertrieben hat, das er liebt, der in England blieb und versuchte, in Shakespeares Fußstapfen zu treten. Er schrieb weiter Skizzen für den „Observer", die später unter dem Titel „Return to Goli" erschienen, ein Bericht über seinen Besuch in Südafrika. Der Mann kann schreiben: „Paths of Thunder", „A Wreath for Udomo" und „Tell Freedom". Der letztgenannte Titel hatte mich einst an der Alliance gefesselt, als ich ihn zum ersten Mal in den Händen von Allan Ogot sah, aber ich habe ihn auch in der Makerere-Bibliothek wiederentdeckt. Peter Abrahams – er trug stets den Traum mit sich, professioneller Schriftsteller zu werden. Er schrieb des Geldes wegen.

Und dann habe ich gerade *George Lamming* gelesen, „In the Castle of My Skin". Cheryl Gertzel, eine Geschichtslehrerin, hat mir erlaubt, mich in ihrer Bibliothek zu bedienen. Wie ist das möglich, dass eine karibische Welt so verzaubernd zu mir spricht, dass ich dasselbe machen möchte? Über ein Dorf in Kenia schreiben. Über Limuru schreiben. Darüber schreiben, wie ich im Kugelhagel zur Schule ging. Über das Leben in einem endlosen Albtraum schreiben. Über eine Gemeinschaft schreiben, die zu neuem Leben erwacht.

Leichter gesagt als getan. In meinem Kopf nimmt nichts Form an. Keine Geschichte. Mein Limuru und mein Kenia bleiben ein Land, aus dem ich geflohen bin; ich will aber darüber schreiben, ich will es verstehen. Ich will über die Frauen schreiben, die man verhaftet und zur Wache der Home Guard gebracht hat, und wenn sie zurückkommen, schweigen sie über das Geschehene. Man sieht, dass sie nicht mehr dieselben sind, aber sie sprechen nicht darüber. Einige geflüsterte Worte hier und da, und manchmal eine oder zwei, die von der Erfahrung wahnsinnig geworden sind und von Folter reden, über Flaschen, die man ihnen in die Vagina geschoben hat. Sie erzählen keine Einzelheiten, und nur in wirrem Zustand können sie es öffentlich zugeben. Auch Männer werden mit Flaschen gepeinigt; einigen die Hoden zerquetscht, und auch sie können nicht darüber sprechen, außer im Zustand des Wahnsinns.

Ich kritzele hier und da ein Wort hin, aber nichts will Form annehmen. Ich bin verstimmt. Ich habe im Land der Furcht gelebt und kann nicht darüber schreiben.[1] Ich kenne den Terror und finde keine Worte, darüber zu sprechen. Ich habe gesehen, wie Dörfer dem Erdboden gleichgemacht wurden, und finde keine Bilder, die Trostlosigkeit einzufangen. Ich komme mir im Angesicht einer Wirklichkeit hilflos vor, die ich gelebt habe, und die Tausende noch immer in den Konzentrationslagern und Dörfern leben lässt.

Joe Mũtiga aber schreibt; er liest mir Abschnitte aus einem Text vor, der ein Märchen zu sein scheint, meistens jedoch erzählt er mir die Geschichte, und wenn ich Zweifel anmelde, erwidert er, dass sie nichts davon gesagt hätten, dass eine Fabel kein Roman sein könne. Er ist so selbstbewusst, dass ich ihn schon als einen glücklichen Bittsteller vor mir sehe, dem Fortuna hold ist. Ich will aber, dass sie mir auch hold ist, und Joe macht mir Mut. Das ist seltsam, weil ich derjenige bin, der mit „The Fig Tree“ schon eine Erzählung geschrieben und veröffentlicht hat, und doch redet er mit mir, als kenne er alles und sei ein Veteran der Literatur.

Eines Nachts dann höre ich eine Melodie, anschließend die Worte. Tagsüber folgt sie mir über den Hof, der Northcote und New Hall trennt, den Pfad hinauf, der an der Bibliothek vorbeiführt, an der Main Hall vorbei und in meine Seminare in Queen's Court. Sie bedrängt mich. Ich singe sie, vielmehr singt sie in meinem Kopf, die Melodie und der Text.

Mein Vater meine Mutter
Wär dies die Zeit eurer Ahnen
Um Kühe und Ziegen würde ich bitten
Heute aber bitte ich euch, mich zur Schule zu schicken

Mein Vater meine Mutter
Die Helden des Gestern riefen nach Speeren, die Nation
zu verteidigen
Die Helden des Heute fordern Stift und Tafel, die Nation
zu retten
Deshalb bitte ich euch: schickt mich in die Schule

Dieses Lied, oder Varianten davon, sangen wir Anfang der 1950er vor der Schule in Manguo, einer der vielen unabhängig gebauten und von Afrikanern geführten Schulen, die vom Kolonialstaat geschlossen und als Einrichtung unter Regierungskontrolle wiedereröffnet wurden.[2] Der Staat verbot die Lieder, weil sie vom Kampf für Land, Freiheit und Bildung erzählten. Ich bin mir bewusst, dass das Verbot immer noch in Kraft ist, doch ich befinde mich in Uganda, einem Protektorat, einer Kolonie ohne sichtbare, waffenstarrende Siedler. Nicht, dass es irgendwo für mich, einen Angehörigen aus der Völkergemeinschaft der Gĩkũyũ, Embu und Meru, vollständige Sicherheit geben könnte. Mir ist es zwar nicht widerfahren, kein Weißer hat mich in Kampala auf der Straße angehalten und meinen Ausweis zu sehen verlangt, ich weiß jedoch, dass schon 1952 Kontrolleure am Makerere aufgetaucht waren, um alle Studenten aufzuspüren, die mit „Mau Mau" infiziert waren. Einige verschwanden, andere verloren schlicht ihre Studienplätze. Aber das war damals, und das ist lange her. In Kenia kann mich das Lied noch immer in Schwierigkeiten bringen. Aber selbst in Kenia kann keine Macht eine Melodie zum Verstummen bringen, die man im Kopf trägt. Der Liedtext fällt mir wieder ein, subversive Musik aus dem Untergrund – oder aus der

Geschichte? Es handelt sich um eine Geschichte, die die Kolonie unter einem Haufen weißer Lügen zu vergraben sucht. Meine Fantasie gräbt diese Geschichte aus. Es ist eine lebendige Geschichte.

Erinnerungen kehren wieder, der tägliche Weg zu meiner Grundschule, die Meilen entfernt war; Lehrer, die nicht besser als mancher Schüler gekleidet waren, die ebenfalls zur Schule und wieder zurück liefen, abgesehen von den Glücklichen, die ein altes Fahrrad besaßen; Gebäude mit undichten Dächern; Landbesitzer wie Kieya, die einen Teil ihres Lands gaben, damit eine Schule für das Gemeinwohl gebaut werden konnte; und, ja, einfache Männer und Frauen, die tief in die Tasche griffen und Hühner, Ziegen, Kühe, irgendetwas spendeten, um den Lohn für die Lehrer zusammenzutragen, das Geld für den Bau eines neuen Gebäudes oder den Kauf neuer Unterrichtsmittel. In einigen Schulen bauten die Schüler die Schulbänke und Stühle im Unterricht der Zimmermannsklassen. Ein kollektives Opfer, um unserer Schule einen Raum zu geben.

Corfield hat das verunglimpft. Corfield hat das verachtet. Er hat diese Menschen einfach in den Bereich zwischen Baum und Bestie verbannt. Die afrikanischen Menschen trugen über die Hüttensteuer den größten Teil zur Staatskasse bei; die Kolonialregierung gab den größeren Teil dieser Einnahmen dafür aus, die europäischen Schulen aufzupäppeln. Mit afrikanischen Steuergeldern wurden europäische Schulen gebaut und betrieben. Dieselben Afrikaner nahmen zu Selbsthilfe und Eigenverantwortlichkeit Zuflucht, um eigene Schulen zu errichten. Das war ein doppeltes Opfer: für das Wohlergehen der Europäer und das eigene Überleben. Die Bewegung der Unabhängigen Schulen fand ihren Höhepunkt in der Gründung des ersten Teachers' College in Kenia. Gĩthũngũri, oh Gĩthũngũri, das inzwischen in ein Hinrichtungszentrum umgewandelt worden war, zum Schlachthaus für diejenigen, die es errichtet hatten! Der Traum aber?

Die Entschlossenheit, der kollektive Wille, sie packen mich, und ich will darüber schreiben. Das kollektive, unbedingte Streben nach Bildung, der gemeinschaftliche Traum von einem bedeutungsvollen Morgen – ich möchte erzählen, wie das alles begann, dieser Kampf für eine Schule. Im Mittelpunkt dieses Traums stand der barfüßige Lehrer. Er ist der Welterklärer; er bringt die Welt zu den Menschen; er ist der Prophet des Morgen. Ich möchte so unbedingt darüber schreiben, dass es mich wie ein Fieber packt, das ständig stärker wird. In meinem Kopf beginnt sich der Umriss der Figur des Lehrers abzuzeichnen. Er nimmt einen Namen an. *Waiyaki.* Wie das? Warum diesen Namen aus Hunderten möglichen? Waiyaki ist aber nicht irgendein Name; er hat einen Nachhall bei den Agĩkũyũ. Es ist der Name einer Legende. Es ist der Name der Geschichte.

Waiyaki schloss am 11. Oktober 1890 mit Fredrick Lugard, einem Agenten der Imperial British East Africa Company, einen blutigen Friedenspakt. Die Agĩkũyũ sollten die britischen Karawanen mit Nahrung versorgen. Fairer Handel. Doch Lugard und jene, die ihm folgten, Eric Smith und William Purkiss vor allem, verfolgten andere Vorstellungen, zu denen Frieden nicht gehörte. Ihnen ging es um bewaffnete Befriedung. Es ging um weiße Eroberung für weiße Besiedlung. Zu diesem Zweck wurde Fort Smith in Dagoretti gegründet. Waiyaki stürmte die Zitadelle mit seinen Männern. Er wurde verwundet, gefangen genommen und an die Küste verfrachtet. Er starb und wurde an einem Ort namens Kibwezi beerdigt. Doch die Legende besagt, dass er lebendig bestattet wurde, mit dem Kopf nach unten auf das Innere der Erde schauend. Sein Tod lehrte uns, was es hieß, sich nach Land zu sehnen, nach Freiheit und Bildung.

Bei meinem fiktionalen Waiyaki handelt es sich nicht um die historische Gestalt. Er ist Lehrer und zugleich so etwas wie der Avatar des ersteren, nur dass er statt des Speers einen Stift benutzt. Der Stift ist mächtiger als das Schwert, heißt es.[3] Als Tribut an den historischen Waiyaki gebe ich meiner fiktiven

Gestalt seinen Namen. Und dieser Name trägt mich in eine frühere Phase der kenianischen Geschichte zurück: Um die Gegenwart zu verstehen, meine Gegenwart, muss ich mich zuerst der Vergangenheit stellen, meiner Vergangenheit. Die Gegenwart kommt über Machtgefüge der Vergangenheit auf die Welt.

Land, Freiheit und Bildung waren die Hauptthemen der Politik nach Waiyakis Niederlage und der Besiedlung durch Europäer und Missionare. Die Frage der weiblichen Beschneidung aber wurde zum Schlachtfeld der großen Politik. In den 1920ern verfügten die Missionare, die inzwischen die Bildung der Afrikaner kontrollierten, dass an ihren Schulen kein Schüler zugelassen werden würde, dessen Eltern diese Praxis nicht verurteilten. Auch die Lehrer mussten diese Praxis verurteilen. Schüler, Lehrer und die Eltern mussten Papieren unterzeichnen, *kĩrore*, in denen sie bestätigten, dass sie niemals Mitglieder nationalistischer Organisationen wie denen werden würden, die von *Harry Thuku* und nach ihm Jomo Kenyatta angeführt wurden. Nur in den missionarischen und vom Staat bestätigten Organisationen durften sie Mitglied werden. Die Beharrlichkeit machte die Leute glauben, dass nicht die rituelle frauenfeindliche Praxis das eigentliche Ziel war, sondern der antikoloniale Nationalismus.[4]

Ich denke über das Ritual nach. Es gehört zu den vielen Übergangsriten in einer Gesellschaft, in der das rechtliche, das administrative wie das politische Leben auf dem System der Altersgruppen beruht. Die Beschneidung war die Grenze, die ein Mensch von der Kindheit zum Erwachsensein überschreiten musste. Sie bestimmte die Zuweisung von Pflichten, Verantwortlichkeiten und Strafmündigkeit.

Doch ist an keinem Brauch etwas Heiliges. Bräuche ändern sich im Licht neuer Kenntnisse. Die Juden haben früher Menschen geopfert. Doch die Geschichte von Abraham und Isaak erzählt uns, dass eine Zeit anbrach, da sie das Menschenopfer durch das Tieropfer ersetzten. Ich vermute, dass viele europäische Gesellschaften dasselbe durchlaufen haben. Mit Bräuchen, die ihre ursprüngliche Daseinsgrundlage verloren haben, habe ich meine Schwierigkeiten.

Später beschreibe ich in einer Zeitungskolumne diese rituelle Handlung an Frauen als brutal, als einen Brauch, ohne den afrikanische Gesellschaften gut auskommen könnten, und füge hinzu, dass „er von allen Seiten gnadenlos angegriffen werden muss". Das muss veranschaulicht haben, wie ich damals dachte, aber mir war zugleich völlig klar, dass man, schaute man auf die politischen und kulturellen Schlachten, die wegen dieser Angelegenheit ausgefochten worden waren, nicht einfach legitime medizinische Bedenken nutzen kann, um legitime politische Forderungen zu unterdrücken. Man muss die beiden trennen, anschließend Wissen vermitteln, man darf jedoch nicht das eine, ein unterdrückerisches Ritual, mit dem man nicht einverstanden ist, dazu benutzen, eine unterdrückerische politische Agenda durchzusetzen, mit der man übereinstimmt. Das habe ich aber noch nicht verstanden; vielmehr will ich es ergründen. Nehmen wir eine weibliche Figur, die durch das Ritual zu Schaden gekommen ist. Das ist der Ausgangspunkt meiner fiktionalen Forschungsreise.

Der Umriss einer weiteren Figur taucht auf. Sie erscheint mir als Abbild aus der Vergangenheit. Ich ging in Manguo zur Schule; und sie ist das Mädchen, das ich beeindrucken wollte, als ich einmal über einen Stacheldrahtzaun sprang und mir dabei alle Mühe gab, mit der Unbekümmertheit eines Champions darüber hinwegzufliegen. Ich fiel hin, verletzte mich am Bein, sie schaute kurz in meine Richtung und ging fort. Dieser Blick aber, dieses Rätsel zwischen Amüsiertheit, Arroganz und einer gewissen Verwirrung blieb mir noch in Erinnerung, als ich ihr Aussehen und meinen Schmerz schon längst vergessen hatte. Der Umriss verlangt nach einem Namen: Mũthoni, angeheiratet, die Schüchterne, die sich aber selbst gut kennt, die mit Distanziertheit, Stolz und dem Verlangen, zu wissen warum, auf die Welt schaut. Ich weiß nicht, was ich davon halten soll, aber die Figur fasziniert mich.

Mũthoni braucht eine Schwester, ihr Gegenstück, die sich eher anpasst, als die Stirn zu bieten. Aber die beiden haben sich gern und sorgen füreinander. Ihr Umriss ersteht in Form eines Namens: Nyambura, die den Regen bringt. Sie gehört zu den neun Töchtern des legendären Begründers der Agĩkũyũ.

Mwĩthaga, Mutter des Ethaga-Clans, lautet ihr zweiter Name, doch Nyambura klingt passender für die ältere Schwester Mũthonis, der Schüchternen.

Das ist gleichzeitig der Name einer lebenden Nyambura. Ihr Vater Kĩmunya ist der zweitgeborene Sohn ihres Großvaters Mũkoma wa Njiiri, der wiederum Gegenstand nationalistischer Überlieferung ist. Mũkoma, ein von den Kolonialisten eingesetzter Chief, verlor die zweifelhafte Ehre des kolonialen Chiefs, weil er den antikolonialen Widerstand gegen die britische Übernahme des Landes in der Gegend um Tigoni anführte, Ithaka cia Kanyawa, in der eine weiße Soldatensiedlung errichtet werden sollte. Seine Häuser gehörten zu denen, die von der Kolonialpolizei in Brand gesteckt wurden. Er wurde gemeinsam mit anderen nach Ndeiya zwangsumgesiedelt. Die Menschen aber vergaßen seinen Mut und seinen Ungehorsam nie, und er wurde in Liedern besungen. In diesen Liedern, von denen einige auch ironisch angelegt waren, wurde Mũkoma mit Kinyanjui verglichen, dem heldenhaften Chief aus Karen Blixens Memoiren, in der nationalistischen Erinnerung jedoch eine verabscheuenswerte Gestalt, und danach gefragt, wer wohl größer und bedeutender war:

Mũkoma, Sohn des Njiriri
Und Kinyanjui, Sohn von Gathirimũ
Welcher der beiden ist der größere Führer
Es muss wohl Kinyanjui sein
Er tut, was immer die Weißen ihm sagen

Da Nyambura die älteste Tochter von Kĩmunya, dem Sohn Mũkomas, war, hatte sie den Namen ihrer Großmutter mütterlicherseits erhalten; und dieser Name erweckt von allen Seiten Legenden zum Leben.

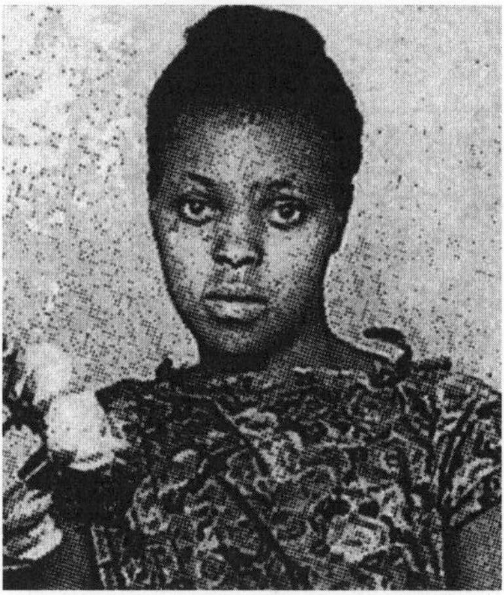

Nyambura, 1960

Ich bin drei Jahre älter als sie, und wir sind nur etwa eine Meile voneinander entfernt aufgewachsen, wir hatten in der Kindheit dieselben Freunde, besuchten dieselben Schulen, die Kamandũra und anschließend die Kĩnyogori. Ich ging danach zur Oberschule, sie nicht. Doch je weiter unsere Pfade auseinanderliefen, desto schneller trieben unsere Herzen aufeinander zu, und als ich 1959 an das Makerere wechselte, hatten wir einen Seelenpakt geschlossen, von dem wir beide immer wussten, dass es ihn geben würde.

Das Leben auf der Erde und das Leben auf dem Papier verschmelzen zu einem lebendigen Bild; sie teilen den Namen und die Fähigkeit, den Regen niedergehen zu lassen. Soweit ich zurückdenken kann, der Regen gehört immer zu meiner Erinnerung. Wir begrüßten ihn stets mit lyrischen Variationen derselben Melodie:

Mbura ura
Ngũthiĩnjĩre
Gategwa na kangĩ
Karĩ mbugi
Ng'iri! Ng'iri! Ng'iri!

Regen falle weiter
Dann opfre ich dir ein Kalb
Eins und noch eins
Mit Glocken um den Hals
Ding-dong-ding-dong

Wo Waiyaki historisch und mythisch ist, ist Nyambura mythisch und historisch. Nyambura und Mũthoni brauchen einen Vater. Joshua ist das Amalgam aus den verschiedenen protestantischen Fegefeuerpredigern, die ich erlebte.

Und mit einem Mal taucht aus dem vielbeinigen Geflecht aus Joshua, Nyambura, Mũthoni und Waiyaki eine Geschichte über den Kampf um die Seele des Landes auf. Ich siedle sie in der Frühzeit der europäischen Kolonialisierungsvorstöße in das Innere des Kontinents an. Das ist eine Zeit, in der ich noch nicht geboren war, aber es fühlt sich stimmig an, ich sehe sogar die Landschaft vor mir, sie hat alle Merkmale derjenigen, die ich einst in Mũrang'a sah, auf meinem Weg nach Nyeri, um Baden Powell zu ehren – das Land der schlafenden Löwen auf beiden Seiten des Thagana River, Löwen mit dem Vermögen, sich ins Leben zu brüllen. Ich sehe alles vor mir, in den Dunst der Zeit gehüllt, und das entfacht meine Vorstellungskraft.

Ich zittere innerlich. Flüchtig bringe ich einige Zeilen zu Papier, aber das Zittern will nicht aufhören. Ich wünsche mir, alles klar und deutlich zu sehen, doch der Dunst verbirgt die scharfen Kanten der Verbindung, macht sie aber zugleich umso verlockender. Es ist wie Magie. Die Fantasie ist die Magie, die über Raum und Zeit hinweg Verbindungen möglich macht.

Jahre später erzählte Dinwiddy die Geschichte, wie ich eines Abends an die Tür seines Hauses klopfte, mein Auftreten ernst, mein Gesicht besorgt. Er bat mich herein und führte mich, weil er glaubte, dass es sich um einen Notfall handelte, auf die Veranda und fort von der Klavier spielenden Yvonne, um vertraulich mit mir zu sprechen.

„Ich fürchte, dass ich angefangen habe, einen Roman zu schreiben“, platzte es aus mir in dem Vertrauen darauf heraus, dass er mich verstand.

Ich hatte ihm auch schon eine schüchterne Nachricht zukommen lassen, in der ich ihm von meinen literarischen Absichten berichtete, sodass es sein kann, dass ich mich trotz der unpassenden Stunde an ihn wandte, weil ich annahm, dass er darum wusste. Im Verlauf der Schreibarbeit ging ich oft zu später Stunde zu ihm, und er hat nie geklagt.

Dieses erste Mal aber war wichtig. Ich erinnere mich nicht mehr an die exakten Worte. Er bot mir einen Fruchtsaft an, hoffte vielleicht, mir den wahren Grund meines Besuches herauszulocken, aber ich habe diesem ersten Ausbruch tatsächlich kein weiteres Wort hinzugefügt. Ich kam mir ein wenig dämlich vor. Er sah verwirrt aus. Einen Roman zu schreiben, war keine schlechte Idee, versicherte er mir, und wenn ich ihn fertig hatte, könnte ich ihm den jederzeit vorlegen.

„Hast du schon einen Titel?“, fragte er.

„Ja, ‚Ringen mit Gott‘.“

Das ist der Arbeitstitel. Er stammt aus dem Buch Genesis, 32: 24, 25, 26. Dort ringt Jakob mit einem Engel, nachdem er in der Nacht sein Volk sicher über einen Strom geleitet hat.

> ... Als nur noch er allein zurückgeblieben war, rang mit ihm ein Mann, bis die Morgenröte aufstieg. Als der Mann sah, dass er ihm nicht beikommen konnte, schlug er ihn aufs Hüftgelenk. Jakobs Hüftgelenk renkte sich aus, als er mit ihm rang. Der Mann sagte: Lass mich los; denn die Morgenröte ist aufgestiegen. Jakob aber entgegnete: Ich lasse dich nicht los, wenn du mich nicht segnest ...[5]

Das ist das unvergessliche Bild eines Menschen, der mit einer Kraft ringt, die größer ist als er. Es trägt die traurige und flehentliche Balance von Forderung, Verteidigung und Trotz in sich. Es löst eine bestimmte Stimmung in mir aus, harmonisch meinem einsamen Kampf in meinem Zimmer entsprechend, bei dem ich etwas zu tun versuche, das am Makerere noch niemals getan worden ist. Es hat die Runde gemacht, dass Mũtiga und ich Romane schreiben. Das löst bei meinen Kommilitonen nicht etwa Bewunderung aus, sondern spöttisches Kichern, zumindest bei einigen von ihnen. „Ich habe gehört, dass du ein Buch schreibst, eh? Du bist gerade mal im zweiten Studienjahr und glaubst, dass du etwas kannst, das nicht mal unsere Professoren hinkriegen?"

Es scheint, als hätten sie den Makerere-Schwur bereits vergessen. Eine Hierarchie darf dem Streben nach Wahrheit nicht im Wege stehen, zumindest nicht der Entschlossenheit dazu. Sogar ein Kind kann darauf hinweisen, dass der Kaiser ohne Kleider daherkommt. Außerdem haben es andere in längst vergangenen Zeiten und aus unterschiedlichen Nationen und Regionen getan. Was der eine kann, kann der andere auch, feuere ich mich an. Diese Worte habe ich einst aus dem Mund eines meiner Lehrer an der Manguo-Grundschule gehört. Er hat sie allerdings dramatischer ausgesprochen. Was der eine kann, kann der andere auch. Doch brauche ich den Segen der Muse.

Mitunter bekomme ich auch neugierige Stimmen zu hören, die von der Möglichkeit aufrichtig begeistert sind. *Bethuel Kiplagat* aus dem Zimmer nebenan, schaut ab und zu bei mir rein. Er ist immer noch der Mut machende Präfekt unserer Tage an der Alliance. Er ist ein Jahr über mir. Seine Neugier ist immer ein Motivationsschub.

Das ganze Jahr 1961 knappse ich mir über endlose Monate hin kurze Augenblicke von meinen übrigen College-Verpflichtungen ab und ringe mit dem Roman. Und dann erwischt mich eines Tages plötzlich eine Blockade, und so sehr ich auch wie

Jakob mit dem Engel ringe und die Muse anflehe, mich nicht zu verlassen, will es nicht klick machen. Ich stecke fest. Tröstend flüstert die kleine Stimme der Verzweiflung: Warum tust du dir das überhaupt an? Dadurch wirst du bei den Prüfungen weder besser noch schlechter abschneiden. Du willst nur einen akademischen Abschluss, nicht die Aufnahme in die literarische Ahnentafel. Ich gebe nach. Ich will nicht weitermachen.

Bei meinem nächsten Treffen mit Joe Mũtiga, bei dem wir über unsere Reise als Schriftsteller reden wollen, berichte ich von meiner Verzweiflung.[6] Mũtiga ist optimistisch. Er redet über den Preis. Die Beute von eintausend Shilling! Konzentrier dich auf den Preis. Er ist großartig. Wir sind Wettbewerber und doch ermutigt er mich so sehr. Okay, ich will es versuchen: Ich werde die Schreibblockade überwinden.

Und die Muse kehrt zurück. Einige Monate lang reite ich auf unglaublichen Wellen reinen Hochgefühls, da der Dunst der Zeiten sich zu verziehen beginnt. Ich treffe mich wieder mit Mũtiga und berichte von spektakulären Fortschritten. Jetzt aber steckt er fest. Er will aufgeben, behauptet, dass er damit zufrieden wäre, Dichter zu sein. Nein, bedränge ich ihn, haue ihm buchstäblich die eigenen Worte um die Ohren: Konzentrier dich auf den Preis, den Glanz von Banknoten im Wert von eintausend Shilling, einige mit dem Konterfei von King George, andere mit den Kopf der Queen Elizabeth, stell dir den Wohlstand vor, der den Sieger erwartet. So mache ich das einige Tage lang, doch er reagiert nicht mit einem „Ich werde es versuchen" oder mit irgendetwas vom neuerlichen Wellenreiten auf den Wogen der Sehnsucht. So sehr ich mich auch bemühe, er greift nicht nach dem literarischen Rettungsseil. Ich weiß, es ist aussichtslos, weil er nicht mehr zu mir kommt, um mir seine Sachen zu zeigen oder weil er auf meine neugierig ist. Ich fühle mich einsamer als zuvor.

Die lebendige Nyambura kommt ins Bild. Sie ist schwanger. Ich vermisse sie, ich möchte bei ihr sein; die Zeit, die wir füreinander haben, wenn ich in den Ferien nach Hause fahre, ist mir nie lang genug. Aber über meine fiktionale Nyambura kann ich die lebendige Gegenwart der anderen spüren, die zudem ein anderes Leben in sich trägt. Die fiktionale Nyambura ist selbstverständlich nicht nach der echten modelliert, sie lieferte nur die Anregung, aber die nominale Ähnlichkeit reicht aus, so fließend sie auch ist, um mich weiter voranzutreiben. Manchmal ist es einfach der Gedanke an ihr Lächeln, wenn ich ihren Namen von einer Figur in einem Buch eingenommen sehe, der den Ruf der Muse verstärkt.

Am 10. September schenkt Nyambura, die Lebend(ig)e, unserem Sohn Thiong'o das Leben, der den Namen meines Vaters erhält. Von jetzt an habe ich zwei Leben: Familienmensch in Kenia, Akademiker am Makerere. Die Familie beeinflusst, wie ich mein akademisches und literarisches Leben organisiere: Sie gibt einen Fokus, einen greifbaren Grund, ein Motiv und einen Zweck für alles, was immer ich mit Stift und Papier tue.

Irgendwie schaffe ich es, zu einer Art Entwurf zu kommen. Ich gebe Dinwiddy das handgeschriebene Manuskript. Die Tatsache, dass ich jemandem das fertige Manuskript eines Romans, meines ersten Romans, zeige, verführt mich, etwas zu tun, was ich mir stets vorgenommen, aber nie umgesetzt hatte! Führe Tagebuch! Der erste Eintrag datiert vom 3. November 1961.

> „Hab mich entschlossen, Tagebuch zu führen. Spiele schon ziemlich lange mit dem Gedanken. Aber heute Abend, nach einem kurzen Blick auf Somerset Maughams Notizbuch eines Schriftstellers, zwang sich mir der Gedanke wieder mit aller Macht auf. Es geschah in Mr. Dinwiddys Haus. Wir saßen in seinem Arbeitszimmer. Voller Bücher. Seine Frau spielte Klavier. Mr. Dinwiddy diskutierte mit mir über meinen ersten Roman. Ich weiß nicht, warum ich mir schuldig vorkomme, wenn ich ihn ‚meinen Roman' nenne. Er heißt ‚Der schwarze Messias'. Mr. Dinwiddy ist nett. Dass er sich solche Mühe

macht? Manchmal habe ich gar nicht auf das gehört, was er gesagt hat. Seine Frau hat schön Klavier gespielt. Ich glaube, dass mir Klaviermusik gefällt. Dann hörte sie auf. Stille. Wir redeten weiter ..."

Er macht nützliche Anmerkungen, irgendwas vom Erzählen in Bildern. Anstatt zu sagen, dass eine Figur groß und dünn ist, warum nicht beschreibende Wörter wie hoch aufgeschossen und schlaksig verwenden? Ich sehe, dass er sich Mühe gibt, seine Gefühle nicht zu deutlich werden zu lassen, aber zumindest gefällt ihm der Roman. Ich bin glücklich.

Während der Dezemberferien zu Hause in Kenia finde ich zwischen den Umarmungen des neuen Lebens die Zeit, angesichts der Anmerkungen Dinwiddys an der Manuskript-Revision zu arbeiten. Ich habe etwas zu tun gewagt, das es weder in Kenia noch in Ostafrika bislang gegeben hat: Ich habe einen Roman geschrieben. Ich weiß, ich weiß ... es gibt einige Literatur, die europäische Schriftsteller geschrieben haben, die behaupten, Kenianer zu sein. Dieses Rudel wird von Elspeth Huxley mit Titeln wie „Murder at Government House" (1937), „The Red Stranger" (1938) und „A Thing to Love" (1954) angeführt, ihr folgt der US-Amerikaner Robert Ruark mit „Die schwarze Haut". Sie jedoch schreiben über die Abenteuer weißer Helden in Afrika, mit schwarzen Menschen zusammen mit der Flora und Fauna als dekorativem Hintergrund.

Ich aber fühle mich nun, als wäre ich Teil von etwas, das in der Luft liegt; das hat nicht nur mit der neuen Wirklichkeit in meinem Leben zu tun. Überall im Land gibt es etwas, das wir lange nicht erlebt haben. Hoffnung. Optimismus. Wir sorgten dafür, dass Dinge geschahen: Wir schrieben Geschichte.

Wir leben jetzt in der Ära nach dem Ausnahmezustand, das Kriegsrecht ist 1960 aufgehoben worden. Da sind der Widerschein von Kenyattas Entlassung am 21. August und Tanganyikas Unabhängigkeit am 9. Dezember 1961. Ich kenne die

Bedeutung dieses Widerscheins: Die Hoffnung auf den Anbruch eines neuen Tages. Für das Land, für mich als Schriftsteller. Hoffnung auf die Zukunft für das Leben, das Nyambura zur Welt gebracht hat. Hoffnung auf die Geburt einer neuen Nation.

Ich liege gut in der Zeit, um den Abgabetermin einzuhalten. Ich möchte das handgeschriebene Manuskript aber nicht mit der Post an das Bureau schicken. Ich habe nur dieses eine Exemplar. Wenn es verloren ginge?

Begleitet von meinem jüngeren Bruder Njinjũ nehme ich den Bus nach Nairobi und gehe schließlich zu Fuß zum Büro des East African Literature Bureau und gebe das Romanmanuskript mit dem Titel „The Black Messiah" bei ihnen ab. Als es nach Jahren veröffentlicht wird, wird sich der Titel von „Wrestling with God" über „The Black Messiah" zum letztlichen „The River Between" gewandelt haben, am 28. Dezember 1961 jedoch habe ich es unter dem Titel „The Black Messiah" eingereicht.

Njinjũ, der jüngere Bruder von Ngũgĩ wa Thiong'o

Anmerkungen

1 Siehe „Träume in Zeiten des Krieges“ und „Im Haus des Hüters“

2 Siehe „Träume in Zeiten des Krieges“, S. 116 ff.

3 Niederländisches Sprichwort

4 Siehe „Träume in Zeiten des Krieges“

5 Die Bibel. Die Einheitsübersetzung, S. 35, Stuttgart: Katholische Bibelanstalt, 1980

6 Verweis auf John Bunyan: „Pilgrim’s Progress“

7 Dt. „Der Fluss dazwischen“

Schwarze Puppen und schwarze Masken

Als ich zum ersten Man in die Stadt kam, glaubte ich, dass ein Leben in Kampala, wo Schwarz die visuelle Norm war, mein endgültiges Entkommen aus dem Schwarz-Weiß-Bewusstsein garantierte, das meine Wirklichkeit und meine Geschichte in einer von weißen Siedlern beherrschten Gesellschaft bestimmte. Bald schon erkannte ich, dass irgendwann jeder schwarze Mensch in der Welt des zwanzigsten Jahrhunderts, deren Problem darin bestand, was W. E. B. Du Bois einmal als das der Hautfarbenlinie bezeichnete, sein Schwarzsein zur Kenntnis nehmen musste. In Kenia nannten wir es die Hautfarbenschranke, und dieses Wort fand in afrikanische Sprachen als Variation von „*karambaa*" Eingang. „Wir lehnen die Hautfarbenschranke ab", lautete Jomo Kenyattas Schlachtruf, als er 1946, nach fünfzehn Jahren im Ausland, ins Land zurückkehrte, um die Kenya African Union im Kampf für Land und Freiheit zu führen.

„Kenia ist das Land der schwarzen Menschen", sangen wir in Opposition zum Anspruch der europäischen Siedler, dass Kenia aus den White Highlands bestand. In Elspeth Huxleys Werk ist diesem Anspruch literarische Unsterblichkeit zuteil geworden. Der koloniale Staat schlug sich auf die Seite der Schriftlichkeit. Das Mündliche aber verkörperte die Stimme eines Volkes, und selbst nachdem der Staat die Lieder und Gedichte der LFA verboten hatte, befeuerten Lied und Tanz den Trotz in jenen, die in stacheldrahtbewehrten LKW in die Konzentrationslager transportiert wurden. Sie sangen:

Tũtirũragia gũthamio
Kana gũtwarwo njera
Kana gũtwarwo icigĩrĩra
Amu tũtigatiga gũtetera wĩyathi
Kenya nĩ bũrũri wa andũ airũ

Verschleppt uns in Konzentrationslager
Oder sperrt uns ins Gefängnis
Oder ladet uns im Exil auf fernen Inseln ab
Wir werden nie nachlassen im Kampf für die Freiheit
Kenia ist das Land der schwarzen Menschen

Dieses Lied drückte Trotz und die kollektive Entdeckung des Schwarzseins aus. Doch daneben gab es auch ein persönliches Schwarzsein, und das musste man mitunter nicht nur einmal entdecken, sondern mehrmals.

Meine erste Entdeckung des Schwarzseins geschah ironischerweise nicht, als ich als Kind Europäer auf der Straße oder die straßenbauenden italienischen Kriegsgefangenen in unseren Dörfern sah, die Eier kauften oder nach Sex suchten. Deren Hautfarbe befand sich eindeutig außerhalb der Norm, und diejenigen, die sie einst als hautlose Geister *mzungu* getauft hatten, haben sie wahrscheinlich mit den unvoreingenommenen Augen von Kindern gesehen. Man entdeckt eine Norm nicht; sie wird stillschweigend vorausgesetzt, braucht weder Bestätigung noch Ablehnung. Die erste richtige Entdeckung meines Schwarzseins passierte, als ein junger, weißer, bewaffneter Offizier, der ein Maschinengewehr über die Schulter geworfen hatte, mich mit einem Schlag ins Gesicht blendete, und ich es nicht mit gleicher Münze heimzahlen konnte, wie meine kürzlich durch die Beschneidung erworbene Männlichkeit es ansonsten zur Pflicht gemacht hätte.[1]

Das zweite Mal geschah es, nachdem ich die Prüfungen an der Oberschule abgelegt hatte. Da wurde ich auf Befehl eines weißen Beamten eingesperrt, der kaum älter war als ich oder länger die Schule besucht hatte.[2] Ich erlebte, wie erwachsene Männer vor seinem Wort in die Knie gingen, und das erinnerte mich daran, was König Lear sagte: Selbst einem Hund wurde gehorcht, sobald er ein Amt innehatte.[3] Weiß war die Farbe der Macht. Weiß würde Schwarz immer schachmatt setzen, bis Schwarze ebenfalls Macht ausstellten. *Black Power* war die einzige realistische Antwort auf die weiße Macht. Nur so kann ein Dialog unter Gleichgestellten entstehen.

Meine dritte Entdeckung des Schwarzseins ging mit meinem Zusammentreffen mit einem Weißsein einher, das anders war als der Missionarstyp an der Alliance, der Bürokraten- und der Siedlertyp auf den kenianischen Straßen und Farmen oder des Talar-und-Kappe-Typs am Makerere. Dabei handelte es sich um einen Typ, der scheinbar jenseits von Zeit und Raum lebte. Man konnte ihn nicht richtig beschreiben, man musste bei der EAAFRO gearbeitet haben, der East African Agriculture and Forestry Research Organisation, um ihn erlebt zu haben und beurteilen zu können.

Die Organisation mit Hauptquartier in Muguga, auf halber Strecke zwischen Nairobi und Limuru an der Straße von Nairobi nach Naivasha, war das Ergebnis des rivalisierenden Imperialismus' mit Wurzeln im Wettlauf nach Afrika im 19. Jahrhundert. Nach der Berliner Konferenz 1884 erhielten die Deutschen Tanganyika und den Mount Kilimanjaro. 1902 errichteten sie eine Forschungsstation in Amani in den East Usambara Mountains. Mit der Niederlage der Deutschen im Ersten Weltkrieg wechselte Tanganyika den Besitzer. 1928 benannten die neuen kolonialen Besitzer, die Briten, Amani in The East African Agricultural Research Station um und verlegten sie 1948 nach Muguga in Kenia, um daraus die East African Agricultural and Forestry Research Organisation (EAAFRO) zu machen, die sich den gemeinsamen Forschungsbedürfnissen der drei britischen Kolonialbesitztümer in Kenia, Uganda und Tanganyika zuwenden sollte.

Mich trieb es dahin, weil ich einen Job brauchte. Das akademische Jahr am Makerere hatte drei Unterbrechungen, während derer die Studenten nach Hause fuhren. In der Hochphase des Ausnahmezustands versuchten einige Kenianer, mit Ausnahmegenehmigungen am Makerere bleiben zu können. Doch mit dem formellen Ende des Ausnahmezustands 1960 ergriffen wir jede Gelegenheit, nach Hause zu fahren. Zunächst fühlte es sich gut an, in den Waggons zweiter Klasse hin- und zurückzufahren, aber nachdem das nichts Neues mehr war, schien es uns mit Bussen viel schneller zu gehen, auch wenn die nicht so komfortabel waren. Wenn man einen Job hatte, war es umso besser, je früher man dort anfing.

Die Löhne aus den Ferienjobs ergänzten die mageren Stipendien; es war allerdings nicht einfach, einen zu ergattern. Man bewarb sich überall, und wenn man Glück hatte, kam eines Tages die Anerkennung für diese Mühen. Ich schätzte mich glücklich, als ich ziemlich zeitig in meinem ersten Jahr die Einladung zur EAAFRO erhielt und in ihrer Bibliotheksabteilung arbeiten sollte.

Die Station befand sich ungefähr acht Meilen von Limuru entfernt, und ich ging oft zu Fuß dorthin. Doch selbst wenn ich das Glück hatte, einen der mit ungesicherter Regelmäßigkeit verkehrenden Busse zu erwischen, musste ich noch die beiden letzten Meilen von der Naivasha-Nairobi-Hauptstraße zur tief im Wald versteckt liegenden Station laufen.

Zu Anfang war das etwas Neues: Ich freute mich darauf, für Wissenschaftler zu arbeiten, für Forscher, ernsthafte Denker, Menschen, deren Leben dem gewidmet war, wofür der Makerere-Schwur stand: rigorose Verfolgung der Wahrheit. Sie wurden von Tatsachen geleitet, nicht von Fiktionen, von Vernunft, nicht von Gefühlen.

Lady Viviana war die Leiterin der Bibliotheksabteilung. Unter ihr agierte eine weiße Stellvertreterin, Mrs. Smart Ogletree, und unter beiden befand sich ein schwarzer Assistent, Moses Wainaina.[4] Moses war die Fleisch gewordene Unterwürfigkeit, sobald es um die beiden weißen Beamtinnen ging. In ihrer Gegenwart stand er stramm und wurde sichtlich unsichtbar, bis sie vorbeigegangen waren oder, im Falle von Lady V. und Smart O., bis sie mit ihren Anweisungen fertig waren. Sobald sie weg waren, wurde er sichtlich sichtbar, langsam und gewiss in proportionaler Abhängigkeit zum Abstand zwischen ihnen. Ging es aber um die Angestellten, die ihm unterstanden, war Moses das völlige Gegenteil. Er erwartete von ihnen, dass sie sich ihm gegenüber genauso unterwürfig verhielten, und wenn sie das nicht taten, wurde er unduldsam, behandelte sie ungerecht, jagte sie schließlich fort und stellte neue ein. Jedes Mal hielt er ihnen einen Vortrag über die korrekte Etikette im Umgang mit den Weißen, und wenn sie bei der Arbeit oder in ihrem Benehmen seinen Ansprüchen nicht gerecht wurden, glaubte er, sie täten es aus Schlampigkeit, damit man ihn feuerte. Mit gleicher Inbrunst hasste er jeden, der versuchte, sich bei Lady V. einzuschmeicheln. Die Fluktuation der unterstellten Mitarbeiter war hoch und sorgte dafür, dass jederzeit Aushilfsjobs verfügbar waren. Moses tolerierte mich, weil ich vom Makerere kam und nur über die Ferien blieb, drei Wochen zumeist, abgesehen von der langen dreimonatigen Pause. Ich glaube auch, dass es ihm gefiel, dass ein Makerereaner unter ihm arbeitete. Einmal, als er herausfand, dass ich auf dieselbe Toilette wie die Weißen ging, geriet er fast in Panik. Die ist für die Weißen, erklärte er mir. Aber es steht nirgends, dass sie nur für die Weißen ist, wandte ich ein.

Die Forscher hatten so lange in einer Welt aus Teströhrchen, Gewächshäusern und Viren gelebt, dass sie ihre schwarzen Untergebenen nur noch als eine Art pflanzlichen oder tierischen Schädling sahen, der mit behandschuhter Vorsicht behandelt werden musste. Sie erinnerten mich an George Eliots *Casaubon*, der mit den Toten lebte, während er die Schlüssel für alle Geheimnisse suchte.

Um sie herum tobte das Leben; Macmillans Wind wehte durch Afrika, aber diese Leute schienen der sich bewegenden Geschichte gegenüber völlig gleichgültig. Das *Happy Valley* war die einzige Erinnerung an Kenias Vergangenheit, die sie zu kennen schienen, die sie liebten und zu kopieren versuchten. Sie kamen aus ihren Gewächshäusern und Laboren und fielen wegen ihrer Partner übereinander her; wobei die Geschädigten die anderen in Autos oder mit gezogener Waffe jagten. Sie machten bei der jährlichen East Africa Safari Car Rallye mit, die für gewöhnlich in Nairobi begann und sich durch Schmutz, Schlamm und Regen durch die drei Länder wand. Lady V. saß als Kopilotin ihres Liebhabers in dem einen Auto, ihr Ehemann folgte in einem anderen. Es erwies sich als Rennen zwischen diesen beiden Autos, wobei der Ehemann versuchte, das andere Auto von der Straße abzudrängen. Irgendwie, so berichtete Moses, überlebten sie das Rennen unversehrt, und auch das Liebesdreieck bestand weiter.

Lady V. stand im Mittelpunkt der Muguga-Kopie des Happy Valley: Bist du verheiratet oder arbeitest du in Muguga? Moses unterhielt mich mit jeder anzüglichen Geschichte, die er aufgeschnappt hatte; sie sah ihn als nicht existent an, wenn sie und einer ihrer Liebhaber sich in ihrem Büro einschlossen. Seiner offensichtlichen Angst zum Trotz war Moses abgefeimt genug, mitunter unschuldig an die Bürotür zu klopfen und sich an der Reaktion zu erfreuen, auch wenn diese nur aus unterdrückten Stimmen oder vollständigem Schweigen bestand.

Nur wenn er solche Episoden in allen Einzelheiten erzählte, lächelte Moses oder lachte sogar. Es war, als hätten sie ihm erlaubt, die schmutzigen Geheimnisse ihrer Lust auszuspähen.

Ansonsten schien Moses von einem antinationalen Virus befallen. Er war überzeugt, dass das ganze Gerede über Freiheit und schwarze Herrschaft nichts als Ignoranz und Dummheit darstellte. Schwarze waren inkompetent. Schwarze würden die Normen ruinieren. Die bloße Möglichkeit schwarzer Herrschaft schien ihm echte Angst einzujagen, und einer aus der neuen Gruppe von Angestellten, der ihn von zu Hause kannte, deutete an, dass Moses zu den Vermummten gehört haben könnte, die LFA-Verdächtige dem Tod oder dem Konzentrationslager überantworteten.

Aus irgendeinem Grund lief ich auf der Toilette niemals jemandem über den Weg und das schien Moses zu beruhigen. Einmal aber ging ich während eines Ferienjobs auf die Toilette, und als ich wieder herauskam, wollte ein leitender Angestellter hinein, der General Administrative Officer, wie sich später herausstellte. Zunächst ging er an mir vorbei, doch dann blieb er plötzlich stehen und schaute zurück, als könnte er nicht glauben, was er gerade gesehen hatte. Als ich Moses von diesem Zwischenfall erzählte, erschrak er sichtlich. Den ganzen restlichen Tag redete er nicht mehr mit mir. Jedes Mal, wenn Lady V. ihn in ihr Büro rief, zitterte er am ganzen Leib: Aus und vorbei, er würde für meine Scheißgewohnheiten bezahlen müssen. Erst als es den Anschein hatte, als würde er nicht dafür verantwortlich gemacht, entspannte er sich wieder. Er bat mich auf Knien, doch bitte seine Karriere nicht in Gefahr zu bringen, indem ich auf die Toilette für die Weißen ging. Meine Einstellung blieb dieselbe: Das stand nirgends geschrieben.

Ein weißer leitender Angestellter, der mir ein anderes Mal auf der Toilette begegnete, reagierte mit demselben überraschten Unverständnis wie der erste. Zu guter Letzt bestellte Lady V. mich in ihr Büro. Ich hatte ein Buch unter dem Arm, „Die Griechen“ von *Kitto*. Erst warf sie einen kurzen Blick darauf, dann bat sie, es sich ansehen zu dürfen, überrascht, dass ich ein derartiges Buch las, und bemerkte vielleicht zum ersten

Mal, dass ich College-Student war. Dann versuchte sie mir klarzumachen, dass die Toiletten den leitenden Angestellten vorbehalten waren, dass ich die anderen benutzen könnte. Wo sich „die anderen“ befanden, schien sie nicht zu wissen; sie gestikulierte nur unbestimmt. Aber die anderen sind sehr weit entfernt, entgegnete ich, und viel zu wenige für zu viele. Außerdem gebe es kein Schild, das besagte, dass sie nur für Weiße bestimmt seien. Nein, nein, leitende Angestellte, berichtigte sie mich. Sie schien verlegen, weil sie über Toiletten diskutieren musste, und ich beließ es dabei.

Die Geschichte mit den zwei Nägeln aber stellt die Toilettengeschichte noch in den Schatten. Es begab sich eines Tages, dass Lady V. mich in die Werkstatt schickte, ihr zwei Nägel zu besorgen. Die Werkstatt war für die gesamte Station zuständig. Ich musste über einen grasbewachsenen Innenhof, um dorthin zu gelangen. Der indische Zimmermann wollte sich ohne schriftliche Erlaubnis des Werkmeisters nicht von zwei Nägeln trennen. Also ging ich dessen Büro hinüber. Er war ein ziemlich klein gewachsener Mann und liebte Hüte sehr; er hatte je einen passenden für die unterschiedlichste Kleidung. Ob er mir zwei Nägel für Lady V. geben könnte? Er grunzte mich an: „Kwenda leta barua.“ Was? „Geh zurück und hol dir ein Schreiben.“ Er konnte mir ohne ein Schreiben meiner Chefin keine zwei Nägel anvertrauen?

Lady V. griff zum Telefon, sagte etwas und gab mir dann pflichtschuldigst einen Gutschein. Nun hieß es zurück zum Werkmeister. Er riss mir das Schreiben buchstäblich aus der Hand und ging damit in die Werkstatt. Ich folgte ihm. Urplötzlich drehte er sich um und brüllte: „Toa mkono mfuko.“ Die Hände aus den Hosentaschen nehmen? Ich weigerte mich. Der Mann versuchte, sie herauszuziehen. Ich musste mich beherrschen, eine körperliche Auseinandersetzung zu vermeiden. Ich ging einfach fort. Ohne die Nägel. Ich berichtete Lady V. von dem Zwischenfall. Ich kümmere mich darum, war alles, was sie sagte, und ich hörte nie mehr etwas über diese Angelegenheit. Wie immer ihr Privatleben auch aussehen mochte, Lady V. war eigentlich sehr nett, und ich habe nie erlebt, dass sie rassistisch ausfällig wurde, zumindest mir gegenüber nicht, aber die Zeichen standen eindeutig: Es war Zeit, dass ich die EAAFRO verließ, Ferienjob oder nicht.

Einige Wochen, bevor ich den Ort endgültig verließ, entdeckte ich neben den Toiletten ein Schild: Nur für leitende Angestellte. Damals gab es nicht einen schwarzen Angestellten in leitender Position.

Jahre später tauchten der Ort und die Menschen, denen ich dort begegnete, als Figuren in meinem Roman „Preis der Wahrheit" auf und ein Rezensent in Kanada, der in Kenia gelebt hatte, rechnete mit einer Verleumdungsklage gegen mich. Er behauptete, dass jeder, der damals im Land gelebt habe, die echten Personen hinter der Maske der Fiktion erkennen würde. Er lag völlig falsch: Der Roman war die reine Fiktion, aber die EAAFRO hatte mir eindeutig das Modell für den Ort und die Menschen zur Verfügung gestellt.

In meiner EAAFRO-Zeit kamen mir verschiedene Erzählungen in den Sinn. Dazu gehören „Der Dorfpriester", „Und der Regen kam" sowie „Der schwarze Vogel".[5] Diese Bilder und Geschichten hatten mit EAAFRO unmittelbar nichts zu tun, aber der einsame Weg durch die schrecklich singende Stille des dichten Waldes löste Bilder aus, die ans Heilige grenzten.

Die Erzählungen wurden in verschiedenen Ausgaben des „Penpoint" und einigen anderen regionalen Zeitschriften wie der „Nilotica" abgedruckt. Andere, einschließlich „Der schwarze Vogel", wurden 1962 zusammen mit dem Einakter „The Rebels" für den Hörfunk adaptiert und von UBS (Uganda Broadcasting Service) gesendet.[6] Mit Hilfe des unermüdlichen David Cook sorgte Miles Lee in seiner Eigenschaft als Direktor des Drama Department dafür, dass die literarische Produktion aus dem Dunstkreis von „Penpoint" ein nationales Forum erhielt.

Miles Lee war ein Mann voller Geheimnisse, hatte eine erfolgreiche Karriere als Freiberufler für die BBC, Wahrsager bei der Goose Fair in Nottingham, Regisseur beim Birmingham Repertory Theater und mit einer eigenen Truppe, dem Belgravia Mews Puppet Theatre in Edinburgh, hinter sich. Ich habe nie erfahren, wie es dazu kam, dass er seine große Liebe zum Puppentheater für den Rundfunk in Uganda aufgab, denn dazu machte er eher Andeutungen, als dass er wirklich darüber redete. Bei den Gesellschaftsabenden am Makerere schien er sich nicht wohlzufühlen, doch bei seinen eigenen auf Kololo Hill, einem gehobenen Wohnviertel, das besonders bei Ausländern und Regierungsbeamten beliebt war, schwelgte er. Die Weißen, die bei seinen Partys auftauchten, sahen gehetzt aus, als wären sie aus einem der Außenposten des britischen Weltreichs geflüchtet, dem sie einstmals gedient hatten. Obwohl sie völlig anders als die Leute von der EAAFRO waren, wirkten sie doch alle wie den Büchern Joseph Conrads entstiegen, Ex-Bewohner irgendwelcher Außenposten irgendwo im Kongo oder dem Fernen Osten.

Ein Gutteil von ihnen hatte schwarze Frauen zur Geliebten oder als Ehefrau, und abgesehen von Miles, der seine Frau tatsächlich zu lieben schien, ging von den anderen der Eindruck aus, als behandelten sie sie als Sex-Spielzeuge zur öffentlichen Zurschaustellung, fast schon wie einen Beweis, dass sie keine Rassenvorurteile hegten.

Bei einer seiner Partys begegnete ich dem schnurrbärtigen Bob Astles, der in späteren Jahren als Berater von Idi Amin gewisse Berühmtheit erlangen sollte. Er war mutmaßlich ein britischer Spion, der zum ersten Mal 1949 mit Sonderauftrag nach Uganda geschickt worden war. Doch war es sein schwermütiger Schnurrbart, der mehr wegen seiner Gewöhnlichkeit denn für seine Intellektualität auffiel – daher meine Überraschung über die Rolle, die er später in Ugandas Schicksal spielte.

Meine dritte Entdeckung des Schwarzseins war literarischer Natur. In einem Aufsatz in „Penpoint" stellte *Gerald Moore* die Lyrik der Négritude an der Makerere vor. Moore, in Cambridge ausgebildet und Direktor des Makerere Extra-Mural Department, war damals neben *Ulli Beier* und *Janheinz Jahn* einer von drei europäischen Gelehrten, die der aufstrebenden Literatur des afrikanischen Kontinents einen ernsthaften Blick schenkten.

Die drei Männer waren durch ihre Beziehung zum Werk von *Sédar Senghor* aus dem Senegal miteinander verbunden. Jahn traf Senghor 1951 in Frankfurt, hörte zum ersten Mal von schwarzer Dichtung und wurde zum Studierenden und Übersetzer dieser neuen Erscheinung. 1954 veröffentlichte er seine eigene Anthologie mit zeitgenössischer afrikanischer und afroamerikanischer Lyrik unter dem Titel „Schwarzer Orpheus", demselben Titel, den Jean-Paul Sartre für seinen Essay verwendet hatte, der ursprünglich 1948 als Vorwort zur von Sédar Senghor herausgegebenen „Anthologie de la nouvelle poésie nègre et malgache de langue française" erschienen war. Senghor war einer der drei Begründer der Négritude, die beiden anderen waren *Léon Damas* aus dem damaligen Französisch-Guayana und *Aimé Césaire* aus Martinique.

Ulli Beier begegnete Senghor zum ersten Mal 1956 in Paris beim Ersten Weltkongress Schwarzer Schriftsteller und Künstler. Das Neue traf ihn wie ein Blitz, und auch er wurde dessen Studierender und Übersetzer. 1961 gründete er die in Nigeria beheimatete Zeitschrift *Black Orpheus*. Auch Gerald Moore übersetzte Senghor und die neue afrikanische Literatur ins Englische. In späteren Jahren stellte er mit Ulli Beier die einflussreiche Sammlung „The Penguin Book of Modern African

Poetry" zusammen, in deren Mittelpunkt die Lyrik Senghors und der Négritude stand.[7]

Wieder und wieder las ich voller Erstaunen diese dichterischen Huldigungen des Schwarzseins, deren Musik sogar in Moores Übersetzung aufschien:

> Schwarze Maske, rote Maske, ihr schwarz-weißen Masken,
> Masken in den vier Winden, aus denen der Geist weht,
> Ich grüße euch schweigend![8]

Oder seine Ansprache an die schwarze Frau:

> Schwarze Frau, nackte Frau,
> Gekleidet in deine Farben die Leben,
> in deine Form die Schönheit ist![9]

Die Négritude-Gedichte zu lesen war für mich, als sähe ich zum ersten Mal mein Gesicht in einem Spiegel, in dem ich bis dahin immer nur andere Gesichter gespiegelt gesehen hatte. In ihrem literarischen Spiegel war Schwarzsein Farbe, Geschichte und aktives Sein. Ich dachte an die Auseinandersetzungen zurück, die ich in der Schule um eine schwarzen Jesus und die Hautfarbe Gottes geführt hatte, und hier fand ich eine Lyrik, die das Schwarzsein als aktiven Wert und Kraft in der Geschichte behauptete.

Im Laufe der Zeit begann ich allerdings gegen die Überbetonung eines undifferenzierten Schwarzseins anzuschreiben, insbesondere und grundsätzlich in einem Aufsatz unter dem Titel „Give Me My Black Dolls: The African Dilemma", den ich 1961 einreichte, der aber schließlich erst im Mai 1962 in „The Undergraduate" veröffentlicht wurde. Den Titel hatte ich der vierten Strophe des Gedichts „Borders" von Léon Damas entlehnt:

Gib mir zurück meine schwarzen Puppen
auf dass ich spiele die einfachen Spiele meiner Triebe
im Schatten ihrer Regeln ruhe
meinen Mut berge
meine Kühnheit
mich selbst fühle, mich
ein neues Selbst geschieden von dem das gestern war
Gestern ohne Verzwicktheit
Gestern
Als anbrach die Stunde der Entwurzelung[10]

Ich kritisierte die Vergangenheitsbezogenheit, das, was mir damals eine unkritische Sehnsucht nach einer Vergangenheit war, die nie wiederkehren würde, und beschloss den Aufsatz mit einem Aufruf zu einer Art Synthese der positiven Elemente der drei Lebensweisen in Ostafrika – der asiatischen, der europäischen und der afrikanischen. Ich bin mir nicht sicher, inwieweit sich das von Senghors Forderung nach einer ähnlichen Synthese unterschied, oder von dem, was *Ali Mazrui* später in der Nachfolge Edward Blydens und Kwame Nkrumahs als „dreifaches Erbe" bezeichnen sollte. Im Lauf der Zeit habe ich die Literatur der Négritude bewundern gelernt, habe erkannt, dass sie über eine Vielzahl Stimmen verfügte. Indem ich gegen die wenigen Gedichte anging, die zu uns durchdrangen, habe ich den Fehler begangen, sie als eine Eindimensionalität zu betrachten.

Eine Adaption dieses Aufsatzes, eine Kritik der Négritude, wurde am 12. Mai 1961 in der mittlerweile nicht mehr bestehenden „Sunday Post" zu meinem ersten Text des kulturellen Journalismus'. In diesem Text zitierte ich Wole Soyinkas berühmt gewordene geistreiche Bemerkung über den Tiger, der es nicht nötig hat, seine Tigritude herauszubrüllen. Soyinka hatte selbstverständlich das Positive angefügt: Der Tiger reißt seine Beute.[11]

Die Enttäuschung bei der EAAFRO hatte mich dazu gebracht, mich bei der Suche nach zusätzlichem Geld auf den Stift zu verlassen. Gleichzeitig hatte ich aber das Gefühl, dass sich in mir Vorstellungen entwickelten, die über die Anforderungen meiner Seminarreferate hinausgingen, sich aber nicht einfach in Fiktion übersetzen ließen. Ich hatte eine Meinung, verfügte über die Sprache, sie auszudrücken, und die Energie, die Mühe auszuhalten.

Während ich an „The Black Messiah" für den Wettbewerb arbeitete, veröffentlichte ich einige Artikel in der „Sunday Post", meist zu kulturellen Themen. Obwohl sie den Inhalt meiner Artikel nicht veränderten, verpassten die Redakteure ihnen mitunter Überschriften, die nicht immer die Absicht hinter dem Inhalt und der Form des Artikels widerspiegelten. Ich lernte bald, dass die Verfasser von Geschichten und Features in Tageszeitungen keinerlei Kontrolle über das letztliche Aussehen von Überschriften und Teilüberschriften hatten. Manchmal konnte ein editorischer Rahmen mit Inhalt und Absicht in Konflikt geraten.

Die Veröffentlichungen ermutigten mich, mich für einen richtigen Job in einer Zeitungsredaktion zu bewerben. In den Ferien in der zweiten Hälfte meines ersten Jahres am College sprach ich im Büro der „Sunday Post" vor und verlangte den Chefredakteur zu sprechen. Damals war es ein ausschließlich weiß besetztes Büro, und ich habe keine Ahnung, was für eine Erscheinung ich abgab. Die Rezeptionistin schrieb jedoch meinen Namen auf, und eine Weile später wurde ich in das Büro des Chefredakteurs geführt.

Er stellte sich als Jack Ensoll vor und bot mir einen Stuhl am gegenüberliegenden Ende eines riesigen Mahagoni-Tisches an. Viel mehr nahm ich nicht wahr, weil ich so aufgeregt war, doch aus der freundlichen Art seines Empfangs entnahm ich „Du hast einen Job". Er kannte meinen Namen von der Notiz, die die Rezeptionistin aufgeschrieben hatte, vielleicht auch von meinem Beitrag, der vielleicht sogar der erste eines Afrikaners war, den sie veröffentlicht hatten. Er hangelte sich durch das Vorspiel. Was machte ich, wie ginge es mir? Ich glaubte, dass es gegen mich sprechen würde, dass ich erst im zweiten College-Jahr war, also versicherte ich ihm hoch und heilig, dass ich lediglich einen Ferienjob wollte. Er wollte wissen, was ich nach dem College machen wollte. Mein letztliches Ziel war, Journalist zu werden.

Während wir uns unterhielten, rief er jemanden an, und bald darauf lag die Zeitung, die einen meiner Artikel enthielt, ausgebreitet vor ihm. Ich war mir sicher, dass wir ins Geschäft kommen würden.

„Ich will dir meine ehrliche Meinung sagen", sagte Jack. „Ich habe deine Artikel gelesen und sie haben mir gefallen. Ich mag, wie du schreibst, wie du die Wörter einsetzt, aber nur wenige Monate in dieser Redaktion und das ist alles verschwunden, die individuelle Stimme, das Etwas, das du hast. Ich bitte dich, ruinieren wir nicht, was in dir steckt. Deine Zukunft liegt zwischen Buchdeckeln."

Er wünschte mir alles Gute und geleitete mich zur Tür. Außerordentlich höflich, aber was ich damals dringend brauchte, war ein Job, keine Zukunft zwischen Buchdeckeln.

Ich wandte mich an die „Sunday Nation". Die Zeitung und ihre Schwesterblätter, die „Daily Nation" und „Taifa Leo", waren Publikationen der East African Newspapers (Nation Series) Ltd., der späteren Nation Media Group, und befanden sich im Besitz von Aga Khan. Zwischen 1958 und 1960 gegründet, waren sie die jüngsten Publikationen und wetteiferten mit der ältesten Zeitung im Land, dem „East African Standard", den Alibhai Mulla Jeevanjee 1902 gegründet, aber bereits 1905 an britische Geschäftsleute verkauft hatte, die ihn zur Tageszeitung machten. Die alte mit ihrer Ausrichtung auf die weißen Siedlerinteressen konnte es mit den neuen nicht aufnehmen, die sich dem Wandel im Innern verschrieben hatten. Schon ihre bloßen Titel „Nation" und „Taifa" zielten auf ein Leben nach dem kolonialen ab.[12] Die „Sunday Post" ging bald darauf ein. An Sonntagen herrschte die „Sunday Nation" über allem.

Mein erster Artikel in der „Sunday Nation" erschien im Mai 1962. Nach ein paar weiteren gaben sie mir eine regelmäßige Kolumne mit dem Titel „Wie ich es sehe. Von James Ngugi".

Es war eine Herausforderung, wöchentlich eine Kolumne zu schreiben. Ich hatte keinerlei journalistischen Hintergrund. Ich kannte mich aus, wenn es um akademische Aufsätze für die Seminare ging, bekam aber schon bald ein Gefühl für den Unterschied zwischen dem annotierten akademischen Aufsatz mit zahlreichen Zitaten und Verweisen und dem journalistischen, der auf ein Massenpublikum abzielte. Ich lernte, mich innerhalb der Triade von Anfang, Mitte und Schluss auf nur einen Punkt zu konzentrieren, Thema oder Gegenstand aber hatten unmittelbar am Anfang zu stehen.

Anfangs war es ebenso herausfordernd, für jeden Sonntag ein anderes Thema zu finden. Aber ich lernte, mir mein Thema aus den allgemeinen Nachrichten der Woche zu wählen. Was ich machte, war regelrechter Meinungsjournalismus und stand in einer parasitären Verbindung zu den Nachrichten, die täglich von anderen gesammelt und geschrieben wurden. Doch darüber hinaus bediente ich mich auch bei meinem literarischen Erbe, schrieb in populärer Form nieder, was mir während meiner Tätigkeit als English Honors-Student widerfuhr. Und so fanden die Namen von Autoren und die Buchtitel, die ich für die Seminare oder auch außerhalb derer las, Eingang in die eine oder andere Rezension.

Mich auf meine Sicht auf den einen oder anderen Aspekt der aktuellen Nachrichten zu verlassen bedeutete auch, einen persönlichen Blick auf das zu entwickeln, was sich in Kenia und Uganda und manchmal in Afrika und der Welt abspielte. Ich hatte noch keine zusammenhängende Weltsicht entwickelt, aber ich wuchs in einer nach Rassen strukturierten Gesellschaft auf, in der Weiß Wohlstand, Macht und Privileg bedeutete und Schwarz für Armut, Machtlosigkeit und Leiden stand, in der Weiß Arbeitsunwilligkeit hieß und Schwarz Fleiß, in der Weiße tatsächlich ernteten, was Schwarze angebaut hatten. Diese Dichotomie gab mir einen Rahmen, durch den ich die Welt betrachtete. Inmitten von Widersprüchen, Zusammenhanglosigkeiten und halbgaren Meinungen und Ansichten entwickelte ich langsam Themen, die später Eingang in mein literarisches Schaffen und meine Theorie fanden, vor allem Fragen der Ungleichheiten in der Gesellschaft, wenn es um Macht und Wohlstand ging.

Neben den Themen Bildung, Pan-Afrikanismus, Pressefreiheit, Misstrauen dem Extremismus gegenüber fanden sich in vielen meiner Artikel auch Bedenken hinsichtlich der sozialen Bedingungen der arbeitenden Männer und Frauen. Am beständigsten war jedoch mein Glaube daran, dass Kunst und Literatur und Theater für die Herausbildung des Neuen Afrika zentrale Bedeutung besaßen. Und was das Theater angeht, so forderte ich die Makerere College Dramatic Society tatsächlich auf, eine Reise-Kompanie zu gründen. Zwölf Monate nach dem Artikel gründeten Lehrkörper und Studenten das Makerere Travelling Theatre.

Wenn es ein alles überspannendes Thema meiner Artikel aus der Makerere-Zeit gibt, dann nimmt das des Humanismus mit Kunst und Kultur einen herausragenden Platz ein. Es war der Humanismus echter menschlicher Anteilnahme.

Unter der Überschrift „Was wird aus unseren Nachbarn“ lenkte ich am 9. September 1962 in meiner Kolumne „Wie ich es sehe“ in der „Sunday Nation“ die Aufmerksamkeit auf die notleidenden Bettler, die unsere Nachbarn sind, denen wir auf der Straße begegnen, die wir aber nicht wahrnehmen wollen. Das half mir dabei, die Frage nach der wechselseitigen sozialen Fürsorge zu stellen: Ich stellte mir eine Zukunft vor, in der „Kenia in der Lage sein wird, für das wirtschaftliche und soziale Wohlergehen all seiner Staatsbürger zu sorgen“, warnte aber gleichzeitig davor, dass „ein sozialer Wohlfahrtsstaat nicht darauf begründet sein kann, im Ausland zu betteln – etwas, wozu jeder gerade unabhängig gewordene Staat gezwungen ist“.

In einem anderen Beitrag vom 14. April 1963 lobte ich das East African Literature Bureau dafür, Bücher in einheimischen Sprachen zu produzieren. Dadurch, so erörterte ich, hatte das Bureau „nicht nur den Kindern geholfen, die ansonsten nur von Übersetzungen abhängig gewesen wären, sondern auch jenen afrikanischen Schriftstellern, die in einheimischen Sprachen schreiben“.

Zur Sprachenfrage kehrte ich immer wieder zurück. Während ich das Englische schätzte, war ich zugleich um die Stellung der anderen Sprachen besorgt, vor allem des KiSwahili.

So begann ich zum Beispiel am 23. September 1962 unter der Überschrift „Swahili muss den ihm zustehenden Platz bekommen“ die Tatsache zu beklagen, dass afrikanische Schriftsteller „gezwungen waren, die Musik und den Hader in ihren Seelen zu zähmen, weil sie eine Fremdsprache verwenden müssen“. Dies lag nicht daran, dass afrikanische Sprachen im Vergleich zu Französisch oder Englisch ärmer oder minderwertiger waren, sondern daran, dass „das Studium der einheimischen Sprachen vor allem an Oberschulen und Colleges völlig vernachlässigt wird“. Die Vernachlässigung der einheimischen Sprachen bleibe „ein schwarzer Fleck in der gesamten kolonialen Bildung in Afrika“. Ich rief Schriftsteller im Allgemeinen und die afrikanischen im Besonderen dazu auf, mehr in diesen Sprachen zu produzieren, damit genügend Material zum Lesen und Lernen zur Verfügung stünde, und schloss: „Ich glaube nicht einen Augenblick daran, dass wir jemals eine Nation sein können, die diesen Namen verdient, wenn wir keine eigene Sprache haben, durch die unsere nationalen Bestrebungen und unser geistiges Wachstum ausgedrückt werden können."

Während ich einerseits die afrikanische Kultur und ihre zentrale Stellung im aufstrebenden Afrika lobte, warnte ich andererseits vor der unkritischen Verehrung der Vergangenheit. Unter der Überschrift „Wählen wir sorgfältig, was wir aus der Vergangenheit übernehmen" schrieb ich drastisch gegen zwei Bräuche an: die Zahlung eines Brautpreises und die weibliche Beschneidung. Ich behauptete, dass beide ihren ursprünglichen Zweck und ihre Funktion überlebt hatten. Der Brautpreis, die Brautgabe, wie er manchmal genannt wird, hatte seinen Zweck überlebt und sich von einer Art Aussteuerversicherung, die er einst gewesen war, „in ein profitables kommerzielles Unternehmen" verwandelt. Noch schärfer ging ich mit der weiblichen Beschneidung ins Gericht, die ich als „brutal und menschlichem Leiden gegenüber gefühllos (beschrieb). Es ist ekelhaft zu sehen, wie augenscheinlich sehr junge Mädchen dem ausgesetzt werden, selbst noch am Vorabend der Unabhängigkeit". Ich ging jene an, die sich als aufgeklärt bezeichneten und dennoch „den Brauch billigen, die dem einfachen Menschen das Gefühl vermitteln, dies hätte speziell mit seiner Kultur oder der stärker mystischen afrikanischen Persönlichkeit zu tun". Ich rief die Meinungsführer auf, vorzutreten und den Brauch mit gemeinsamer Stimme zu verdammen. „Er muss von allen Seiten gnadenlos angegriffen werden", betonte ich.

Im Laufe der Zeit baute ich mir sowohl in Kenia als auch dichter bei mir, unter meinen Kommilitonen, eine Anhängerschaft auf. In den fünf Jahren meines Aufenthalts am Makerere schrieb ich über achtzig solcher Artikel, meist unter „Wie ich es sehe", jedoch auch als allgemeine Features in den Zeitungen der Nation Group und in anderen Tageszeitungen und Zeitschriften. Der wöchentliche Rückzug auf die Straßen war offensichtlich eine gute Katharsis aus der Welt der Bücher, denn meine Arbeit in den Seminaren litt keineswegs, sieht man einmal von einigen Aufsätzen ab, die ich zu spät einreichte. Journalismus und das Veröffentlichen in Tageszeitungen waren also die ersten wichtigen Vorstöße in die Welt des Schreibens.

Als ich später jedoch eine Einladung zur First International Conference of Writers of English Expression erhielt, die im Juni 1962 am Makerere stattfinden sollte, geschah dies eindeutig nicht meiner journalistischen Arbeit wegen, sondern aufgrund meiner damals noch bescheidenen literarischen Produktion.

Anmerkungen

1 Siehe „Träume in Zeiten des Krieges", S. 220 f.

2 Siehe „Im Haus des Hüters", S. 200 ff.

3 Vgl. William Shakespeare: „König Lear", IV/6: „... dem Hund im Amt gehorcht man.", in: William Shakespeare: „Sämtliche Werke", Band 4: „Tragödien", Berlin und Weimar: Aufbau Verlag, 1975, S. 582

4 Die Namen sind vom Autor geändert worden

5 Die Erzählungen fanden Eingang in die Sammlung „Verborgene Schicksale"

6 Die Ursendung von „The Rebels" erfolgte am 6. April

7 „The Penguin Book of African Poetry", Harmondsworth 1963

8 Léopold Sédar Senghor: „Botschaft und Anruf", München: Carl Hanser Verlag, 1963, S. 54, Ü: J. Jahn

9 Ebenda, S. 45

10 http://osbey.tripod.com/mapa/damas.html

11 „Der Tiger verkündet seine Tigritude nicht, er reißt seine Beute. Mit anderen Worten: der Tiger steht nicht im Wald herum und verkündet: ‚Ich bin ein Tiger'. Kommt man dort vorbei, wo zuvor der Tiger weilte, entdeckt man das Skelett der Antilope und weiß, dass dort Tigritude ausgeübt worden ist." (1964)

12 Taifa – KiSwahili: Nation

Die „Transition“ und der Brief aus Paris

Ich mochte es kaum glauben. Ich bin College-Student im zweiten Studienjahr und werde zu einem Treffen der literarischen Giganten eingeladen? Der Brief wartete sogar mit dem Vorschlag auf, dass ein Werk von mir, „Heimkehr“, in der Abteilung Kurzgeschichte diskutiert werden sollte.[1]

„Heimkehr“ erzählt die Geschichte einer Mannes, der aus einem Konzentrationslager nach Hause kommt und sich darauf freut, sein Leben an der Stelle wieder aufzunehmen, an der er es im Augenblick seiner Verhaftung zurückgelassen hat. Für ihn war es, als hätte das Leben stillgestanden und auf seine Heimkehr gewartet. Doch während seiner Abwesenheit ist das Leben weitergegangen; die Geschichte geht weiter; die Leute haben sich fortentwickelt; die Dinge können niemals wieder so sein, wie er sie sich vorgestellt hat. Zuerst fühlt er sich im Stich gelassen, als ob Leben und Geschichte ihn betrogen hätten; er denkt daran, seinem Leben ein Ende zu setzen und sich im Fluss zu ertränken, als er jedoch am Fluss steht und den unablässigen Lauf des Wassers beobachtet, begreift er die Botschaft und findet die Kraft zu leben.

Die Erzählung wurde zuerst am 11. Oktober 1961 in „Penpoint“ veröffentlicht. Danach erschien sie in der „Transition“ vom Januar 1962. Die „Transition“ war eine neue Zeitschrift, die erste Ausgabe ist mit November 1961 datiert. *Rajat Neogy*, ihr Gründer, kam in Kampala zur Welt und wuchs auch dort auf. Seine Mutter war stellvertretende Leiterin an der Kololo School und sein Vater Direktor einer anderen Grundschule. Rajat Neogy, sein Bruder Rathin und seine Schwester Chitra besuchten die Kololo School und die Old Kampala Secondary School.[2]

Rajats unternehmerische Begabung zeigte sich bereits an der Old Kampala Secondary, an der er eine schön produzierte Zeitschrift herausbrachte, ordentlich vervielfältigt und gut gebunden, die er „Friends" nannte. Der Name steht symbolisch für alles, was später die neue Zeitschrift „Transition" belebte, die er herausgab, nachdem er von weiterführenden Studien in England zurückgekehrt war: Ihre Seiten waren ein Treffpunkt für literarische Freunde. Hinsichtlich literarischer Ambition, Inhalt, Ausführung und Präsentation war diese Zeitschrift anders als alles, was man bis dahin in Kampala gesehen hatte. Schon der bloße Titel versprach den Grenzbereich zwischen Altem und Neuem. Sie war ein Zeichen des Neuen Uganda.

Neogy wurde zum Fixpunkt der gesellschaftlichen Szene in Kampala. Seine Partys waren, anders als andere im Umfeld des Makerere oder der Ausländergemeinschaft um Kololo herum, ein literarischer Salon, der Schriftsteller, Künstler und Sänger aller Rassen anzog und von einem neuen, zuversichtlichen Uganda kündete. Auf einer dieser Partys begegnete ich *Barbara Kimenye*. Ob sie nun den Raum betrat, sich setzte oder durch den Raum ging, sie redete und interagierte mit den Gästen mit der Ungezwungenheit derjenigen, die sich ihres Aussehens und des passenden Kleides sehr wohl bewusst ist und akzeptiert hat, dass alle Augen, der Männer wie der Frauen, auf sie und ihr Auftreten gerichtet sind.

Es überraschte mich, dass sie dahin kam, wo ich saß, mir sagte, dass sie meine Erzählung in der „Transition" gelesen hatte und mit mir redete, als wäre ich ein bekannter Schriftsteller. Es wurde zur Gewohnheit: Jedes Mal, wenn wir uns bei Rajats Partys trafen, fand sie Zeit, sich zu mir zu setzen und sich mit mir über das Schreiben zu unterhalten. Es schien ein Widerspruch: Einerseits diese schlanke, schick zurechtgemachte, schöne Frau, die Privatsekretärin des Kabaka, mit geheimnisvollem Hintergrund und faszinierenden Hinweisen auf Aufenthalte in Jamaika, England, Tanganyika und Uganda, und andererseits dieses ausgeprägte Interesse an so banalen Dingen wie dem Schreiben, zumal das eines Studenten, dessen Anspruch auf Ruhm sich auf eine Kurzgeschichte in der „Transition" und ein paar andere in einer Zeitschrift des English Department beschränkte.

Schließlich erwähnte sie ihr eigenes Interesse am Schreiben. Barbara sollte eine der führenden Schriftstellerinnen in Uganda und ganz Afrika werden, die Autorin der „Moses"-Reihe, eine der wortgewandtesten Stimmen des neuen Afrika. Hinter der glitzernden Party-Fassade wohnten eine sehr gefühlvolle Seele und eine unvorstellbar verspielte Fantasie.

„Transition", eine Zeitschrift, um die angehende Schriftsteller und Intellektuelle sich scharten, zog bald schon einige der führenden afrikanischen Intellektuellen der damaligen Zeit sowohl innerhalb Ugandas als auch von außerhalb an. Doch zu der Zeit, als ich die Einladung bekam, steckte die „Transition" noch in den Kinderschuhen. War es möglich, dass meine Auftritte in „Penpoint" den Brief von einer Organisation aus Paris ausgelöst hatten, die sich *Congress for Cultural Freedom* nannte? Andererseits waren nicht alle zu dem Fest eingeladen worden, die in „Penpoint" veröffentlicht hatten. Konnten die Leute in Paris von dem Text in der „Transition" erfahren haben? Die Zeitschrift markierte meinen eigenen Übergang vom Studenten, der für eine Publikation seines Instituts schrieb, zu einem Schriftsteller in der Welt. Nicht, dass ich daran glaubte, an diese Bezeichnung eines Schriftstellers, ich schlussfolgerte jedoch, dass es mein Auftritt in der „Transition" gewesen sein musste, der dazu geführt hatte, dass Leser außerhalb der Mauern des Makerere Notiz von mir nahmen.

Dann fiel mir wieder ein, dass der Brief über die Abteilung für Fernstudien des Makerere zu mir gelangt war. Ich hatte Gerald Moore einmal einen der frühen Entwürfe jenes Manuskripts gezeigt, das ich „The Black Messiah" nannte. Er lud mich in sein Haus auf dem Campus ein, und auf der Veranda erzählte er eine Menge über die neuen nigerianischen Schriftsteller, die Zeitschrift „Black Orpheus", die *Mbari-Clubs* in Nigeria und wieder über die Schriftsteller, vor allem über den Gitarrenspieler Wole Soyinka. Moore sprach mit der Vertrautheit gesellschaftlicher Freunde über sie. Als er schließlich auf meinen Text zu sprechen kam, fragte er mich, ob es schwarze Frauen mit blauen Augen gebe. Ich fragte, warum? Weil ich, so sagte er mir, über eine weibliche Figur in „The Black Messiah" geschrieben hatte, dass sie schöne blaue Augen hatte. Ich war so verlegen, dass ich kaum auf das hörte, was er sonst noch zum Manuskript sagte. Ich wollte nur noch in mein Zimmer zurück und diese Angelegenheit mit den blauen Augen korrigieren. Ich hatte zu viele Romane von weißen Schriftstellern gelesen und sah die Farbe einer schwarzen afrikanischen Frau mit den Augen eines Europäers.

Ich nahm an, dass Gerald Moore, der ostafrikanische Weichensteller für die Organisatoren der Konferenz, meinen Namen weitergeleitet haben musste, nachdem er „The Black Messiah" gelesen hatte. Ich war mir aber nie sicher, so wie ich mir nicht sicher war, warum das Makerere als Veranstaltungsort für diese allererste kontinentale Conference of African Writers of English Expression ausgewählt worden war, es sei denn mit dem Ziel, das Schreiben in Ostafrika anzuregen, von dem man behauptete, das es hinter West- und Südafrika hinterherhinkte.

Egal, was Einladung und Ort auslöste, ich war sehr aufgeregt, als der Juni 1962 anbrach und ich mich mitten unter den großen Namen dieser Zeit wiederfand. Dazu gehörten *Ezekiel Mpahlele*, der Hauptorganisator, und *Bloke Modisane*, *Lewis Nkosi* und *Arthur Maimane* – allesamt Südafrikaner, die im Exil lebten; Wole Soyinka, Chinua Achebe, *Christopher Okigbo*, *J.P. Clark*, *Donatus Nwoga*, alle aus Nigeria; *Kofi Awoonor* (der damals noch unter dem Namen Kofi Awoonor-Williams lief) aus Ghana sowie das ostafrikanische Kontingent mit *Grace Ogot*, Rebecca Njau und drei „Penpoint"-Autoren: Jonathan Kariara, John Nagenda und ich. Rajat Neogy und seine „Transition" waren allgegenwärtig: Es war, als ob Zeitschrift und Konferenz im selben Augenblick entstanden waren, im Afrika des Übergangs, und deshalb einander brauchten. Aus der Karibik war *Arthur Drayton* da, und *Langston Hughes* aus den USA, der unlängst „Ask Your Mama" veröffentlicht hatte, und *Saunders Redding*, der damals ein prominenter afro-amerikanischer Kritiker war.

Langston Hughes verlieh dieser Zusammenkunft die Weite der Geografie und die Tiefe der Geschichte. Er gehörte zu den Schlüsselfiguren der *Harlem Renaissance*, die wiederum die Begründer der Négritude beeinflusst hatte. Er hatte 1956 und 1959 an den Kongressen Schwarzer Schriftsteller in Paris und Rom teilgenommen, bei denen auch die großen Namen der schwarzen Welt zugegen gewesen waren: *Frantz Fanon*, Aimé Césaire, Sédar Senghor und *Richard Wright*. Hughes Anwesenheit verlieh der Zusammenkunft am Makerere die symbolische Verbindung zu den Kongressen in Paris und Rom, die beide von der großen Literaturzeitschrift *Présence Africaine* organisiert worden waren, die *Alioune Diop* gegründet hatte und herausgab.

Allerdings wusste ich weniger über Hughes Werke und seine Verbindungen zur Geschichte als über seinen Status als Prominenter; Arna Bontemps, Lyriker und Romancier der Harlem Renaissance, hatte ein Jahr zuvor das Makerere besucht und uns von Langston Hughes, der Harlem Renaissance und ihrer Freundschaft und Zusammenarbeit erzählt.

Die Beratungen fanden in der Northcote, meinem heimatlichen Geläuf, statt, und so fühlte ich mich als Gastgeber dieser panafrikanistischen Zusammenkunft, die am 11. Juni begann und bis zum 17. Juni 1962 dauerte.

Die Konferenz, die als erste Zusammenkunft afrikanischer Autoren aus aller Welt gefeiert wurde, die in Englisch schrieben, wurde vom Mbari-Club der Schriftsteller und Künstler in Ibadan in Nigeria in Zusammenarbeit mit dem Department of Extra-Mural Studies des Makerere College einberufen und vom Congress of Cultural Freedom finanziert. Das hatte etwas Zyklisches an sich, denn der Mbari-Club war 1960/61 mit Hilfe derselben Organisation gegründet worden.

Es war eine beeindruckende Zusammenkunft von neunundzwanzig Schriftstellern, fünf Herausgebern politischer oder literarischer Rundschauen, vier Kritikern, vier britischen und amerikanischen Verlagen, drei Beobachtern aus französischsprachigen Ländern, alles in allem fünfundvierzig Teilnehmer.

Die Konferenz teilte sich auf in die Diskussion von Vorträgen, Zeit für Kritiker, Sitzungen zum Zustand des Romans, des Theaters, der Lyrik und der Kurzgeschichte im Allgemeinen und einer Sitzung zur Kurzgeschichte in Ostafrika, bei der mein Werk und das von John Nagenda und Jonathan Kariara auf der Tagesordnung standen.

Für eine Konferenz, an der Autoren in afrikanischen Sprachen nicht beteiligt waren, war es interessant zu beobachten, dass die Eröffnungssitzung größtenteils von einem Streit darüber beherrscht wurde, was afrikanische Literatur ausmachte. Das löste später bei einem, der bei der Konferenz gar nicht anwesend war, eine vernichtende Reaktion aus. In einem Artikel in „Transition“ Nr. 10, einer Ausgabe, die dem Rückblick auf die Konferenz gewidmet war, erhob *Obi Wali* den Einwand, dass afrikanische Literatur in europäischen Sprachen in eine Sackgasse führte.

Für mich aber, einen Schriftsteller, der noch ganz am Anfang stand, bestand die wichtigste Qualität weniger in der Diskussion von Philosophie und Ideologie als in der der Spezifik von Texten, vor allem des Handwerks des Schreibens.

In der Roman-Abteilung nahmen Achebes „Okonkwo oder Das Alte stürzt“ und *Alex La Gumas* „A Walk in the Night“ als Beispiele für unterschiedliche Modelle des Realismus den größten Raum ein. Alex La Guma stand damals unter Hausarrest, und auch *Dennis Brutus* saß wegen seiner Anti-Apartheid-Aktivitäten im Gefängnis. Brutus' Gedichtsammlung „Sirens Knuckles and Boots“ sowie La Gumas „A Walk in the Night“ waren gerade erst vom Mbari-Club in Nigeria veröffentlicht worden. Oftmals wurde die Klarheit, die Brutus in seinen Bildern entwickelte, zu seinen Gunsten mit Okigbos „Arkanum“ verglichen. Als Person aber gehörte Christopher Okigbo zu den zugänglicheren Schriftstellern der Konferenz. Einige Jahre später sollte der Dichter Okigbo im nigerianischen Bürgerkrieg als Soldat auf Seiten Biafras sterben. Während der Konferenz aber war er der energiegeladene, charismatische junge Mann, der all die Kritiker abtat, die meinten, sein Schreiben wäre zu dicht und unzugänglich, und dass er zu stark von Gerald Manley Hopkins, Ezra Pound und T.S. Eliot beeinflusst sei, was dann zu der berühmten Stichelei führte, er schriebe seine Gedichte ausschließlich für Dichter.

Und dann stand die Kurzgeschichten-Sitzung zu Ostafrika an. Meine Kurzgeschichte „Heimkehr“, die kürzlich in „Transition“ erschienen war, wurde zum Gegenstand einer Diskussion, deren Vorsitz Bloke Modisane hatte, der damals gerade an seiner Autobiografie „Blame Me on History“ schrieb. Modisane war in seiner Beurteilung meines handwerklichen Könnens unerbittlich. Für ihn waren die Reaktionen meines Helden auf die dramatischen Ereignisse und die Krise in seinem Leben unbefriedigend. „Da fehlt die emotionale Motivation; der Dialog wird nicht dazu verwendet, die Dramatik zu steigern, sondern die Ereignisse zu erklären.“

Erregt, dass meine Schöpfung auf dem Tisch lag und höfliche kritische Bewertung ausgelöst hatte, hörte ich mir die verschiedenen Kommentare an.

Soyinka beherrschte die Theater-Sitzungen, weil er bereits ein beträchtliches Werk vorweisen konnte, zu dem die Stücke „The Swamp Dwellers“, „Tanz der Wälder“ und „Der Löwe und die Perle“ gehörten, und außerdem eine kritische Haltung zur nationalistischen Euphorie in einigen Werken dieser Zeit einnahm. Auf gewisse Weise war unser aller Empfindungsvermögen durch unsere Erfahrung von Kolonialismus, Apartheid und antikolonialem Nationalismus geprägt worden. Trotz der Unterschiede in Handwerk und persönlicher politischer Einstellung einte uns die Vision der Möglichkeiten einer anderen Zukunft für Afrika. Soyinka, Realist durch und durch, hatte mit seinem Stück „Tanz der Wälder“, das während der Konferenz selbst Gegenstand hitziger Diskussionen war, bereits Löcher in jedwede blauäugige Vision dieser Zukunft geschlagen. An anderer Stelle hatte er die belehrende Zeile geprägt, dass „ein Tiger nicht seine Tigritude besingt, sondern seine Beute reißt“. Das war eine Erwiderung auf Tendenzen eines Teils der Négritude-Dichtung, die afrikanische Geschichte als ruhmreich und konfliktfrei darzustellen. Der Geschichten wegen, die ihm vorangingen, erwartete ich irgendwie, dass er aufstand und „Telefongespräch“ rezitierte, das Gedicht, von dem Gerald Moore immer sprach, oder Gitarre spielte, wie er es nach Moores Beschreibung zu Hause in Ibadan tat.[3] Er tat weder das eine noch das andere. Dafür sah ich ihn einmal im Top Life Night Club, dem berühmtesten Nachtklub in Kampala, Cha-Cha-Cha tanzen, und sogar einige der anderen Tanzpaare hielten inne und bewunderten seine Bewegungen.

Das Nachtleben Kampalas gehörte ebenso zur Konferenz wie die nüchternen Tage von Northcote Hall und dem Hügel. Da die Konferenz während der großen Ferien stattfand, hatte das keine so unmittelbaren Auswirkungen auf den Hügel und die Studentenschaft wie vormals die amerikanische Invasion. Doch lösten einige ausländische Schriftsteller gesellschaftliche Verwerfungen in Kampala aus; sie zogen Groupies an, Frauen, weiße, schwarze, asiatische, verheiratete und ledige, die in ihrer Gesellschaft schwach wurden. Mancher Schriftsteller hinterließ bei seiner Abreise eine Spur gebrochener Herzen und wohl auch die eine oder andere zerbrochene Beziehung.

Der Konferenz wurde in Afrika und im Ausland ein gutes Presseecho zuteil. Im „Guardian" vom 8. August 1962 beschrieb Lewis Nkosi die Schriftsteller als „zumeist jung, ungeduldig, sardonisch, endlos über Schaffensprobleme redend und dabei den Anschein erweckend, als wären sie erstaunt, mit der Aufgabe betraut zu sein, der Welt einen Kontinent zu erklären". Im selben Artikel verwies Nkosi auf die Ironie, dass es „die Natur und Tiefe der kolonialen Erfahrung ist, die die verschiedenen afrikanischen Völker auf dem Kontinent miteinander verbindet ... der Kolonialismus hat sie nicht nur sich selbst überantwortet, sondern auch einander, hat ihnen ... eine gemeinsame Sprache gegeben sowie ein afrikanisches Bewusstsein, sodass sich aus der Ablehnung eine Art Zustimmung ergab".

Es blieb Obi Wali überlassen, die Prämissen, Mutmaßungen und Folgen von Nkosis Zustimmung zu hinterfragen, als er in jener vernichtenden Attacke in „Transition" Nr. 10 zu der Schussfolgerung gelangte, afrikanische Literatur könne nur in afrikanischen Sprachen geschrieben werden.

Chinua Achebe wollte ich wirklich sehr gern treffen. Ich war ihm im Jahr zuvor kurz begegnet, als er am Makerere zu Gast war und vor den Englisch-Studenten auftrat. Es mag sein, dass ich ihm gegenüber „Der Mugumobaum" erwähnte, ich erinnerte mich jedoch nicht mehr, dass wir ein Zwiegespräch hatten. Jetzt aber hatte ich einen vorzüglichen Grund, mit ihm von Angesicht zu Angesicht zu reden, außerhalb der formellen Seminare und Plenarsitzungen. Das hatte mit einem neuen Werk zu tun, das später „Abschied von der Nacht" heißen sollte.

Sobald ich Ende Dezember 1961 das Manuskript von „The Black Messiah" bei der East African Writing Competition eingereicht hatte, war etwas mit mir geschehen. Auf einmal klopfte die Geschichte über die Situation im zeitgenössischen Kenia, die zu schreiben ich versucht hatte und an der ich gescheitert war, wieder heftig an die Türen meiner Fantasie. In meinem Tagebucheintrag vom 3. Februar 1962 schrieb ich, dass ich „daran gedacht hatte, einige Reminiszenzen aufzuschreiben, einige meiner Eindrücke aus der Zeit des Ausnahmezustands. Ich weiß noch nicht, wo ich anfangen soll, aber ich werde es tun".

Vier Tage danach zeichne ich eine Mischung aus Euphorie und Angst auf, die ich am 7. Februar 1962 so zusammenfasse:

> „... Ich befinde mich in einem Zustand beklommener Erwartung. Letzte Woche erst (am Dienstag, dem 30. Januar) habe ich meine Kurzgeschichtensammlung an Jonathan Cape geschickt. Warte bang auf Antwort. Trotzdem fürchte ich gleichzeitig eine Ablehnung. Außerdem warte ich auf das Ergebnis des Romanwettbewerbs des EA mit ‚The Black Messiah', abgeschlossen im Okt. letzten Jahres. Eingereicht am 28. Dezember. Fürchte trotzdem das Ergebnis. Kann aber nicht viel tun,

bevor die Ergebnisse nicht raus sind. Ich würde gern einen weiteren Roman schreiben. Ich werde ihn ‚And This Day, Tomorrow' nennen. Er wird eine leidende Kikuyu-Frau während des Ausnahmezustands beschreiben, die jedoch durchhält. Ich werde ihn in drei Abschnitte unterteilen:

1. Die Frau (Niederbrennen des Hauses – Dorf)
2. Die Tochter (Die Ermordung von – bis zum Tod)
3. Der Sohn (die Heimkehr des Sohns)

Am 19. Februar 1962 dokumentiere ich das Drama meines ersten Ablehnungsschreibens:

„Erhielt einen Brief von Jonathan Cape Ltd. als Antwort auf die Kurzgeschichten, die ich ihnen geschickt hatte. Besagt, dass sie ‚bedauern, nach sorgfältiger Betrachtung entschieden zu haben, Ihnen kein Angebot vorzulegen ... wir glauben nicht, dass die Sammlung zum gegenwärtigen Zeitpunkt in diesem Land leicht zu verkaufen wäre.' Es war wie ein Stich mit einer elektrischen Nadel. Konnte nicht lesen. War noch nie im Leben in einer schlimmeren Situation. Nicht mal die 30 Cts., um eine Briefmarke zu kaufen. In den Ferien keinen Job. Muss doch Minneh unterstützen. Mein Studium. Lohnarbeit. Die ich so langweilig finde. Ich wünschte, ich hätte mich niemals darauf eingelassen. Werde nicht aufgeben. Werde kämpfen. Ich beginne unverzüglich mit einem neuen Roman. Darin wird es um einen Häftling gehen. Er wird gefangengenommen – hat den Schwur nicht geleistet – wird im Lager aber von der Verwalt. und einem Mann aus dem Wald fälschlich beschuldigt. Schwört dann den Eid, um die Gefangenen zu rächen. Der andere Häftling stirbt (?). Unser Held redet mit einem anderen, der ihm sagt, dass seine Frau gestorben ist ..."

Die Ideen und Handlungsentwürfe kamen und gingen. Und dieser Entwurf blieb genau das: ein Plan auf dem Papier. Und wie es so ist, traf mich die erste Zeile dessen, was später zu „Abschied von der Nacht“ werden sollte, völlig unerwartet.

Es geschah während eines Vortrags des ghanaischen Soziologen *K. A. Busia*, eines angesehenen Gelehrten und Akademikers, der allerdings in der Politik als Führer der „United Party“ in Opposition zu Kwame Nkruhmahs regierender „Convention People's Party“ stand. In seinem Vortrag konzentrierte er sich allerdings ausschließlich auf das, was er die Mühen der Bildung nannte.

Meine Gedanken treiben von dem Vortrag fort. Das Wort Bildung führte mich zurück zu dem Tag, an dem meine Mutter mich in die Schule schickte, damit ich Bildung bekomme.

Ich bin in meinem Dorf in Kenia. Abgesehen von den Forderungen nach Land und Freiheit hat nichts das Denken der Menschen derart in Anspruch genommen wie der Traum von Bildung. Ich weiß, dass ich mich damit in meinem Roman „The Black Messiah“ auseinandergesetzt habe, der immer noch unveröffentlicht ist. Der aber beschäftigte sich mit den Anfängen der Bewegung für unabhängige Schulen. Das war vor meiner Zeit. Was mir jetzt wieder in den Sinn kommt, ist das Bild der Kinder, mit denen ich in die Schule ging: die Spiele, das Lachen, der Hunger, der zehn Meilen lange Schulweg hin und zurück.

Ein Satz schält sich heraus: Nyokabi rief ihn. Ich kritzele ihn auf ein Stück Papier, das vor mir liegt. Wer aber ist er? Ihr fiktiver Sohn natürlich. Name? Njoroge. Der Mann, der meinem Bruder das Zimmermannshandwerk beibrachte, hieß Njoroge. Doch das ist er nicht, das ist ein Junge, und seine Mutter gibt ihm die Gelegenheit, in die Schule zu gehen. Nyokabi und ihre Worte sind denen, die meine Mutter einst zu mir sagte, verdächtig ähnlich. Ist Nyokabi meine Mutter, und Njoroge, bin das ich?

Ein großer Beifall und ich erwache. Busias Vortrag ist zu Ende. Ich kann mich nicht einmal mehr an die Schlussbemerkung erinnern, aber ich stimme in den Beifall ein. Mein Beifall hat etwas Persönliches: Ich sage wirklich von Herzen Danke. Wie benommen verlasse ich Busias Vortrag.

Über die nächsten Wochen und Monate habe ich Weggefährten, die allen unsichtbar sind. Es sind weitere Figuren aufgetaucht. Sie sind in meiner Erfahrung verwurzelt. Oh ja, Njoroge und Nyokabi sind wie meine Mutter Wanjikũ und ich. Wirklich? Es bestehen ein paar erkennbare Unterschiede. Ich kam aus einem polygamen Haushalt, vier Mütter und mehrere Geschwister. Njoroge hat nur zwei Mütter und drei Geschwister. Einer von denen aber ist Zimmermann, genau wie der Bruder, dem ich nachfolgte, und der andere ging in die Berge, wurde Guerilla-Kämpfer, genau wie derselbe Bruder, auf den ich folgte. Es ist, als hätte Good Wallace, mein echter Bruder, zwei Mal sich selbst hervorgebracht, und jede Phase seines Lebens wurde zu einer eigenständigen fiktionalen Existenz. Und schließlich bin ich durch Grund- und Oberschule gegangen; Njoroge geht nicht aufs College. Es ist also keine Geschichte über mich, doch die Bilder, die sich formen, spiegeln etwas meiner eigenen Erfahrung wider.

Warum wollte mir diese Geschichte nicht einfallen als ich sie für den Geldpreis gebraucht hätte? Warum jetzt, da kein Preis in Sicht ist? Die Geschichte mag nicht direkt von mir handeln, aber sie hilft, mir selbst den Albtraum zu erklären, als der sich mein Leben in Kenia gezeigt hat; sie führt dazu, dass ich mich eins mit dem Land meiner Geburt fühle.

Als ich die Einladung zur Makerere-Konferenz bekomme, lebe ich in der inneren Welt meiner Figuren. Ein anderer Preis bietet sich an: Die Gelegenheit, Chinua Achebe das Manuskript zu zeigen.

Dieser Wunsch erwies sich als hartnäckig; er war Tag und Nacht bei mir. Ich musste zumindest den ersten Entwurf fertigstellen. Ich kam sehr gut voran, die Geschichte entfaltete sich mühelos, folgte ihrer eigenen Logik, aber irgendwann geschah das Unvermeidliche. Ich blieb stecken. Ich hatte aber genügend geschrieben, um nicht verlegen zu werden, wenn ich jemanden darum bat, einen Blick darauf zu werden. Es war anmaßend, aber mir kam nie in den Sinn, dass Achebe einfach keine Lust haben könnte, es zu lesen, oder auch nicht die Zeit dazu hatte.

Ich passte einen Augenblick ab, nachdem wir sein Werk „Okonkwo oder Das Alte stürzt" und La Gumas „A Walk in the Night" diskutiert hatten. Ich gab ihm mein handgeschriebenes Manuskript, mein zweites. Er würde es lesen, sagte er. Ich wartete.

Langston Hughes bat mich, ihm die Stadt zu zeigen. Ich, ich sollte dieser Ikone die Stadt zeigen, die ich liebte? Ich versuchte, mir eine Route zu überlegen.

Wo anfangen? Mit dem, was ich liebte. Kampala war der anglisierte Name für Akasozi K'empala, der Hügel des Impala, ursprünglich das königliche Jagdrevier der Herrscher von Buganda, deren Ahnenlinie bis in das 13. Jahrhundert zurückreicht. Die Briten ließen bewusst die sieben Hügel anklingen, auf denen Rom erbaut wurde, als sie für Kampala damit warben, dass es ebenfalls auf sieben Hügeln erbaut sei, auf denen Monumente für die Geschichte errichtet worden seien. Die katholische St. Mary's Cathedral auf dem Rubaga Hill, die man auch als Rubaga Cathedral kennt, stand buchstäblich der protestantischen St. Paul's Cathedral auf dem Namirembe Hill gegenüber. Dazwischen erhob sich der Mengo Hill mit dem Palast des Kabaka, des Königs von Buganda. Kasubi Hill beherbergte die königlichen Grabmale. Von der Kuppe des Kibuli leuchteten die Minarette der Moschee herüber. Namirembe, Rubaga, Kasubi und Mengo erzählen die koloniale Geschichte Ugandas: Seit der Mitte des 19. Jahrhunderts waren sie die Schauplätze eines blutigen Machtkampfes zwischen Islam, Katholizismus und anglikanischer Kirche um die Herrschaft über die ugandische Seele.

Ich fürchtete mich jedoch vor den Geschichten über die Überbleibsel dieser blutgetränkten Geschichte. Ältere Studenten aus Kenia behaupteten, dass ihnen einmal, als sie nachts von Mengo zum Makerere zurück unterwegs waren und durch Old Kampala kamen, den Schauplatz erbitterter Kämpfe zwischen den kolonialen Lagern Franza und Ingleza, plötzlich in der Dunkelheit eine Bande weißer Totenknochen den Weg versperrte. Die Studenten flohen in höchster Not; die Knochen verfolgten sie bis vor die Tore Makereres. Es existierten Variationen dieser Geschichte, bei denen der Ort des Geschehens an den Namugongo-Schrein für die zweiundzwanzig ugandischen Märtyrer verlegt wurde, die 1887 auf Befehl des Kabaka Mwanga II. bei lebendigem Leib verbrannt wurden. Diesmal war es der Geist von *Charles Lwanga*, der sich den Studenten entgegenstellte, die sich im Namen des Nationalismus oft auf die Seite Mwangas geschlagen hatten. Als wollte er seinen guten Namen reinwaschen, rannte der Geist hinter ihnen her und versuchte, sie zu überzeugen, dass er und seine Gruppe Konvertiten zur neuen Religion keine kolonialen Handlanger, sondern gläubige Anhänger Christi waren, doch hielten die Studenten nicht inne, um mit einem Geist zu debattieren.

Das Aufeinandertreffen des Westens und Afrikas am Hofe des Kabaka hatte die Fantasie der Makerere-Studenten schon immer beflügelt. Am besten ist das in David Rubadiris Gedicht „Stanley meets Mutesa“ eingefangen, das unheilverheißend damit endet, dass Mwangas Vater Mutesa I. Stanley am Hof begrüßt:

Mtu Mweupe Karibu
Weißer Mann du bist willkommen.
Das Tor aus glattem Bambus schließt sich hinter ihnen
Und der Westen ist eingelassen.[4]

Ich wollte Langston Hughes diese Geschichten von Blut, Märtyrern und Geistern ersparen. Ich wollte ihm Paläste zeigen, Kathedralen, Moscheen, den Bahai-Tempel und die anderen Denkmale der Moderne in den eleganten Wohngebieten von Nakasero und Kololo. Das Mulago Hospital zog Forscher aus der ganzen Welt an. Eine ganze Menge, um Augen und Ohren von Langston Hughes zu füttern, wie ich glaubte.

Da ich nicht wusste, wie ich das alles angesichts der unzuverlässigen öffentlichen Verkehrsmittel schaffen sollte, gingen wir den Hügel hinunter und wandten uns auf der Makerere Hill Road nach links nach Wandegeya, weil ich hoffte, dort einen Bus oder ein Taxi ins Stadtzentrum zu finden. Wandegeya, buchstäblich der engste Nachbar des Colleges, war ein heruntergekommenes Viertel mit einer Kakophonie von Geräuschen, angefangen bei der Vielzahl der Handwerker, die Eisen- und Aluminiumschrott in verschiedene Formen von Haushaltsgegenständen hämmerten, bis zu den menschlichen Stimmen der Kunden in zerfetzten Hosen, die die winzigen Bars frequentierten, in denen es Matoke, Bier, und *waragi* zu kaufen gab.

Und überall plärrten Radios eine Melodie heraus, die so hinreißend war, dass selbst diejenigen unter uns, die kein Luganda sprachen, dennoch mitsummen und den Text murmeln konnten:

Yadde oba onooleeta abo
Abalina ssente ennyingi
Nze ono yekka gewnsiimye
Ka ntwale talanta yange

So ging „Talanta yange“, ein populärer Song von *Elly Wamala*, in dem eine Tochter ihren Vater anfleht, sie den Mann ihrer Wahl heiraten zu lassen, er sei zwar arm, anders als all die reichen Freier, die ihr Vater ihr vorstellt, aber er sei die Wahl ihres Herzen, ihr Schicksal.

Auch wenn du mir anbringst
Die mit dem vielen Geld
Für mich ist er der Einzige, den ich will,
erlaube mir, mein Schicksal zu leben

Diese schwirrende Masse an Klagen und Schreien und derbem Gelächter und die Stimme Elly Wamalas, die sich darüber erhob, schien Langston Hughes zu faszinieren und keine Erwähnung irgendwelcher Denkmale konnte ihn von dort fortbringen. In seiner Freizeitkleidung ging er besser in der Umgebung auf als ich in meinen grauen Gabardinehosen und dem schwarzen Blazer.

Er kostete vom Waragi-Gebräu, nur einen Schluck, vom Matoke, nur einen Schluck; ansonsten schien er in der einen Stunde, die wir uns dort aufhielten und von Laden zu Laden zogen, von einem Warenstapel zum anderen auf dem Straßenmarkt, mit einem Betrunkenen zusammenstießen und danach mit dem nächsten, viel stärker daran interessiert, die Atmosphäre der dissonanten Harmonie in sich aufzunehmen, die uns umgab. Vielleicht, weil sie ihn an seine „Ask Your Mama: 12 Moods for Jazz“ erinnerte.[5]

Seltsam, dachte ich, während wir uns wegen der Abendsitzung auf den Rückweg machten, dieser Slum hatte es mir in ähnlicher Weise angetan; ich hatte meine frühen Aufsätze für die studentische Informationszeitung mit Wadegeya-Korrespondent unterzeichnet, der Unterschrift, die ich in meinem Text über Langston Hughes und die Konferenz zu verwenden hoffte.

Gegen Ende der Konferenz gab Achebe mir mein Manuskript zurück: Er hatte nicht den gesamten Entwurf von „Abschied von der Nacht“ gelesen, aber genug um zu erkennen, dass ich dazu neigte, eine bereits gemachte Feststellung zu überfrachten. Das war, als prügelte man ein totes Pferd. Die Anmerkungen waren kurz, trafen es aber ziemlich genau. Dann setzte er hinzu, dass er das Manuskript bereits Van Milne von Heinemann gezeigt hatte. Milne bestätigte das später; er bat darum, das Manuskript zu schicken, sobald ich es fertig überarbeitet hatte.

1966 stellte sich heraus, dass die CIA, oder vielmehr ihr Geld, hinter der Konferenz steckte, durch den Congress for Cultural Freedom in Paris, auch wenn die führenden Köpfe der Konferenz wie Esk'ia Mphahlele sich dessen nicht bewusst waren. Diese heimliche Manipulation war typisch für das Umfeld des Kalten Krieges, in der die Konferenz und die Entkolonisierung Afrikas vor sich gingen.

Für mich war es wie für die anderen Teilnehmer vom Kontinent und aus anderen Gegenden nur eine Zusammenkunft von Schriftstellern. Damals jedoch war das Wichtigste an der Konferenz für mich, dass ein Verleger Interesse an dem Buch geäußert hatte. Ich ahnte nicht, dass Achebe bereits zugesagt hatte, Herausgeber der späteren Heinemann African Writers Series zu werden und mein Manuskript unter dem Titel „Abschied von der Nacht“ nach zwei Titeln Achebes, „Okonkwo oder Das Alte stürzt“ und „Heimkehr in ein fremdes Land“, zwei Titeln seines Landsmanns *Cyprian Ekwensi*, „Burning Grass“ und „People of the City“, Kenneth Kaundas „Zambia Shall be Free“ und Peter Abrahams „Mine Boy“ die Nummer sieben dieser Reihe werden sollte.

Die schriftliche Zusage erreichte mich, als ich bereits in den kulturpolitischen Auseinandersetzungen um „The Wound in the Heart“ steckte. In mein Tagebuch hatte ich etwas früher die Worte eingetragen: Werde nicht aufgeben. Werde kämpfen. Diese Einstellung half mir später, Katastrophen ins Auge zu sehen und irgendwie den nächsten Tag zu überleben. Die Zusage verlieh mir sogar noch mehr Energie und Entschlossenheit, mich Kinyanjuis Herausforderung zu stellen, ein großes Stück zu schreiben, mit dem Ugandas Unabhängigkeit gefeiert werden konnte.

Anmerkungen

1 in: „Verborgene Schicksale“, S. 66ff, („The Return“)

2 Für diese biografische Information bin ich Peter Nazareth zu Dank verpflichtet. Peter und Rajat besuchten dieselben Schulen, Rajat zwei Jahre über Peter

3 Wole Soyinka: „Telefongespräch“ (2015, in: AL Imfeld (Hrsg.): „Afrika im Gedicht“, („Telephone Conversation“, in: „A Shuttle in the Crypt“, 1972)

4 David Rubadiri: „Stanley trifft Mutesa“, in: „Afrika im Gedicht“ (hg. und übersetzt von A. Imfeld), Zürich: Offizin Zürich Verlag, 2015

5 „Ask Your Mama: 12 Moods for Jazz“, 1961

„Boxers“ und schwarze Eremiten

Einmal lief ich in Nairobi Moses Wainaina, dem mit Schwarzangst geschlagenen Bibliotheksgehilfen der EAAFRO, über den Weg. Ich mochte meinen Augen nicht trauen. Er lächelte, oder vielmehr hatte sich der ständig mürrische Gesichtsausdruck zu einem Grinsen gemindert. Anfangs schmeichelte ich mir noch mit dem Gedanken, es wäre die Erinnerung an unsere gemeinsame Arbeit, als wir für verschiedene wissenschaftliche Zeitschriften über Agrarwissenschaft Etiketten herstellten oder sie im Regal anordneten oder neu ordneten, die diese Revolution auf seinem Gesicht ausgelöst hatte. Ich musste den Grund dafür nicht erst aus ihm herauskitzeln. Lady V. hatte ihn zu einem Schnellkurs in Bibliothekswesen geschickt: Ein erfolgreicher Abschluss ließe ihn für die Beförderung zum Bibliotheksassistenten anstehen, und er könnte Mrs. Smart O. ersetzen, die mit einem Liebhaber durchgebrannt war. Das wiederum würde ihn in direkte Nachfolgelinie bringen, sollten sich die Verhältnisse ändern. Ich wusste, dass Moses dazu neigte, seine Geschichten auszuschmücken, vor allem jene, in denen es um die sexuellen Abenteuer seiner weißen Vorgesetzten ging, doch war es eindeutig, dass Gedanken an bevorstehende Veränderungen keinerlei Furcht vor dem Unbekannten mehr in ihm auslösten. Aber selbst jetzt brachte er es noch nicht über sich, das Wort *Uhuru* auszusprechen.

Überall im Land hingegen sprachen die Menschen darüber. Die Loyalität der kenianischen Bevölkerung spaltete sich zwischen der KANU (Kenya African National Union) von „Uhuru sasa“ (Freiheit jetzt) und der Kenya African Democratic Union (KADU) auf, die „Uhuru bado“ (Freiheit mit Bedacht) propagierte. Die ideologischen Linien hinter „sasa“ und „bado“ waren gleichzeitig ethnischer Natur; KADU-Anhänger stammten weitgehend aus Hirtengemeinschaften und die der KANU aus überwiegend städtischen. Die ländlich-ackerbauende Bevölkerung teilte sich auf die beiden auf. Damit entstand auch ein Disput über das Verhältnis der großen Gemeinschaften zu den kleinen; eine Teilung, die sich auch in der Politik der kenianischen Studenten am Makerere widerspiegelte. Einige Kenianer versuchten, die beiden Lager durch die Gründung der Kenya Students Discussion Group zu verbinden, die von Bethuel Kurutu geleitet wurde.

Tanganyika und Sansibar schienen die einzigen Territorien, die nicht von solchen Teilungen gepeinigt wurden, und auch das zeigte sich anhand ihrer Aktivitäten auf dem Campus. Julius Nyerere gab den Ton vor, indem er das KiSwahili zur Nationalsprache machte, das Englische war nur noch eine Amtssprache. Seine Reden hielt er fast immer in KiSwahili.

Anders als die Unabhängigkeit von Tanganyika wurde die Ugandas von der Spaltung in Kiwanukas überwiegend katholische Democratic Party (DP) und Obotes Uganda People's Congress (UPC) überschattet. Die UPC hatte sich mit der Königspartei der Baganda, Kabaka Yekka, verbündet, um diese Wahlen zu gewinnen. Die Allianz regierte Uganda mit Obote als Premierminister und dem Kabaka als Präsidenten. Doch selbst innerhalb der regierenden Allianz köchelten die Spannungen entlang der ethnischen Grenzlinien.

Als wir am Abend des 10. Oktober mit einem guten Mahl die Geburt des neuen Staates feierten, brachte Herman Lupogo, ein Tanganyikaner und Chairman von Northcote Hall, einen Toast auf Uganda aus. Das Makerere, sagte er, war ein Miniatur-Ostafrika, ein Ort, an dem Männer und Frauen aus verschiedenen Regionen und Gemeinschaften in Frieden leben konnten. Der Ugander *Apolo Nsibambi* brachte eine Warnung ein: Nun, da wir nicht länger „geschützt“ sind, sagte er, können wir für unsere Fehler niemand anderen mehr als uns selbst verantwortlich machen, das war der Maßstab für unsere Mündigkeit. Apollo Nsibambi, der Rhoda Kayanja aus meinem Seminar heiratete, wurde später Premierminister in Yoweri Musevenis Regierung: Ob er sich je an seine warnenden Worte im Augenblick der Glückseligkeit erinnerte? Sie erwiesen sich als prophetisch als für das gesamte postkoloniale Afrika.

Bedrohlich hing das Chaos im Kongo über der Freude über die Entkolonialisierung – Lumumbas Ermordung, der Tod von Dag Hammarskjöld und der Aufstieg des Militärs Joseph Mobutu an die Macht – das oft nicht etwa als Ergebnis der belgischen Kolonialgeschichte dargestellt wurde, sondern auch als Resultat inter-ethnischer und inter-regionaler Auseinandersetzungen. Man schien die Tatsache zu vergessen, dass Mobutu sein ganzes Leben für die belgische Armee tätig gewesen war. Einige Monate vor der Unabhängigkeit hatten ihn die belgischen Behörden, denen er so gut gedient hatte, zum Colonel befördert; eine Art Abschiedsgeschenk – oder war es eine Versicherungspolice? Wir achteten nicht auf das Bezeichnende in seiner Handlung, als Mobutu den Beinamen Leopard annahm, in dem Leopold widerhallte.

Ethnische Politik begann die Afrikanisierung des öffentlichen Dienstes zu beeinflussen. Die Uhuru-Verfassung, die mit Europa ausgehandelt worden war, forderte einen glatten Übergang vom Alten zum Neuen. Das war im Interesse aller, und die jungen Führer der neuen Nationen waren begierig zu beweisen, dass sie die Maßstäbe aufrechterhalten konnten, die ihre kolonialen Vorgänger gesetzt hatten. Keiner wollte so ein Chaos wie im Kongo, oder? Keiner wollte einen Bruch, oder? Glatter Übergang hieß, die Strukturen des Alten nicht zu zerstören. Alter Wein in neuen Schläuchen: So lautete das Motto. Schließlich war der alte Wein immer der beste.

Die Empfehlungen für die Auffüllung der verschiedenen freien Stellen kamen von den abtretenden Führungskräften, und das waren nahezu ausschließlich Europäer. Sie traten in den Ruhestand oder wurden gezwungen, in Rente zu gehen, dies aber mit netten Pensionspaketen, die in ausländischer Währung auf ihre Bankkonten in England eingezahlt wurden. Sie hatten bereits ihre treuen Anhänger à la Moses für die Nachfolge in Stellung gebracht. Wie bewahrt man das Alte und macht es zum Vorboten des Neuen?

Die Regierungen versuchten, die Ansprüche aus früherer Erfahrung und höherem Rang mit den Ansprüchen aus ethnischem Anteil und Fairness auszutarieren. So wurde Idi Amin, der ranghöchste afrikanische Offizier in der Armee zum Oberkommandierenden des Militärs. Er erfüllte, wie viele andere, beide Kriterien: eine glatte Machtübergabe und ethnische Balance.

Die Wahrheit von Marx' Feststellung, dass sich die Tatsachen der Geschichte immer zweimal ereignen, das eine Mal als Tragödie, das andere Mal als Farce[1], wurde in Uganda aufgeführt: Die Teilungen unter den Ugandern, die besonders im Falle der Baganda aus dem 19. Jahrhundert herrührten, zwischen der Franza-Partei (katholisch), der Ingleza-Partei (protestantisch) und der Muslim-Partei (Islam) manifestierten sich jetzt in Obotes UPC (protestantisch), Kiwanukas DP (katholisch) und dem Flügel Idi Amins (Islam).

Ich habe mich kaum an den aus dem Boden sprießenden studentischen politischen Gruppierungen beteiligt, die sich zumeist mit den verschiedenen politischen Parteien identifizierten, die in den unterschiedlichen Gebieten entstanden. Nur bei der Kenya Students Discussion Group, die von Bethuel Kurutu geleitet wurde, machte ich mit. Diese Gruppe wollte sich weder von den trennenden Identitäten von KANU oder KADU abschotten noch sich mit ihnen identifizieren, sondern schuf ein Forum für Kenianer aller politischen Überzeugungen.

Außerdem fühlte ich mich zu kulturellen Angelegenheiten stärker hingezogen als zu politischen. Ich hatte immer das Ge-

Bethuel Kurutu, Njuguna wa Kĩmunya und Ngũgĩ wa Thiong'o vor dem Hauptgebäude der Makerere University

fühl, dass die politischen Organisationen das Element der Kultur ignorierten oder es als Angelegenheit betrachteten, bei der man Roben aus den Häuten der Colubus-Affen oder perlenbesetzte Kappen sowie Fliegenwedel trug und aus Elfenbein geschnitzte Gehstöcke in der Hand hielt und sich, selbstverständlich, mit Tänzern und Akrobaten umgab. Kaum jemals sahen sie die Kultur als Ausdruck der Dynamik von Wirtschaft und Politik. Es war genau diese Politik, die sich in Uganda als auch in Kenia zu entwickeln begann, die mir das Thema eines Dreiakters gab, dem ich den Titel „Der schwarze Eremit“ gab.[2]

Das Stück spielt in einem unbenannten Land kurz nach der Unabhängigkeit. Remi, der am höchsten Gebildete in seiner Gemeinschaft, arbeitet in der Stadt und liebt Jane, ein weißes Mädchen. Er fährt kaum jemals zurück aufs Land zu seiner Familie. Zwei Ereignisse aber, die sich auf dem Land zugetragen haben, führen dazu, dass seine Mutter und die Ältesten einschreiten und ihn in die Gemeinschaft zurückholen wollen. Die Afrikanisierung der Verwaltung ist in vollem Gang und sie wollen, dass er sich für ein Amt bewirbt und der Gemeinschaft ihren Anteil an der Afrikanisierung sichert. Dringender noch erweist sich die Tatsache, dass sein Bruder gestorben ist und sie wünschen, dass er dessen Witwe erbt: Das ist Teil der traditionellen Sozialversicherung. Sie schicken Delegationen mit widerstreitenden Anliegen zu ihm.

Die erste besteht aus einer Gruppe Ältester. Sie bringen ihr Anliegen vor, und als sie gehen, lassen sie ein Zaubermittel zurück, das ihn beeinflussen soll, sich zu ihren Gunsten zu entscheiden. Ihnen folgt eine zweite Delegation auf den Fersen, ein mit Bibel und Kreuz bewaffneter Priester, der ihm erneut die Rückkehr nahelegt, damit er ihnen hilft, mit den anderen

Gemeinschaften um die Früchte der Unabhängigkeit zu streiten. Als sie gehen, lässt der Priester praktischerweise die Bibel da und hofft, dass diese ihn und seine Entscheidung beeinflusst.

Remi muss zwischen den widerstreitenden Forderungen von Liebe, Pflicht, Gemeinschaft, Individuellem, Tradition und Religion entscheiden. Der Plot veranschaulicht die Konsequenzen seiner Entscheidung, Jane und der Großstadt den Rücken zu kehren und ins Dorf zurückzugehen, jedoch mit dem einzigen Ziel, negative Traditionen, Bräuche und den ethnischen Chauvinismus zu zerschmettern und seine Gemeinschaft in die Modernität der neuen Nation zu führen.

Die Aufregung in der dramatischen Gesellschaft und der allgemeinen Studentenschaft angesichts der Aussicht auf eine große Aufführung im Kampala Theater war greifbar. Das Gefühl, dass wir etwas wagten, das es, zumindest in Englisch, zuvor noch nie gegeben hatte, erfüllte uns mit missionarischem Eifer. Gulzar Kanji, geborene Nensi, schrieb mir Jahre später in einer E-Mail, dass sie sich „immer noch an den vollständigen Unglauben im Allgemeinen erinnerte, dass ein schwarzer Student so brillant war, ein derart gewaltiges Stück zu schreiben und auf die Bühne zu bringen!"[3]

Bahadur Tejani, Kommilitone und Schatzmeister der Makerere Students' Dramatic Society, berichtet in seinen Erinnerungen „Laughing in the Face of Terrorism" davon. Er erinnert sich an die ersten Treffen, bei denen der Präsident der Gesellschaft Peter Kinyanjui fragte: „Und wie sieht es mit dem Geld aus?" Als Schatzmeister spürte Tejani natürlich das Gewicht dieser Frage, zögerte aber keinen Augenblick mit der Antwort: „Ich werde es auftreiben, machen wir's."

„In meiner Stimme lagen solch eine Sicherheit und eine grenzenlose Begeisterung für die neue Welt, dass sich die Diskussion vollständig von einem ‚Sollen wir und können wir?' zu einem ‚Wann und wie …' verlagerte", schrieb er.

Tejani absolvierte später weiterführende Studien in Cambridge, unterrichtete an Colleges in Indien, Afrika und den USA, schrieb Gedichte, Theaterstücke, Romane und Memoiren, doch das Ereignis „Der schwarze Eremit" erscheint seinen Erinnerungen an das Makerere unauslöschlich eingebrannt. Er versammelte die indische Gemeinschaft Kampalas hinter dem Projekt, erklärte ihnen, dass dies das erste große afrikanische Theaterstück in Englisch war und aus Anlass der Unabhängigkeitsfeierlichkeiten Uganda aufgeführt werden sollte.

Trotz David Cooks unschätzbarer Anwesenheit bei einigen frühen Beratungen, blieb es ein studentisches Projekt. Und da es nicht den Regeln der Inter-Hall English Competition unterlag, konnten wir Teilnehmer aus allen Wohnheimen rekrutieren. Die Asian Boxers gehörten dabei zu den treuesten und engagiertesten.

Als ich den Begriff zum ersten Mal hörte, dachte ich, dass es sich tatsächlich um richtige Boxerinnen handelte. Ich hatte noch nie von Boxerinnen gehört und war auch noch keiner begegnet, jetzt aber sah ich, wann immer ich einige Frauen auf mich zukommen sah, misstrauisch auf ihre Hände. Das Geheimnis wurde bald gelüftet. Das ursprüngliche Gebäude der Mary Stuart Hall für Frauen sah wie eine Box, eine Schachtel, aus. Die Leute begannen, das Wohnheim Box zu nennen und die Bewohnerinnen Boxers. Die Hingabe der Boxers, die sich dieser Sache anschlossen, hätte nicht größer sein können, als wenn sie sich in einem richtigen Boxring befunden und gegen die Kräfte gekämpft hätten, die sich gegen das Projekt verschworen hatten.

Pat Creole-Rees, die englische Boxerin aus Tanganyika, war die Kostümbildnerin. Angeleitet von der ebenfalls aus Tanganyika stammenden Gulzar Nensi, schneiderten die Asian Boxers alle Kostüme. „Ich erinnere mich daran, diese Kostüme auf einer Nähmaschine genäht zu haben, die David Cook für mich besorgt hatte", sagt Gulzar. „Wir haben hinter der Bühne die Kostüme gebügelt, für jede Vorstellung fertiggemacht und dafür gesorgt, dass die Kostüme der Schauspieler und Schauspielerinnen immer sauber und ordentlich aussahen."

Nensi schrieb Geschichte, weil sie als erste Tanganyikanerin einen Bachelor-Abschluss erhielt und später als Lehrerin an Londoner Schulen noch größeren Eindruck hinterließ. Zu Zeiten von „Der schwarze Eremit" wurde ihr Organisationstalent sichtbar. Als Mitglieder der Lesegruppe und derselben Studiengruppe hatten wir eine Menge gemeinsam. Sie war stets höflich, die rücksichtsvollste Person überhaupt, doch was ich nicht wusste, war, dass sie auch eine andere, eine kämpferische Seite hatte.

Was mich während meiner Zeit im Land und trotz der Geschichte von Handelsspannungen zwischen der aufstrebenden Baganda-Mittelklasse und der indischen Mittelklasse am meisten beeindruckt hatte, waren die Beziehungen zwischen den Gemeinschaften der Afrikaner und der Asiaten. Zwar verhielt es sich nicht so, dass sie einander ständig Besuche abstatteten, doch verglichen mit der extremen gesellschaftlichen Apartheid in Kenia, lebten sie eine vernünftige Nachbarschaft.

Da wir so vieles gemeinsam hatten, gingen Gulzar und ich oft spazieren, wobei wir hauptsächlich über Literatur redeten. „Ich erinnere mich auch an unsere gelegentlichen Spaziergänge über den Campus, bei denen wir über Märchengeschichten und das Körnchen Wahrheit redeten, das sich in ihnen verbarg", sagte sie später. „Und ich erinnere mich daran, dass wir darüber sprachen, jemandem das Leben zu nehmen, und ob das je gerechtfertigt werden könnte."

An einem Samstagnachmittag beschlossen Gulzar und ich einen Spaziergang außerhalb der Mauern des Makerere. Diesmal wollten wir Karienye Yohanna und seine Familie besuchen. Verheiratete waren am College nicht vorgesehen. Wenn Frauen schwanger wurden, mussten sie ihr Studium abbrechen; die Männer, die sie geschwängert hatten, jedoch nicht. Waren sie verheiratet, konnten beide weiterstudieren, mussten sich jedoch vor den Toren des Colleges einen Ort zum Leben suchen. Karienye wohnte in Naakulabye, zwischen den Kasubi Royal Tombs und dem Makerere Main Gate. In Naakulabye gab es auch den Club Suzana, der bald schon dem Top Life in Mengo Konkurrenz machen und ihn schließlich ausstechen sollte, aber dorthin wollten wir nicht. Es war Tag und es war richtig schön, außerhalb der Tore unseres Elfenbeinturms einen Spaziergang mit einem bestimmten Ziel zu machen. Karienye schrieb ebenfalls für Zeitungen; er und ich hatten also viel gemeinsam, angehende studentische Journalisten, die wir waren.

Wir bogen nach rechts in die Straße ab, die aus Wandegeya herausführte, und gingen am Straßenrand, in eine literarische Unterhaltung vertieft. Wir hatten kaum die Sir Apollo Kaggwa Road überquert, als plötzlich Autos anhielten, die aus entgegengesetzten Richtungen auf uns zukamen. Einige hupten, um unsere Aufmerksamkeit auf sich zu ziehen. Es waren allesamt Inder, und ich nahm an, dass sie Gulzar kannten. Nein, sagte sie, und ging weiter. Hinter diesen Autos hielten weitere an. Dann begannen sie, Gulzar laut und aggressiv anzubieten, sie mitzunehmen, wohin immer sie unterwegs war, und ignorierten vollkommen, dass wir zusammen unterwegs waren. Ich bekam Angst, weil es so aussah, als wären sie durchaus bereit, sie in eins der Autos zu zerren oder mich anzugreifen, oder uns beide. Es hätte zwei gegen einen Mob geheißen. Sie ließ sich nicht einschüchtern und sagte ihnen, sie sollten sich um ihre Angelegenheiten kümmern. Schließlich fuhren sie davon, immer noch aggressiv hupend. Ich schlug vor, den Spaziergang abzubrechen und in den Elfenbeinturm zurückzukehren, aber sie hielt eisern daran fest, dass wir weitergingen. Obwohl sie offensichtlich erschüttert war, war ihre Reaktion eindeutig von Mut und moralischer Entrüstung geprägt. Die Konfrontation zeigte mir aber zugleich eine Seite Ugandas, die ich vorher noch nicht gesehen hatte.

Dieser Zwischenfall ließ mich noch mehr bewundern, was die Produktion von „Der schwarze Eremit“ als Ganzes leistete. Sie führte Studenten unterschiedlicher Rassen, Gemeinschaften und Geschlechter in einer übergreifenden Mission zusammen. Die Besetzungsliste allein umfasste vier Ugander, zwei Kenianer, einen Malawier, einen Tanganyikaner, eine Asiatin sowie einen Briten.[4]

John Agard, ein Ugander mit Wurzeln in Papua-Neu-Guinea, spielte die männliche Hauptrolle. Obwohl er noch studierte, war Agard bereits als Torhüter der Fußballnationalmannschaft Ugandas berühmt. Er besaß eine Bühnenpräsenz, der nur noch sein trotziger Widerstand gegen die Schwerkraft gleichkam, wenn er sich als Torwart geschmeidig nach einem Fußball am Himmel streckte. Obwohl er nicht schwarz war, war seine Haut doch dunkel genug, dass das den Realismus nicht beeinträchtigte.

Aber eine Asiatin als afrikanische Hauptdarstellerin? Susie Tharu, geborene Ooman, hatte für diese Rolle vorgespielt. Für sie als Schauspielerin gab es keine Rolle, die sie nicht spielen und zudem gut spielen konnte. Aber eine schwarze Mutter?

Gemischte oder nicht-traditionelle Rollenvergabe ist etwas anderes, als wenn alle Schauspieler aus einer einzigen Rasse alle Figuren im Stück spielen. An der Alliance wurden alle Figuren Shakespeares von Afrikanern in englischen Kostümen des 17. Jahrhunderts gespielt. Am Makerere hatten wir „Macbeth“ in afrikanischen Kostümen gegeben. In beiden Fällen handelte es sich nicht um eine gemischte Besetzung aus schwarzen, weißen und braunen Menschen, die die verschiedenen Figuren in „Macbeth“ spielten. Aber nun eine sichtlich weiße oder braunhäutige Person als schwarze Mutter besetzen?

Es geschah nicht zum ersten Mal, dass ich mich dem Dilemma und der Herausforderung gegenübersah, Menschen einer Rasse in nicht-traditioneller Besetzung eine Figur einer anderen Rasse spielen zu lassen. Damit war ich bereits bei der jüngsten Inter-Hall English Competition konfrontiert, als ich für Northcote Hall mit „The Wound in the Heart" angetreten war. In unserem Wohnheim gab es keine Frauen. *Mĩcere Mũgo* zählte später zu den ersten assoziierten bzw. Ehrenmitgliedern, doch damals gab es nicht einmal diese provisorische Regelung.

In den vorangegangenen Jahren untersagten die Regeln für die Inter-Hall English Competition jedwede Hilfe aus anderen Wohnheimen. Mary Stuart Hall, das einzige Mädchenwohnheim, war ein Wettbewerber. Mädchen spielten Jungen. Jungen spielten Mädchen, wie in meinem Northcote-Beitrag „The Rebels" aus dem Jahr 1961. Doch selbst als 1962 die Regeln gelockert wurden und die begrenzte Inanspruchnahme von Talent aus den anderen Wohnheimen erlaubten, starben die alten Gewohnheiten nur langsam.

Diese alten Gewohnheiten verhinderten, dass ich in Northcotes „The Wound in the Heart" eine von den afrikanischen Boxers die Rolle der schwarzen Mutter Wangari spielen lassen konnte. Paula Bernak aus dem zweiten Schwung amerikanischer Lehrer eilte zu Hilfe. Das Problem: Sie war weiß, hatte blondes Haar, dunkelblaue Augen und einen amerikanischen Akzent. Wir beschlossen, sie einen langen Rock tragen zu lassen und den Kopf mit einem Schal zu verhüllen. Was den Körper anging, war das Problem also gelöst. Die Herausforderung bestand im Gesicht. Wir beschlossen, es schwarz anzumalen. Wir konnten aber die Lider und die Lippen nicht schwärzen oder irgendetwas an ihren blauen Augen ändern. Bei der Generalprobe ging etwas von der schwarzen Farbe ab. Sie sah aus wie ein Geist aus einer schlechten Minstrel-Show. Das schuf einen sehr schrillen visuellen Eindruck, der den tragischen Unterton des Stücks noch verstärkte.

Für die eigentliche Aufführung ließen wir es einfach beim langen Rock und einem Schal. Ohne Farbe in Paulas Gesicht. Unglücklicherweise fiel uns das erst im letzten Moment ein, und so blieben schwarze Flecken in ihrem Gesicht kleben wie schlechtgewordene Tarnfarbe. Paula nahm die ganze Quälerei jedoch sportlich und das Publikum vergaß schnell ihren Akzent und akzeptierte die afrikanische Figur, die sie darstellte. Sogar die schwarzen Flecken deuteten an, dass sie lediglich eine Rolle spielte. Wir waren gerade noch rechtzeitig ausgestiegen. „The Wound in the Heart“ gewann.

Diese Erfahrung hatte ich Hinterkopf. Ich gab Susie die Rolle, machte aber klar, dass ich ihr nicht mit Make-up das Gesicht bemalen würde. Ich musste es nicht.

Susie war in Kampala geboren und war in einem unorthodoxen, multikulturellen Umfeld aufgewachsen, das sie in die Lage versetzte, sich bereits beim Vorspiel in die Rolle hineinzuversetzen. Nicht den geringsten Teil dieses Unkonventionellen hatte sie von ihrem Großvater mütterlicherseits gelernt, der sie zu Hause in Englisch, Mathematik und Malayalam unterrichtete. Dadurch konnte die Siebenjährige gleich in die vierte Klasse der Norman Godhino School aufgenommen werden, die hauptsächlich Goanern vorbehalten war. Danach besuchte sie die Aga Khan School, vorwiegend für Ismailiten, die Kololo Government Indian School für Inder und dann das King's College Budo, hauptsächlich für Afrikaner.[5] Sie war die einzige indische Studentin inmitten gediegen schwarzer Gesichter, und ihr Vater der einzige Inder in einer gediegen weißen Lehrerschaft. Im Anschluss arbeitete sie neun Monate lang für den „Ugandan Argus“, für den sie über das neue ugandische Parlament berichtete, das Produkt jener Unabhängigkeit, das „Der schwarze Eremit“ feierte. 1962 schrieb sie sich, im Alter von neunzehn Jahren, am Makerere ein, sofort nachdem sie aus dem neuen Parlament berichtet hatte. Jahre später machte sie ihren Abschluss in Oxford und schrieb viele Bücher; wir trafen uns in Leeds, London, Irvine in den USA und Hyderabad in Indien, wo sie Professorin am Central Institute for English and Foreign Languages war und wir, nachdem wir uns über die Bücher informiert hatten, die wir geschrieben und Neuigkeiten über gemeinsame Freunde ausgetauscht hatten, über „Der schwarze Eremit" und ihre Rolle als schwarze Mutter redeten.

Wie sich herausstellte, musste ich nichts wegen ihrer braunen Haut und ihres langen Seidenhaars unternehmen. Ein langes Kleid, einen Schal um den Kopf, mehr brauchte es nicht, um sie in eine afrikanische Mutter zu verwandeln. Susie und John Agard ergänzten sich großartig; sie bildeten ein charismatisches Duo von Mutter und Sohn, um das sich die Truppe zusammenfand.

Leseproben offenbarten die Schwächen des Texts. Ich dokterte andauernd am Rollenheft herum. Kathy, die Produktionssekretärin, hatte tagtäglich mit den fortwährenden Überarbeitungen des Texts zu tun. Sie wurde Lektorin, Dramaturgin und Archivarin in Personalunion.

Kathy Sood war die einzige Engländerin unter den Boxers im Institut. Sie war erst die Zweite von zwei oder drei weißen Studentinnen in der Geschichte des Instituts; ihr Vorgänger und der erste weiße Student war 1957 Michael Woolman, der Sohn des Schatzmeisters von Mitchell Hall, ein Australier. Verstreut über die anderen Institute hatte es noch den einen oder anderen gegeben. Durch die amerikanische Invasion wurden die weißen Studenten sichtbarer, doch waren sie nur für kurze Zeit da. In unserer Zeit stellte Kathy die Ausnahme dar, und auch sie blieb nicht für die vollen fünf Jahre.

Sie war ein Jahr unter mir im Honors Program. Klein, mit strahlend blauen Augen, und stets sehr still, schüchtern. Deshalb sah ihr das, was sie eines Nachmittags tat, so gar nicht ähnlich. Wir gingen einen Textabschnitt durch, in dem Remi vor seinen Anhängern redet; sie feuern ihn immer wieder wild an, rufen ihn „Uncle!" Zunächst fragte sie mich: „Warum nennen sie ihn Onkel? Ihr Verwandter kann er doch nicht sein. Ist das ein Ehrentitel, Teil des afrikanischen Systems der Großfamilie?"

Mir wurde bewusst, dass sie wahrscheinlich nicht an den Guild Assemblies teilnahm, bei denen dieses Schlagwort freizügig benutzt wurde. Besonders, wenn ein Redner eine treffende Bemerkung machte, wollte das Publikum, dass er diese wiederholte. „Dann rufen sie ‚Uncle! Uncle!'", erklärte ich ihr geduldig.

Kathy brach in Lachen aus. Sie schüttete sich aus vor Lachen. Sie wischte sich die Tränen aus den Augen, und ich fragte mich, was an einem allgemeingebräuchlichen Schlagwort so lustig und urkomisch war. Sie beruhigte sich ausreichend, dass sie sagen konnte:

„Encore, Encore. Das ist Französisch, für noch einmal."

Nun war das Lachen an mir. Ich hatte immer angenommen, dass die Studenten „Uncle!" riefen, auch wenn ich nie begriffen hatte warum. Ich hatte es mir so zurechtgelegt, dass ich es mir so wie bei dem Kinderspiel vorstellte, bei dem der Sieger den Gefallenen zwingt, „Uncle!" zu rufen. Ich nahm an, dass sich das Publikum vom Redner überwältigt fühlte!

Ich strich den Onkel bereitwillig aus.

Für die Proben griff ich auf meine Erfahrungen mit meinen beiden Einaktern, „The Rebels" von 1961 und „The Wound in the Heart" von 1962, zurück, vor allem aber auf meine Arbeit als Regieassistent beim „Macbeth" in afrikanischen Kostümen.

Ich hatte noch keine Produktion durchgestanden, ohne dass ich in eine Krise geraten wäre, nicht einmal bei meinen Einaktern. Vielleicht liegt es in der Natur des Theaters, weil dort so viele Individuen und Egos zusammenarbeiten und lernen müssen, dass das Theater das Original des „Alle-für-einen-und-einer-für-alle" ist. Was aber „Der Schwarze Eremit" angeht, so war ich sehr überrascht, aus welcher Ecke die Krise kam, über den Zeitpunkt, der sie noch intensiver spürbar machte.

Pat Creole-Rees hatte das Kommando über das Bühnenbild und die Kostüme. Sie hatte für die Rolle der Jane vorgesprochen, Remis Freundin in der Stadt. Und im echten Leben traf sie sich ebenfalls mit Agard, der den Remi spielte. Und da sie sich im echten Leben so nahestanden, hoffte ich, dass sie von sich aus viel leichter zusätzliche Probenzeit finden würden. Die Leidenschaft des Privatlebens würde irgendwie auf die Vorstellung abfärben. Auf der Bühne funktionierte es jedoch einfach nicht. Sie war eine ziemlich hölzerne Darstellerin, und wir waren schon recht weit mit den Proben, als klar wurde, dass sie es nie schaffen würde. Andererseits war gerade die Leidenschaft zwischen beiden nötig, um zu erklären, warum Remi emotional so sehr an der Großstadt hängt, dass er seine Bindung an das Dorf vergisst. Im richtigen Leben mag die Chemie zwischen den beiden gestimmt haben, als Schauspieler auf einer Bühne funkte es zwischen ihnen überhaupt nicht.

Ich gab ihre Rolle Cecelia Powell, einer englischen Lehramtsstudentin, die einen Orientierungskurs am Education Department des Makerere absolvierte. Pat die Rolle wegzunehmen, brachte die Inszenierung zum Stillstand. Sie weinte und drohte, ganz aus dem Inszenierungsteam auszusteigen. John befand sich in einem Dilemma: Er durfte nicht zu viel Enthusiasmus für Cecelia zeigen, und an einer Stelle drohte er sogar, ebenfalls auszusteigen, was die Inszenierung insgesamt zum Scheitern gebracht hätte. Ich sprach ein Machtwort. Es war schrecklich, aber dies war eine Angelegenheit, in der „Für alle" den Vorrang haben musste vor „Für einen". Ich vermutete, dass selbst John einsah, dass Pat es nicht konnte und seine Rücktrittsdrohung nur halbherzig war.

Nachdem Pat allerdings das Unvermeidliche akzeptiert hatte, ließ sie nicht mehr zu, dass der Zwischenfall ihre Arbeit mit Kostümen und Bühnenbild beeinträchtigte. Sie brachte all ihre Energie auf sicherzustellen, dass alle anderen Teile des Projekts zusammenhielten. Sie war durch und durch ein Teamplayer.

Einmal ging ich mit ihr in die Stadt, um ihr festlegen zu helfen, welche Materialien sie für das Stück kaufen musste. Sie ging in einen Laden, um etwas zu überprüfen, und ich wartete draußen auf sie. Ein *Kabaka-Polizist* hielt mich an und verlangte den Nachweis von mir, dass ich der örtlichen Verwaltung meine Kopfsteuer entrichtet hatte. Offensichtlich glaubte er, ich stamme aus Baganda, und mein Versuch, mich zu erklären, machte alles nur noch schlimmer. Mir kam ein ähnlicher Zwischenfall in Kenia nach Abschluss der Alliance High School in den Sinn, der mich in Untersuchungshaft und vor Gericht gebracht hatte. Doch dann kam Pat aus dem Laden. Der Polizist stand stramm und fragte sie: „Madam, ist das ihr Diener?" Sie antwortete: „Ja", und er ließ mich laufen.

Im „Uganda Argus", der wichtigsten Tageszeitung, begannen Geschichten über die Inszenierung zu erscheinen. Das war der Öffentlichkeitsarbeit von Ronnie Reddick aus dem neuen Kontingent von Teachers for East Africa zu verdanken. Die Ausgabe vom 14. November 1962 berichtete, dass die Makerere

Schauspielerinnen und Schauspieler von „Der Schwarze Eremit", links Pat Creole-Rees und John Agard

Students' Dramatic Society „Pläne (umsetzte), damit die Afrikaner in Kampala das Gefühl bekommen, dass ihnen das National Theater gehört".

Wir waren nicht die ersten, die einen solchen Versuch unternahmen. *Wycliffe Kiyingi-Kagwe* hatte mit seinem Luganda-Stück „Gwosussa Emwanyi" erfolgreiche Aufführungen an diesem Theater, jedoch nur tagsüber und an Wochentagen, wenn das Theater nicht für das europäische, englischsprachige Publikum genutzt wurde. Wir waren die ersten, die am Theater einen Platz im Hauptabendprogramm beanspruchten.

Der nächste Artikel wertete das Stück auf, zumindest für mich. Seit ich im Dezember 1961 das Manuskript von „The Black Messiah" für den Romanwettbewerb eingereicht hatte, hatte ich nichts mehr vom East African Literature Bureau gehört. Der Artikel im „Uganda Argus" vom 17. November mit der Überschrift „Prize for ‚Hermit' author" zitierte einen Sprecher des East African Creative Writing Competition Committee mit der Ansage, dass Mr. Kalule-Settala, Minister of Community Development, mir bei der Aufführung des Stückes einen Preis von 500 Shilling überreichen würde.

Es war, als hätten die verschiedenen literarischen Stränge meines Lebens diesen Augenblick gewählt, sich miteinander zu verbinden. Am 19. November schloss der „Uganda Argus" einen weiteren Artikel zur bevorstehenden Inszenierung von „Der schwarze Eremit" mit der Neuigkeit, dass mein zweiter Roman „Abschied von der Nacht" zur Veröffentlichung in der Heinemann African Writers Series angenommen worden war.

Das war mir bereits brieflich mitgeteilt worden: William Heinemann würde die gebundene Ausgabe herausbringen, Heinemann Educational das Taschenbuch. Den Unterschied zwischen William und Educational oder gebunden und Taschenbuch begriff ich nicht: Ein Buch blieb ein Buch, die Verlagsmarke Heinemann faszinierte mich allerdings. Dieser Verlag hatte einige Werke des Kanons veröffentlicht, die ich für meinen Honors-Abschluss las: Joseph Conrad, Graham Greene, D. H. Lawrence. Sollte ich wirklich diesem Klub beitreten? Sollte das wirklich wahr sein?

Ein Vertrag bestätigte die Tatsache. Es war mein erster Verlagsvertrag überhaupt und ich unterschrieb ihn bereitwillig, ohne die Auswirkungen irgendeiner Klausel vollständig zu begreifen. Ich unterschrieb alles, und das hieß, dass der Verlag die weltweiten Rechte erhielt. Allein das durch einen Vertrag zementierte Angebot war für einen Makerere-Studenten eine Premiere.

Die Nachricht aus London platzte wie ein segensreicher Regen in den Probentrubel hinein und trug gewiss dazu bei, das Ereignis publik zu machen. Wir kauften Werbeplatz im „Uganda Argus", priesen die Aufführung als dramatisch, tragisch, romantisch, abenteuerlich, als alles, was irgendwie Publikum anziehen konnte, und danach folgte die Ankündigung: Die Makerere Students' Dramatic Society präsentiert ein Stück über die Probleme der Unabhängigkeit. Das ist ein Muss für alle Bürger des Neuen Uganda. Für die Weltpremiere am Freitag, den 17. November 1962 haben VIPS ihr Kommen zugesagt.

Der Begriff „Weltpremiere“ war Reddicks Erfindung, und er hörte sich gut an.

Anmerkungen

1 Zitiert nach Karl Marx: „Der achtzehnte Brumaire des Louis Bonaparte“, in: Marx/Engels: Werke, Band 8, Berlin (DDR): Dietz Verlag, 1972, S. 115

2 „Der Schwarze Eremit“, in: „Der Löwe und die Perle“, Berlin (DDR): Verlag Volk und Welt, 1973, („The Black Hermit“, London: Heinemann, 1968)

3 Gulzar Kanji am 28. August 2012

4 Das waren John Agard, Rhoda Kayanja, Frieda Kase, Lydia Lubwama, Peter Kinyanjui, Bethuel Kurutu, Goody Godo, John Moyo, Cecelia Powell und Susie Ooman

5 Zu ihren Schulkameraden gehörten Bahadur Tejani, Chitra Neogy (die Schwester von Rajat Neogy von „Transition“) und die charismatische Schauspielerin und Theaterautorin Elvania Zirimu, geborene Namukwaya, an deren Unterstützung und Großzügigkeit Susie sich ebenso erinnert wie an die langen Stunden, die man über viele Dinge redend miteinander verbrachte

Seiten, Bühnen und Räume

Ich hatte den ganzen Tag über Bauchschmerzen: In mir stritten so viele gegensätzliche Gefühle. Die Bühne, die einst dem Einakter „The Wound in the Heart" verweigert worden war, stand nun dem Dreiakter „Der schwarze Eremit" offen. Ob es ein Erfolg werden würde oder eine Katastrophe? Mit schwirrten zwei Zeilen aus dem Kipling-Gedicht durch den Kopf, das wir immer an der Alliance rezitiert hatten:

> Wenn dich Triumph und Sturz nicht mehr gefährden
> Weil beide du als Schwindler kennst, als Schein.[1]

Die Schwierigkeit lag in der Unsicherheit. Ich wusste nicht, ob ich den Sturz als Schwindler betrachten konnte oder gar als Schein behandeln.

Von der Premiere hing eine Menge ab. Am 16. Juni 1962 hatte die African Dramatic Society aus Kampala, eine Laientruppe unter der Leitung von Erisa Kironde, im Rahmen der Makerere Conference of African Writers John Pepper Clarks „Song of a Goat" aufgeführt. John Pepper war neben Wole Soyinka einer der frühen Fackelträger des afrikanischen Theaters in englischer Sprache. Zusammen mit anderen Männern der Feder, die bei der Konferenz versammelt waren, sollte der Autor selbst bei der Aufführung zugegen sein. Die Reputation des Regisseurs, eines Stars der lokalen Szene, und des Dramatikers, der seinerseits in Westafrika ein Star war, sorgte für große Erwartungen an die ostafrikanische Premiere des Stücks.

John Peppers Stück ist eine an das klassische griechische Drama angelehnte Tragödie um Fruchtbarkeit, Unfruchtbarkeit und rituelles Opfer. Allein schon der Titel zieht die Aufmerksamkeit auf den Dialog zwischen dem traditionellen Afrika und der griechischen Antike. Das griechische Wort „tragoidía" (Tragödie) ist eine Kombination aus „tragos" (Ziegenbock) und „aeidein" (singen); und die Ziege war in vielen afrikanischen Gesellschaften ein Tier für Zeremonien. Die Opferung der Ziege als Sündenbock für Zifas Unfruchtbarkeit ist eine der fesselndsten Szenen im Stück. Unabhängig von der Interpretation des Stücks durch den Regisseur, sollte die Stimmung düster sein, nachdenklich.

Der Regisseur ließ eine lebendige Ziege auf dem Weg zum Opferritual auf die Bühne zerren. Die Ziege meckerte, urinierte, pupste Scheißeperlen, die über die Bühne kullerten, sprang die ganze Zeit herum und versuchte zu entkommen. Ziegen gehörten noch nie zu den kooperativsten Tieren. Das Publikum lachte lauthals. Die Ziege und ihre rebellischen Possen stahlen allen anderen die Schau. Das Desaster hinterließ Misstrauen dem englischsprachigen Theater Afrikas gegenüber.

Auf mir lastete auch das Wissen, dass wir die unsichtbaren Grenzen übertreten hatten, die bestimmten, was von Studenten und anderen erwartet wurde. Wir hatten uns bewusst und wohlüberlegt die große Bühne in der Stadt ausgesucht, anstatt uns auf die Mittel zu beschränken, die uns auf dem Hügel zur Verfügung standen. Und indem wir es als Feier von Ugandas Unabhängigkeit deklarierten, hatten wir die Erwartungen nationalisiert. Allerdings auch die Furcht vor einer Enttäuschung. Diese Furcht konnte man an Mr. Peter Carpenter ablesen, dem Direktor des National Theater. Seine Aufgabe bestand darin, die Entwicklung des ugandischen Theaters zu unterstützen, aber er hielt uns auf Distanz. Ich habe ihn wohl nur ein einziges Mal getroffen, als er uns den Inspizienten und technischen Direktor des Theaters vorstellte, einen Inder. Danach tauchte er nie wieder auf, weder bei der Generalprobe noch beim technischen Durchlauf oder einer anderen Probe, um uns ein paar

Szene aus „Der Schwarze Eremit", mit John Agard und Susie Ooman

künstlerische Tipps zu geben. Vom Inspizienten erfuhr ich, dass ihn womöglich die Erinnerung an die Katastrophe mit „Song of a Goat" so zurückhaltend gemacht hatte. Als wollte er die Distanziertheit seines Chefs vergessen machen, brachte sich der technische Direktor mit Leib und Seele ein. Er wurde zum Verbündeten, einer von uns.

David Cook war aus dem Lehrkörper derjenige, der uns am meisten unterstützte. Er las das Skript und machte Vorschläge. Er war an jeder Stufe des Prozesses beteiligt und zweifelte kein einziges Mal an der Fähigkeit der Studenten, die Sache durchzuziehen. Als es ans Bühnenbild ging, verschaffte er uns die dringend notwendige Hilfe des erfahreneren John Butler, der mit dem wunderbaren Künstlerteam von *Eli Kyeyune* arbeitete. Dinwiddy war wie immer ungestüm, interessiert, neugierig, ermutigend, ohne die Last der Erwartungen zu vergrößern. Ich wusste, dass ich auf seine Unterstützung zählen konnte, was immer auch geschah. Ansonsten nahm der Großteil des Lehrkörpers eine abwartende Haltung ein.

Der Publikumszuspruch für die Premiere verstärkte meine innere Anspannung, anstatt sie zu mindern. Noch niemals hatte ich so viele Smokings und Fliegen an einem Ort versammelt gesehen, nicht einmal bei den Gesellschaftsabenden und den Tanzveranstaltungen in der Main Hall. Lange vor dem Läuten strömte das schwarze, asiatische und weiße Kampala im Foyer zusammen, bevölkerte die Bar und den Vorplatz. Diese Schwergewichte der Gesellschaft waren gekommen, das Stück zu sehen? Der Anblick von Kommilitonen wirkte beruhigend: Ich konnte sicher sein, im Publikum Verbündete zu haben.

Doch als im gefüllten Zuschauerraum die Lichter aus- und die auf der Bühne angingen und eine afrikanische Mutter beleuchteten, die im Hof vor ihrer Hütte arbeitete, verschwanden meine Ängste. Ich entspannte mich. Dann stieg die Spannung wieder, diesmal vor Begeisterung. Selbst ich, der ich Susie unzählige Male proben gesehen hatte, war von ihrer völligen Beherrschung der Bühne hingerissen. Gulzar Nensi erinnert sich an „Susies grandiose schauspielerische Fähigkeiten, den Chor und die steigende Spannung in der Luft". Dies gab den Ton an für die, die folgten, wie auch für die gesamte Vorstellung.

David Cook, Miles Lee und Peter Carpenter rannten sich beinahe gegenseitig über den Haufen, als sie in der ersten Pause hinter die Bühne kamen. Bevor sie noch ein Wort sagten, wusste ich, dass alles gut ging: Der donnernde Applaus am Ende des Aktes vor der Pause war bis zu uns hinter die Bühne gedrungen. Die Begeisterung, die dem Trio in die Gesichter geschrieben stand, bestätigte dies mehr als ausreichend. Sie waren gekommen, um mich über die Medien zu informieren: Uganda Radio, BBC und „Uganda Argus". Die BBC wollte nach unserer Vorstellung ein Interview mit mir.

Der Erfolg der ersten Hälfte verlieh der zweiten Energie: Und als schließlich der Vorhang fiel, hatte ich das Gefühl, der donnernde Applaus würde ihn zerreißen. Die Schauspieler verbeugten sich vor stehenden Ovationen, kamen zurück hinter die Bühne und gingen zu noch lauterem Applaus wieder nach vorn. Es gab zahlreiche Hervorrufe, es war fast wie eine zweite Vorstellung.

Den Blicken verborgen, freute ich mich am Schauspiel des Applauses, fügte meinen dem ihren hinzu. Dann hörte ich plötzlich Rufe, die mich auf die Bühne forderten. Ich zögerte.

Tejani erinnert sich an meinen vergeblichen Versuch, an meiner vormaligen Anonymität festzuhalten. „Ngugi war äußerst zögerlich, auf der Bühne zu erscheinen", schrieb er über den Premierenabend, „und wurde durch die Forderung des Publikums gezwungen herauszukommen, das seinen Schriftsteller sehen wollte. Wir empfingen ihn mit stehenden Ovationen." Mein Zögern rührte nicht von falscher Bescheidenheit her. Ich war der ehrlichen Auffassung, dass dieser Abend allen Mitwirkenden gehörte. Er war ein Triumph der Hingabe und der Talente der Männer und Frauen verschiedener Rassen, Gemeinschaften, Regionen und Religionen. Es war die kollektive Anstrengung der Schauspieler, Bühnentechniker und Requisiteure, der Geldgeber, Kostümbildner: Ohne die Zusammenarbeit dieser verschiedenen Teile des Ganzen hätte es keinen Theaterabend gegeben. Das Theater ist eine kollektive Kunst, darin liegt ihre Schönheit, und das sagte ich. Wenn jemand also Anerkennung verdient hatte, dann war es Peter Kinyanjui, der Präsident der Makerere Students' Dramatic Society, weil er diese Idee gehabt hatte.

Der Erfolg des ersten Abends gab die Stimmung für die nachfolgenden vor und sorgte für ein ausverkauftes Haus bei allen vier Vorstellungen.

Nur am Samstagabend gab es eine Abweichung von dieser Routine. Es gäbe eine kurze Zeremonie, erklärte Peter Carpenter dem Publikum, nachdem die stehenden Ovationen für mich abgeklungen waren. Er stellte einen Vertreter des East African Literature Bureau vor, der wiederum den Minister der unabhängigen Regierung Ugandas ankündigte. Mr. Kalule-Settala überreichte mir einen Umschlag, die Auszeichnung für mein Romanmanuskript.

Dieser Abend steckte voller Ironie: Ich war immer noch kolonialer Untertan und hatte ein Stück über die Probleme der Unabhängigkeit geschrieben und inszeniert. Ich hatte aus den Händen eines Staatsbürgers, eines afrikanischen Staatsbürgers, eine Auszeichnung erhalten.

In dem Augenblick aber, in dem ich, immer noch benommen, mein Zimmer in der Northcote wieder betrat, machte sich der Romancier in mir bemerkbar. Ich war auf die Auszeichnung neugierig. Es hatte so lange gedauert, bis es zu einem Ergebnis gekommen war, dass ich schon die Hoffnung aufgegeben hatte, vom Bureau etwas zu hören. Ich dachte allen Ernstes, dass das Lesen und Beurteilen der Manuskripte eine Angelegenheit von Wochen war, nicht von Monaten. In meiner Ungeduld hatte ich manchmal sogar geglaubt, dass das Manuskript verloren gegangen war. Nachdem aber mein zweites Manuskript „Abschied von der Nacht“ abgeschlossen und zur Veröffentlichung angenommen worden war, hatte sich mein Interesse am Ausgang für „The Black Messiah“ beträchtlich abgekühlt.

Ich öffnete den Umschlag. Der Roman war tatsächlich der beste der eingereichten gewesen, die Juroren jedoch, allesamt Briten, hielten ihn für den ersten Preis von eintausend Shilling nicht gut genug. Ich war etwas enttäuscht. Das lag nicht am Scheck über fünfhundert Shilling, sechs Dollar nach heutigem

Wert. Ich hätte es verstanden, wenn sie gesagt hätten, dass kein Beitrag, meiner eingeschlossen, den literarischen Anforderungen genügte, aber dass sie sagten, es wäre der beste, die Tatsache an die Presse gaben, und dann dem siegreichen Beitrag den Preis verweigerten, den sie in ihrem ursprünglichen Wettbewerbsaufruf ausgelobt hatten – das fühlte sich wie Diebstahl an. Doch tröstete mich die Tatsache, dass sie das Manuskript zur möglichen Veröffentlichung an einen Verleger weitergeleitet hatten.

Ich ließ nicht zu, dass die Enttäuschung wegen des Romans die Freude über mein Theater-Debüt auf der Bühne Kampalas trübte, noch dass sie minderte, was das Stück erreicht hatte: Der Vorstellung einen Schlag zu versetzen, dass das ostafrikanische Theater in Englisch auf der nationalen Bühne nicht mithalten konnte oder dass die verschiedenen Rassen, Gemeinschaften und Regionen nicht für ein gemeinsames Ziel zusammenfinden konnten.

Schaue ich zurück, dann war dieser Abend für mich ein doppelter Triumph: Ein Dramatiker war geboren, die Geburt eines Romanciers stand bevor. Die Wunde des Dramatikers in meinem Herzen war verheilt. Ich hatte nicht die geringste Ahnung, welche Wunden mir als Dramatiker noch bevorstanden, dass das Theater mich später für ein Jahr in ein Hochsicherheitsgefängnis bringen und danach viele Jahre ins Exil zwingen würde. Die Reise zur doppelten Bestrafung begann in Kampala und am Makerere, und alles im Jahr 1963.

In einer kurzen Besprechung in „Theatre in East and West Africa Since 1960", die zunächst in „Drama" (Frühjahr 1963) erschien und später im „Makerere Journal" nachgedruckt wurde, hob Peter Carpenter das Stück „Der schwarze Eremit" als das erste abendfüllende Theaterstück hervor, das von einem Ostafrikaner verfasst worden war.

In einer weiteren Besprechung der Inszenierung auf Seite eins des „Makererean“ vom 22. November 1962 lobte Professor Trevor Whittock das Stück dafür, dass es sich auf den ganzen Kontinent bezog und die Inszenierung als die beste, die die Makerere Dramatic Society bis dahin auf die Beine gestellt hatte: „Afrika befindet sich gegenwärtig im Aufruhr. Uhuru beschneidet das Alte und formt es um, und die Schmerzen des Umbruchs sind groß. Sekten, Stämme, Politiken fordern lautstark, gehört zu werden, drängeln gegeneinander und fürchten, dass die Geburt des Neuen sie vertreibt. Zerfall ringsum, und die Mitte ist noch nicht gefunden.“

Ansonsten spiegelte die Aufnahme des Stücks die aufkommenden Risse in der kritischen Tradition am Makerere wider.

Gerald Moore begann seine Besprechung in der März-Ausgabe der „Transition“ von 1963 mit der Frage: „War es richtig, James Ngugis ‚Der schwarze Eremit‘ als große Inszenierung am National Theater aufzuführen?“ Anschließend zerriss er das Stück vom Text her und schloss, dass keines seiner Themen – Nation, Ideologie, Religion, Familie, körperliche Liebe, die Ethnie – wiewohl drängende Themen in der ostafrikanischen Welt – ordentlich ausgeführt worden war. Das Stück hätte auf dem Hügel bleiben sollen, wo die Bemühungen der Studierenden hingehörten – was bei einem Mann seltsam anmutete, der Anteil an meiner Einladung zur großen Conference of African Writers gehabt hatte, die am Makerere stattfand. Seine Schlussfolgerungen standen, was das Stück betraf, denen von Trevor Whittock und Peter Nazareth diametral entgegen.

Nazareths Erwiderung in der „Transition“ vom Juni 1963 wies darauf hin, dass Moores Frage lediglich die Relevanz und Rechtmäßigkeit des Unterfangens bestätigte, Anspruch auf den nationalen Raum zu erheben. Implizit gestand Nazareth die Politik des Raums und des Inhalts des Stückes und seiner Aufführung ein, die Moore abgelehnt hatte. Nazareths Erwiderung war die erste Salve im ideologischen Kampf zwischen der herrschenden formalen Tradition und dem Neuen, das versuchte, das Leben eines literarischen Textes aus der formalen Strangulation zu befreien. Von ihrer unmittelbaren kolonialen Erfahrung profitierend, begannen die aufstrebenden Kritiker, gegen die vorherrschende Tendenz zu kämpfen, die westliche Normen als festgeschriebenen Standard setzten, an dem sich alle anderen Bestrebungen messen lassen mussten. Wie ihre kreativen Gegenspieler, die erkannten, dass die Geschichte, die sie zu erzählen hatten, nicht von anderen erzählt werden konnte, so erkannten die aufstrebenden indigenen kritischen Stimmen, dass die Ideen, die sie ausdrücken wollten, nicht von anderen an ihrer Stelle formuliert werden konnten, und seien es die mitfühlendsten Personen, die den Kolonialismus von der anderen Seite der Barrikade her kannten.

Nazareth legte sich vor allem mit Moores Ablehnung der Figurengestaltung des Priesters an. Während er einige Schwächen eingestand, konterte Nazareth Moores Behauptung vom Mangel an Tiefe in der Erforschung der Themen dadurch, dass er die Aufmerksamkeit auf die Wirkung des Stücks auf das wirkliche Leben lenkte: Die Konzeption des Padre führte „zu einer ganzen Reihe von Predigten über das Christentum durch den Kaplan der St. Francis Chapel".

Die Kanzelrede über die Figurenzeichnung der Priesterschaft musste sich über die Mauern der St. Francis Chapel hinaus verbreitet haben.

Ich befand mich inmitten einer Studentengruppe, zumeist Ehemalige von der Alliance, die mit Büchern in der Hand aus der Bibliothek zu den Seminarräumen auf der anderen Seite des

Main Building schlenderten, als ich am Gang eines Weißen, der in einem grauen Anzug auf uns zukam, etwas Vertrautes entdeckte.

Es war Carey Francis, der Direktor meiner alten Schule.[2] Er gehörte zum Aufsichtsgremium des Makerere, doch waren wir uns hier noch nie begegnet. Ich freute mich, war begierig, ihn zu begrüßen, glaubte allerdings nicht, dass er mich in einer Gruppe seiner Favoriten ausmachen würde, Vorbildern an gutem Benehmen, einigen herausragenden Präfekten, die häufig als Paradebeispiele hingestellt worden waren. Instinktiv dazu bereit, den Älteren den Vortritt zu lassen, sah ich mich um. Ich war auf einmal ganz allein. Irgendwie waren die anderen verschwunden. Zweifel nagten an meinem Verlangen. Ich sollte einfach an ihm vorbeigehen und nicht versuchen, ihn zu erinnern, wer ich war.

„James", rief er zu mir herüber. Ich war verblüfft, dass er mich sofort erkannt hatte.

„Sag mir", fuhr er ohne jede Vorrede fort, „womit haben wir dir an der Alliance Unrecht getan?" Ich hatte keine Ahnung, was ihm derartigen Schmerz zugefügt hatte, dass es sich noch vier Jahre, nachdem ich von der Schule abgegangen war, in seinem Tonfall und dem unterkühlten Verhalten zeigte und murmelte verwirrt: „Nein, nichts, wovon ich wüsste."

„Warum hast du dann so schreckliche Sachen über uns gesagt?"

Ich konnte mich nicht erinnern, je irgendetwas Schlechtes über meine Lehrer an der Alliance gesagt zu haben. Die Schule war integraler Bestandteil meiner intellektuellen Entwicklung.

Ich erinnerte mich aber, dass ich am 6. Januar 1963 unter dem Titel „I Say Kenya Missionaries Failed Badly" einen Artikel über Christentum und Kolonialismus in der „Sunday Nation" veröffentlicht hatte, in dem ich unter anderem auf die symbiotische Beziehung zwischen diesen beiden hingewiesen hatte. Ich beschuldigte die Missionare, ein Volk hervorgebracht zu haben, das mehr auf die Armut der Seele achtete als auf die Armut des Körpers. Doch als ich das schrieb, hatte ich weder die Alliance noch ihren Direktor oder die anderen Lehrer im Sinn gehabt.

„Meinen Sie den Artikel?“

„Welchen Artikel? Du hast auch darüber geschrieben?“

„Es ging um die Mission im Allgemeinen“, sagte ich und ignorierte seine Frage.

„Aber wir sind die einzigen Missionare, die du erlebt hast.“

Man muss einen historischen Akt nicht persönlich erlebt haben, um darüber zu schreiben. „Ich habe über den Imperialismus geschrieben“, antwortete ich und hoffte, dass sich die Sache damit erledigt hatte.

Das war wahrlich nicht die Art von Diskussion, die ich mit meinem ehemaligen Direktor führen wollte, den ich nicht mehr gesehen hatte, seit ich 1958 von der Alliance abgegangen war. Ich kam mir lächerlich vor, dort zu stehen, Bücher in den Händen, gegen mein weißes Hemd und die grauen Wollhosen gedrückt, und angedeutete Vorwürfe des Verrats zu entkräften.

Die Erwähnung des Imperialismus schien ihn zu reizen. Er widersprach mit ungeduldiger Leidenschaft:

> „Werde nicht zum Gefangenen der Ismen, die die Politiker so sehr lieben. Denke stattdessen daran: An eine Gemeinschaft von Menschen aller Rassen, die über die höchsten Ideale von Gerechtigkeit, Freiheit und das Dienen miteinander verbunden sind. Das Dienen in erster Linie. Ein stolzes Mitglied dieser Gemeinschaft ist der Priester, ist der Missionar, den du so verspottest. Der Missionar hat alles hergegeben, seinen irdischen Besitz, sich, seinen Leib, seinen Verstand, seine Seele, um den Niedrigsten unter uns zu dienen. Dein Politiker wird verlangen, dass die Hungrigen ihn speisen, dass die Durstigen ihm Wasser geben, die Obdachlosen ihm Paläste bauen, die Barfüßigen ihm Schuhe schenken, die Nackten ihn kleiden.

Je mehr er besitzt, desto mehr wird er sich füllen, sogar mit den Produkten des Ismus, den zu bekämpfen er behauptet."

„Sein" Politiker rief in mir die Erinnerung wach an die Zeichnung eines zu elegant gekleideten afrikanischen Gentlemans mit blitzenden Schuhen, einem Sakko über der Weste, Tropenhelm auf dem Kopf, Gehstock, Sonnenbrille, und das alles unter tropischer Sonne, deren Bildunterschrift besagte: „Kopiere ihn nicht!" Sie fand sich in dem Buch über Hygiene, das Francis vor Jahren für die Grundschulen verfasst hatte.

War es möglich, dass Francis in den Nationalisten, die viele Länder in die Unabhängigkeit führten, „diesen Afrikaner" sah? Oder beruhte seine Reaktion auf einer instinktiven Verbitterung über den siegreichen Nationalismus?

Er nutzte die Gelegenheit, die mein Zögern ihm bot.

„Dieses verrückte Hetzen nach Uhuru, James, hat einen Politiker hervorgebracht, der verlangt, dass man ihm dient, anstatt selbst zu dienen."

„Nicht mehr und nicht weniger, als der Kolonialismus von Afrika verlangt hat."

„Der Siedler vielleicht, nicht aber der Missionar und der engagierte Regierungsbeamte."

„Können Sie nicht sehen, dass die für uns Teil des kolonialen Unterdrückungssystems sind?"

„Aber warum dann allen Tadel auf die Priester abladen? Willst du damit sagen, dass wir an der Alliance dich unterdrückt haben?"

Nein, nein, wollte ich am liebsten schreien. Er nahm das missionarische Unterfangen persönlich, und das hinderte ihn daran zu sehen, wie es in das Gesamtbild des Ismus passte, den er ablehnte, wenn ich ihn ansprach.

„Ich habe weder Sie noch irgendeine andere Person an der Alliance gemeint", wiederholte ich.

„Ja, aber der Priester, dein Priester ..."

Wir gingen so auseinander, wie wir einander begegnet waren: ohne höfliche Floskeln. Erst als er gegangen war, begriff ich mit einem Schlag: Chaplain Payne musste ihm von meiner Darstellung des Christentums erzählt haben.

Die Unterhaltung ließ mich tief in Gedanken über Missionare und koloniale Ämter versunken zurück. Ich mochte Carey Francis; er konnte stur sein, sogar vorschnell im Urteil, doch an seiner selbstlosen Hingabe konnte es nicht den geringsten Zweifel geben. Und es gab Reverend Fred Welbourne, anders als er, unvoreingenommen, gleichwohl ebenfalls ein christlicher Missionar. Kann man ein persönliches Wohlverhalten von dem System abstrahieren, dem dieses Verhalten dient? Oder eine moralische Geste vom Kontext trennen, der die Bedingungen schuf, die diese Geste erforderlich machten? Genügt es, den Opfern eines Systems die Wunden zu versorgen, um die eigene Schuldhaftigkeit in diesem System auszulöschen? Kann die moralische Geste eines Individuums die Sünden eines Systems abwaschen?

Dann fielen mir Payne und Foster ein, der eine gerissen und schüchtern, der andere prahlerisch und scheinbar unvoreingenommen, doch standen sie beide für eine eng gefasste Weltsicht, wenn auch auf unterschiedliche Weise. Payne zumindest war zu demütig, um für sich in Anspruch zu nehmen, die afrikanische Denkweise zu kennen, Foster aber hatte seine Weltanschauung an die einer langen Reihe „Experten“ angehängt, die es ihrer Gottesfurcht erlaubte, Massaker zu sanktionieren, ohne dass sich dadurch ihre eigene Gewissheit über ihren Platz im Himmel zur Rechten Gottes verringerte.

Ich dachte an meine Begegnung mit einem Buch. „Kenya from Within“ von William MacGregor Ross, in dem ich zum ersten Mal gelesen hatte, dass die Hymne „How Sweet the Name of Jesus Sounds“ von einem englischen Sklavenhalter komponiert worden war. Wir haben sie in der Kapelle der Alliance High School gesungen, und nun sagte Ross mir, dass ein gewisser John Newton sie an Bord eines Sklavenschiffes komponiert hatte? Später habe ich das nachgeprüft und, ja, es stimmte. Newton komponierte sie auf seiner allerersten Reise nach Westafrika als erster Maat auf dem Sklavenschiff „Brownlow“, irgendwann zwischen 1748 und 1749.

Betrachtet man die Hymne im Kontext dessen, was sie inspiriert hat, dann klingen einige Verse wie der reinste Hohn:

> Wie süß tönt der Name Jesus
> Im Ohr von denen, die glauben.
> Er lindert ihren Kummer, heilt ihre Wunden
> Und vertreibt ihre Angst.
>
> Er macht die wunde Seele heil
> Und tröstet beladenes Herz
> Ist Manna für die hungrige Seel
> Und für die Müden Rast
>
> Du lieber Name, Fels, auf den ich bau
> Mein Schild und meine Zuflucht ...

Newton komponierte auch andere Favoriten der Alliance High School, „Amazing Grace“ und „Glorious Things of Thee are Spoken“ zum Beispiel, als er zwischen 1750 und 1754 Kapitän auf anderen Sklavenschiffen war, auf der „Duke of Argyle“ und der „African“, oder in seinem Pfarrhaus, das er sich vom Profit seiner Investitionen in die Sklaverei kaufte, die ihm noch lange, nachdem er diesen Handel verurteilt und sich Wilberforce in seinen Bemühungen zur Abschaffung der Sklaverei angeschlossen hatte, Profit einbrachten.

Die Geräusche, die er hörte, waren die der im Innern der Galeere stöhnenden Sklaven, die Sorgen, der Kummer der Sklaven, die da klagten, die Wunden waren jene, die den Sklaven auf den Befehl Newtons zugefügt worden waren, die hungrigen Seelen waren die Sklaven, die er hungern ließ, der Fels, auf den er seinen Schild setzte, der ihm Zuflucht war, ist der Fels, an den er die Sklaven kettete. Blake hätte schreiben sollen, dass die Hölle (wie die Hurenhäuser auch) aus Ziegeln der Religion errichtet wurde. Die Bilderwelt der Furcht, des Kummers und des Leidens ist aus der der Sklaven auf seinem Schiff, der „Brownlow", abgeleitet. Doch schrieb Newton so, als wäre er es, der eben jene Wunden zu erleiden hatte, die er den schwarzen Körpern zufügte, die er zum Verkauf schiffte. Das Interesse am Wohlstand aus einem guten Verkauf stach das Interesse an der Gesundheit einer guten Seele aus. Newton jedoch bezieht das Leiden seiner Opfer auf sich selbst, sie werden für ihn die spirituellen Wunden seiner entkörperlichten Seele. Indem er das Christentum ablöste vom Bereich des Praktischen und Weltlichen und in den des Glaubens und die Gnade in den Bereich der Herrlichkeit überführte, gelang es ihm, die beiden Interessen miteinander zu versöhnen: Er konnte sein ganzes Leben lang auf Erden sündigen und doch erwartete ihn übergroße Gnade, selbst wenn die Reue erst nach einem Schlaganfall am Ende seines Lebens einsetzte.

Hatte der Missionar die Erfahrung der Kolonie in ähnlicher Weise im Reich der Göttlichkeit aufgelöst, wo der Konflikt zwischen Kolonisator und Kolonisiertem sich einvernehmlich in einem gemeinsamen Glauben aufhob? Das Christentum wurde in dem Augenblick zur Religion der Weltreiche, in dem die Eroberer erkannten, dass sie ihr ganzes Leben lang so viel sündigen konnten, wie sie wollten, und ihre Sünden dennoch auf dem Totenbett abgewaschen werden konnten.

Das Kampala Theater war meine erste Lektion in der Politik des Aufführungsraums und der Wirkung der Aufführung auf die Politik der Ideen. Oder, wie Whittock mit Bezug auf „Der schwarze Eremit“ geschrieben hat: „Es ruft uns die Spannungen auf unserem Kontinent mit Demut und Mitgefühl ins Bewusstsein.“ Wir können anstelle von Kontinent das Wort Welt einsetzen. Das Theater ist gefährliches Gelände.

Ich konnte das damals nicht wissen, aber in späteren Jahren sollte sich herausstellen, dass der Kampf um Raum am National Theater in Kampala nur ein Vorspiel ähnlicher Kämpfe war, als „The Trial of Dedan Kimathi“, ein Stück, das Mĩcere Gĩthae Mũgo und ich gemeinsam geschrieben hatten, auf heftigen Widerstand traf und Konsequenzen zeitigte, die über die Grenzen des Aufführungsraums am National Theater hinaus und in die von Gefängnis und Exil hineinreichten. Das geschah 1977 in einem Kenia, das den Union Jack durch seine eigene Flagge ersetzt hatte.

Anmerkungen

1 https://www.staff.uni-mainz.de/pommeren/Gedichte/wenn.html

2 Siehe „Im Haus des Hüters“

Kohle, Gummi, Silber, Gold und neue Flaggen

Meine Zeit am Makerere zwischen 1959, dem akademischen Jahr meiner Zulassung, und 1963/64, dem akademischen Jahr meines Abschlusses, ist durch das Hissen neuer Flaggen gekennzeichnet. Würde ich jedoch dieselbe Zeitspanne am Makerere durch globale Ereignisse in einen Rahmen setzen, fiele sie zwischen Kennedys Aufstieg zur Macht im Jahr 1961, dem die Ermordung von Patrice Lumumba vorausging, und der Ermordung John F. Kennedys im November 1963, deren Vorläufer die Ermordung von *Ngô Đình Diệm* in Vietnam war. Hinter diesen Ereignissen befeuerte der Kalte Krieg zwischen dem kapitalistischen Westen und dem kommunistischen Osten um die Loyalität der neuen Flaggen die Weltpolitik in dieser Zeit. Vietnam war das Paradebeispiel des Kalten Krieges.

Nicht, dass Vietnam sich in gleichem Maße wie Korea oder China in meinem Bewusstsein festgesetzt hätte, zumal einer der LFA-Generäle General China als seinen Kampfnamen wählte, aber ich las Graham Greenes Roman „Der stille Amerikaner", und der Glaube seines Helden Alden Pyle an eine dritte, weder dem Kolonialismus noch dem Kommunismus zuzurechnende Kraft erinnerte verdächtig an Kennedys Rede im Senat im Jahre 1957, in der er den französischen Kolonialismus in Algerien anprangerte:

> „... Die mächtigste singuläre Kraft der heutigen Welt ist weder der Kommunismus noch der Kapitalismus; ... es ist das ewige Verlangen des Menschen nach Freiheit und Unabhängigkeit. Der große Feind dieses gewaltigen Freiheitswillens ist, um

einen genaueren Begriff zu gebrauchen, der Imperialismus – und das heißt heutzutage der sowjetische Imperialismus und, ob uns das passt oder nicht und obwohl sie nicht miteinander gleichgesetzt werden können, der westliche Imperialismus."[1]

Der Schatten des Kalten Krieges legte sich über Ereignisse, die direkt unser Leben betrafen. Mit Hilfe der CIA wurde Lumumba umgebracht, weil er im Kalten Krieg nicht mehr zuverlässig erschien; mit Hilfe der CIA brachte man Diệm um, einen Verbündeten, der im Kalten Krieg nicht mehr von Nutzen war. Aber Kennedy?

Wir reagierten auf seinen Tod, als hätten wir einen Freund oder Nachbarn verloren. Am Tag nach seinem Tod legten wir, die wir im Speisesaal der Northcote Hall zu Mittag aßen, zwei Schweigeminuten ein. Es sei schwierig, Worte zu finden, schrieb Dinwiddy dazu im Newsletter 12, und dass es wohl besser wäre, wenn jedes Mitglied der Gemeinschaft gemeinsam mit anderen Mitgliedern im eigenen Schweigen ruhte und über den Schmerz und das Leid dieser Angelegenheit nachdächte. Kennedy sei ein glänzender und mutiger Führer gewesen, fügte Dinwiddy hinzu, und beschrieb ihn als einen „Mann der Hoffnung, der mit Gottes Gnade jede beängstigend schwierige Aufgabe, der er sich stellte, überwindbar erscheinen ließ". In der St. Francis Chapel wurde ein Gedächtnisgottesdienst gehalten und in St. Augustine's Chapel eine Messe gefeiert. Der amerikanische Botschafter Olcott Denning war bei beiden Anlässen zugegen.

Wer ermordete Kennedy, war die am häufigsten gestellte Frage, während wir über seinen Tod trauerten. Dafür gab es Gründe. Durch seine Rede in Algerien, seine Fotos mit einer Gruppe afrikanischer Führer, zu denen auch Kwame Nkrumah aus Ghana, Félix Houphouët-Boigny aus der Elfenbeinküste, Mwalimu Julius Nyerere aus Tanganyika gehörten, hatte Kennedy erreicht, dass Amerika als Verbündeter des Neuen wahrgenommen wurde, obwohl es auch damals Anzeichen dafür gab, dass alles nur die Ablösung der ostatlantischen Macht in den Angelegenheiten der dritten Welt durch die westatlantische versinnbildlichte.

Tatsache ist, dass die von Kennedy angeregten Teachers for East Africa und das Peace Corps zu unserem Leben am Makerere gehörten. Die dramatische Luftbrücke Kennedys, die pädagogische Fantasie und Möglichkeiten weit über den Makerere Hill ausdehnte, war uns Kenianern noch sehr lebendig in Erinnerung.

Mit der Unabhängigkeit Ugandas und zuvor Tanganyikas blieben Kenia und Sansibar als letzte Bestandteile des vormaligen Quartetts, über das man unter der Bezeichnung Britisch-Ostafrika geherrscht hatte. Die beiden Unabhängigen gaben sich große Mühe und verkündeten sogar, zunächst in Nairobi, die sehr populäre Vision einer Ostafrikanischen Föderation, der sie später bei einer Massenkundgebung am Uhrenturm in Kampala eine Massenbasis gaben. Bei dieser Kundgebung zeigten sich Nyerere, Obote und Kenyatta gemeinsam einer gewaltigen Menschenmenge. Die Studenten des Makerere strömten mit Gesang zu dieser Kundgebung:

Tulimtuma Nyerere
Kwa Uhuru
Kenya Uganda Tanganyika
Sisi twasaidiana

Wir entsandten Nyerere
auf eine Mission zur Freiheit
Kenia Uganda Tanganyika
Wir helfen einander

Abwechselnd ersetzten wir den Namen Nyerere durch Obote und Kenyatta.

Die Erklärungen und die Massenkundgebung erhöhten den regionalen Druck auf die Briten, Kenia den Weg der anderen beiden gehen zu lassen. Der regionale Anstoß, die wachsende nationalistische Leidenschaft im Innern und die im Lancaster House in London stattfindenden Verhandlungen führten dazu, dass Kenia im Juni 1963 die innere Selbstverwaltung erlangte. In KiSwahili hieß das Madaraka. Kĩmunya, mein zweiter Sohn, kam einen Monat später zur Welt und war der erste in meiner Familie, der in einem zum Teil freien Kenia geboren wurde.

Bei den westafrikanischen Maskenspielen geht der großen, bedeutsamen Maske immer eine kleine, weniger wichtige voraus. Taucht die kleine in der Arena auf, weiß jeder, dass die große auf dem Weg ist.

Es war, als wäre Kĩmunya, der den Namen von Nyamburas Vater bekommen hatte, auf die Welt gekommen, um mit neuer Flagge und neuem Lied zu verkünden, dass Madaraka, die innere Selbstverwaltung und ein kleines Maskenspiel, den Boden für das anstehende große Maskenspiel bereitete.

Das erwartete große Maskenspiel versetzte die weißen Siedler in Angst und Schrecken. Jomo Kenyatta investierte als erster Premierminister des kleinen Maskenspiels der inneren Selbstverwaltung viel Zeit und Energie, ihnen zu versichern, dass sich nichts ändern würde, dass sie von einer schwarzen Herrschaft nichts zu befürchten hätten. Seine Regierung würde keine Verbrecherregierung sein, was ein nicht gerade subtiler Bezug auf die „Mau Mau" war, die die Briten als Schläger und Verbrecher bezeichnet hatten. Der Mann, der acht Jahre im Gefängnis gewesen war, weil man in ihm den Anführer des bewaffneten Widerstands sah, signalisierte, dass seine Regierung sich nicht von den Idealen dieses Widerstands leiten lassen würde.

Ironischerweise geschah es in Kampala und nicht in Nairobi, dass der Schrecken hinsichtlich der Aussichten des Spiels der großen Masken im ehemaligen weißen Siedlerstaat zum Ausdruck kam. Am Vorabend des für Kenia großen Tages versammelten sich einige weiße Einwohner in Kampala zu einer rituellen Trauerfeier über den Verlust.

Die weißen Frauen erschienen in den Union Jack gehüllt zur Party; ihre Männer trugen Sonnenhüte und Tropenhelme. Um das Maß voll zu machen, spielten die Feiernden jene glorreichen Zeiten nach, in denen die Eingeborenen Botschaften in einem Afterstock überbringen mussten. Jedes beleidigende rassistische Abbild wurde dadurch wiederbelebt und unter der Bezeichnung Tank-Hill-Trauerfeier bekannt.

Uganda führte bereits seit einiger Zeit die eigene Flagge. Die rassistische Nostalgie war nicht nach dem Geschmack der Obote-Regierung. Sie reagierte mit einem Landesverweis für die fünfzehn Organisatoren der Party. In London wurden die Tank-Hill-Party und die Ausweisungen heftig diskutiert. Die Weißen machten sich doch nur einen kleinen Spaß und führten nichts Böses im Schilde, erklärte Duncan Sandys, der Außenminister der Königin. Im Gegensatz zu jenen Briten, die an solchen Späßen ihre Freude hatten, reagierten andere Leute jedoch etwas sensibler, und die britische Regierung entschuldigte sich bei Uganda. Aber keine Sorge: Die gesamte spaßliebende Menge hatte die vollständigen Rentenbezüge auf ihren Londoner Konten.[2]

Die Tank-Hill-Party schien direkt den Seiten Conrads entsprungen: Männer, die in den Außenposten des Reiches lebten, dem drohenden oder gar dem sich vollziehenden Wandel gegenüber vollkommen gleichgültig.

In meinem letzten Jahr konzentrierte ich mich unter Anleitung von David Cook auf das Werk von Joseph Conrad. Conrad hatte mit seinem Stift die Welt der europäischen Eroberungen von den fernen Lagen Asiens durch das Herz Afrikas bis nach Südamerika durchquert. Manches reizte, weil es über seinen Status als Mitglied des Pantheons der englischen Literatur hinausging. Das Englische war seine dritte Sprache; sein Polen unter die verschiedenen europäischen Mächte, Russland und Österreich vor allem, aufgeteilt. Ob er vielleicht, nur mal angenommen, Polen in den europäischen Unternehmungen zur Koloniengewinnung in Asien, Afrika, Lateinamerika wiedererkannte?

Mit seinen Figuren, die für Unternehmen wie die Tropical Belt Company im Roman „Sieg“, die Silver Mining Concessions seines fiktiven südamerikanischen Costaguana in „Nostromo“ oder die Ivory Trading Company in Leopolds Kongo in „Herz der Finsternis“ arbeiteten, ließ er keinen Zweifel aufkommen, dass es dabei nicht um die ästhetische oder moralische Wonne der Eroberung ging, um bloße Ruhmsucht oder die Unterdrückung von Seezöllen und die Einsetzung christlicher Ideale: „Schätze dem Lande abzupressen, war ihr Begehren, mit dem gleichen sittlichen Rückhalt wie ihn Räuber haben mögen, die in ein Banksafe einbrechen.“[3] In seinen Hauptwerken dominiert der Kampf um Kohle, Gummi, Silber, Gold, die Schätze im Schoß der Erde, die Erzählung und die rassistischen Strukturen der imperialen Macht liegen ihr zugrunde: Wie immer seine Charakterisierung des eingeborenen Widerstands ausfällt, es ist eindeutig, dass er sich der Tatsache sehr bewusst ist, dass der Kolonisator wie der Kolonisierte Produkt des imperialen Prozesses sind. „Die Eroberung der Erde (ein Wort, das meistens die Bedeutung hat, dass man Leuten, die eine andere Hautfarbe oder flachere Nasen als wir selbst haben, ihr Land wegnimmt), diese Eroberung ist nichts Allzuschönes, wenn man sie sich aus der Nähe betrachtet.“[4]

Conrads Werk war wie eine Busreise in eine Welt, in der der europäische Adel und die Christenheit Wein aus den Schädeln derer tranken, die in Asien, Afrika und Lateinamerika abgeschlachtet worden waren, wonach sie zur Kirche gingen, um sich für das dankbar zu zeigen, was sie hatten. Der Kolonialismus war „nichts weiter als Räuberei mit Gewalt, verschärfter Mord in großem Ausmaße.“[5] Es war eine untergehende Welt, und doch hatte sie die Lebenden noch fest im Griff, wie man anhand der Tank-Hill-Party sehen konnte.

Das formalistische „close reading“ eines Textes und das Leavis'sche Moralschema, die damals am Makerere English Department vorherrschten, taugten nicht, diesen Aspekt bei Conrad herauszuarbeiten oder mir zu helfen, die sterbende Welt und jene, die an ihre Stelle trat, vollständig zu verstehen, weil das gleichzeitig bedeutet hätte, das mit einem Begriff zu versehen, was sich tatsächlich in Uganda und Kenia entfaltete, was wiederum voraussetzte, dass ich die Welt verstand, von der die Themen in „Der schwarze Eremit“ und ihre kritische Rezeption nur ein ungenaues Abbild lieferten.

Das Stück hatte die ethnischen Teilungen als grundlegende Bedrohung der neuen Nationen in den Mittelpunkt gestellt. Die Ereignisse in Kenia und Uganda bestätigten diese Hypothese. In Kenia waren es die von den weißen Siedlern unterstützte KADU, die angeblich die kleinen Gemeinschaften vertrat, vor allem die Massai und die Kalenjin, und die KANU, die angeblich die großen Gemeinschaften repräsentierte, namentlich die Luo und die Gĩkũyũ, zwischen denen sich die anderen Gemeinschaften hinsichtlich ihrer politischen Anhängerschaft aufteilten.

Etwas Ähnliches trug sich in Uganda und auch in anderen afrikanischen Ländern zu, in denen ein Flickwerk verschiedener Gemeinschaften, jede von ihnen mit traditionellem Herrscher oder politischem Anführer ausgestattet, versuchten, neue Nationen zu bilden. Da muss man an die Schildkröte aus dem Märchen denken.

In der Geschichte heißt es, dass Schildkröte einst stolzer Besitzer einer glatten Haut war, sich aber eines Tages von Adler nach Himmelsland fliegen ließ, wo jeder ihre Glattheit bewunderte. Adler war unglücklich über die große Aufmerksamkeit, die seiner Freundin zuteilwurde. Er flog nach Erdland zurück, ohne seine Begleiterin über die Rückreise zu informieren. Nach einiger Zeit blieb Schildkröte nichts anderes übrig, als auf die Erde hinunterzuspringen. Schildkröte überlebte, aber ihre Knochen lagen gebrochen und verstreut herum. Ein Heiler flickte sie wieder zusammen, wenn auch nicht besonders gut. Anders als bei Schildkröte, die noch immer ihr Flickwerk mit zentripetaler Überlebenskraft zusammenhält und das Flickwerk zu ihrem Vorteil als Obdach und Tarnung nutzt, dehnte die zentrifugale ethnische Kraft die nationale Haut.

Die Beförderung ethnischer Teilungen als politische Taktik war keine neue Entdeckung: Sie war koloniales Erbe. Das koloniale Kapital benötigte zusammenhängende Gebiete, die von Eisenbahnen, Straßen und Städten zusammengehalten wurden, die die Ausbeutung der Ressourcen vereinfachten und effizienter machten. Allerdings wollten sie nicht, dass dieselben Kommunikationssysteme das Gefühl eines nationalen Zusammenhalts erzeugten.

Die zentralisierende Kraft von Kolonialarmee und Polizei mit ihrer Hierarchie, die sich vom Fußsoldaten bis zu König, Königin oder Präsident durchzog, und deren Rolle darin bestand, den Aushub dessen zu schützen, was im Schoß der Erde ruhte, wurde gleichzeitig genutzt, die wirtschaftlichen Zentripetalkräfte und die politischen Zentrifugalkräfte zu überwachen und in einem Zustand beständiger Spannung zu halten. In Kenia waren afrikanische politische Vereinigungen entlang ethnischer Linien bis buchstäblich zwei Jahre vor dem kleinen Maskenspiel verboten. Die weißen Siedler aber durften landesweite Vereinigungen gründen, obwohl sie dieser gar nicht bedurften, weil die Staatsmaschinerie ihren Interessen diente.

Der Kolonialstaat gedieh auf der Grundlage des „Teile und herrsche". Und innerhalb jedes ethnischen Flickens schuf der Staat eine Klasse, deren Einstellung von jener Kultur geformt war, die dem gesamten Bildungssystem mit Auszeichnungen und Bestrafungen, Lob und Zensur zugrunde lag. Selbst diejenigen, die als Verfechter eines neuen Zeitalters hervortreten sollten, verfügten über eine Denkweise, die in der Beherrschung der Kolonialsprache verwurzelt war. Die herrschende Sprache war die koloniale Sprache.

Das war die Realität. Vom Kolonialismus konnte man nicht erwarten, dass er sein Gegenteil heranzog, ermutigte und zugleich überlebte. Die Teilung nach Klassen und Ethnien konnte nicht überwunden werden, indem man die Vision verewigte, die diese Teilung geschaffen, genährt und verschärft hatte.

Die Teilung konnte also nur durch eine weiterreichende Vision überwunden werden, und diese musste sich von derjenigen unterscheiden, die sie geschaffen und großgezogen hatte. Hier finden wir das Märchen wieder, dessen Folgen wir damals nicht sehen konnten.

Jede nachfolgende Regierung versprach, die ererbten Standards zu bewahren. Kontinuität hieß das Spiel, dessen Regeln in London, in Paris oder Brüssel hinter verschlossenen Türen schriftlich niedergelegt wurden. Diese Standards allerdings, die als ideal galten, waren durch die Manipulation einer Kombination aus regionalen Unterschieden, ungleicher Entwicklung, Teilungen aufgrund von Rasse, Klassenzugehörigkeit und selbst Religion geschaffen und aufrechterhalten worden. Und wir hatten versprochen, ihre Grundlagen nicht zu ändern, die Strukturen, auf denen die Standards geschaffen und erhalten wurden. Das war, als wollte man alles gleichzeitig haben.

Die grundlegenden Verteidigungskomponenten der Strukturen, auf denen diese Standards beruhten, waren die Armee, die Polizei und die Verwaltung. Auch ohne bewusst heimtückischen Vorsatz waren es diejenigen, die am stärksten dazu bereit waren zu übernehmen und die Standards zu bewahren, deren Leben durch die Beteiligung am Kampf am wenigsten aus den Fugen geraten war. Ein Vers in einem populären Tanzlied brachte es auf den Punkt: Die Spieler auf dem Feld gewannen das Spiel, den Pokal aber trugen die Zuschauer davon.

Selbst vor dem kleinen Maskenspiel im Juni waren diejenigen bereit, in den Ring zu steigen, die mit Absicht oder durch Versäumnis oder einfach durch Glück auf Nummer sicher gegangen waren. Als am 13. Dezember 1963 das große Maskenspiel begann, marschierten dieselben Armeegenerale und Polizeichefs, die gestern in den Bergen noch Jagd auf LFA-Soldaten gemacht und andere auf den Straßen eingekesselt hatten, jetzt als neue Armee und neue Polizei auf, der Stolz der neuen Nation. Sie hissten die neue Flagge und sangen die neue Hymne, deren Text und Melodie man *Graham Hyslop*, einer der kulturellen Säulen der kolonialen Ära, übertragen hatte. Die Worte sind gut, und doch konnten wir Kenia nicht damit betrauen, sie Wirklichkeit werden zu lassen oder wenigstens die verschiedenen Angebote zu vergleichen.

Der große Jubel der neuen Nation galt Kisio Munyao, einem Bergsteiger, der den Mount Kenya bestieg und die grün-rot-schwarze Flagge auf den Gipfel pflanzte. Seine Heldentat begeisterte Millionen: Der Stolz fand Eingang in Text und Melodie eines populären Liedes:

Munyau haicia bendera
Haicia bendera
Munyau Haicia bendera
Haicia bendera

Nĩ ya marũri matatũ
Haicia bendera
Haicio bendera
Nĩ ya marũri matatũ
Haicia bendera

Mũtune thakame iitũ
Haicia bendera
Na mũirũ gĩkonde gitũ
Haicia bendera

Ngirini nĩ ithaka citũ
Haicia bendera
Ngirini nĩ ithaka citũ
Haicia bendera
Haicia
Haicia
Haicia.[6]

Die Menschen sangen das oder Ähnliches in allen Sprachen Kenias.

Es fühlte sich gut an, dieses Lied und die Nationalhymne zu hören. Nun musste ich Gott nicht mehr bitten, unseren edlen König oder unsere edle Königin zu segnen, und ihn anflehen, dass sie lange über uns herrschten. Endlich hatten sich Kenia und Sansibar, das im selben Monat die Unabhängigkeit wiedererlangte, Uganda und Tanganyika angeschlossen und so das gesamte Ostafrika zu einer koloniefreien Zone gemacht.

Wie sich herausstellte, kam die Tank-Hill-Mentalität in allen Territorien wieder zum Vorschein, diesmal trug sie jedoch unheilvoll die Armeeuniform. Im Januar 1964 kam es zu einem Aufstand in Sansibar und zu Meutereien in den Armeen von Tanganyika, Kenia und Uganda. Und in allen Ländern suchten die neuen Führer Hilfe bei Großbritannien, um die Meutereien in Teilen der Armeen niederzuschlagen, derselben Armeen, die Großbritannien als zu erhaltenden Standard an sie übergeben hatte. Im Fall Sansibar zierten sich die ehemaligen Kolonialherren und mischten sich nicht ein. Warum tun uns diese Soldaten das an, gifteten wir am Makerere und stellten uns hinter Nyerere, Obote und Kenyatta und deren Reaktionen, auch auf die Demütigung, die ehemaligen Kolonisatoren anzurufen, damit sie die Meutereien niederschlugen oder über Verhandlungen auflösten.

Interessanterweise geschah es in Uganda, dass der Mann, der 1946 seine militärische Laufbahn in der Küche der britischen Armee begann, der Rang um Rang aufstieg, weil er schonungslos die Köpfe von LFA-Soldaten und ihrer Unterstützer sammelte, der von den Briten als höchstrangiger afrikanischer Offizier in der Armee zurückgelassen wurde, dass dieser Mann zu den wesentlichen Nutznießern der Meuterei gehörte und aus ihr als Brigadegeneral und Armeechef hervorging. Damals erkannten wir nicht, dass Idi Amin zumindest auch in Kenia sein Gegenstück hatte. Daniel arap Moi war 1954 vom Kolonialstaat in den politischen Prozess eingeführt worden, in der Blütezeit der staatlichen Kampagne gegen die LFA, und bei jeder etwas größeren politischen Krise schien er der hauptsächliche Nutznießer zu sein.

Einen Aspekt der Unabhängigkeit fand ich amüsant, und das war die Art und Weise, in der sich die ehemaligen Kolonialmächte Großbritannien, Frankreich und Belgien überschlugen, um ihre Freundschaft mit den aufkommenden Demokratien zu verkünden. Sie versprachen Hilfe, Partnerschaft, das Blaue vom Himmel, um Afrika dabei zu helfen, zum Westen aufzuschließen. Sie bekundeten sogar ihre Bewunderung für Afrikas proklamierte Neutralität zwischen Ost und West, zumindest solange Afrika nicht irgendwo gemeinsam mit dem Osten abstimmte oder irgendeine wirtschaftliche oder militärische Vereinbarung mit jemand anderem als dem Westen traf. Es gab nichts, was sie nicht für Afrika tun würden, solange Afrika nur weiterhin die Hilfsgelder dazu nutzte, um westliche Militärausrüstung zu kaufen und sich an ihren Militärakademien ausbilden zu lassen. Freunde, wir sind eure Freunde, wir helfen euch, zu uns aufzuschließen.

Welch Sinneswandel, stellte ich fest und dachte an ein Kleinod aus Norman Leys Buch „Kenya: „Im Gegenteil, ich kann nicht vergessen, was eben diese Männer getan und zugelassen haben, als es nach ihrem Willen lief, und ich misstraue jedem Sinneswandel, der den stärksten Interessen und den lang gehegten und teuersten Ambitionen des Volkes zuwiderläuft."[7]

Die Kolonialmächte, die ihre Imperien auf dem Rücken der Schwarzen errichtet hatten, behaupteten jetzt, dass sie als zuverlässige Partner in der Stärkung der Schwarzen gesehen werden wollten.

Das waren nur Unebenheiten in der Straße, die da Freiheit hieß. Die Unebenheiten konnten nicht über die Tatsache hinwegtäuschen, dass ich jetzt ein College in einem afrikanischen Land besuchte, das den kolonialen Deckmantel abgeschüttelt hatte, dass Tag für Tag Delegationen von Ölgesellschaften, aus der Verwaltung sowie aus anderen Industrien Bewerbungsgespräche auf dem Campus durchführten. Die Himmelstore öffneten sich für die College-Absolventen vergangener Jahre und der Gegenwart.

Auch an der Zusammensetzung des Lehrkörpers wurden die Veränderungen sichtbar. Als ich mich 1959 am College einschrieb, gab es am Campus kaum einen afrikanischen oder asiatischen Dozenten. Zur Zeit des beginnenden großen Maskenspiels jedoch gab es am Makerere bereits einige, darunter *Bethuel Ogot*, Simeon Ominde, *David Wasawo*, *Mwai Kibaki*, Senteza Kajubi und Ali Mazrui. Die meisten spielten später auch außerhalb der Akademie eine Rolle, doch dass sie am Makerere unterrichteten, war Auslöser kollektiven Stolzes. Es war ein Zeichen der sich wandelnden Zeiten.

Mit der Unabhängigkeit verfügte ich über einen anderen Rahmen für meine Zeit am College. Ich schrieb mich 1959 als kolonialer Untertan ein und ging 1964 als Bürger des unabhängigen Kenia ab.

Anmerkungen

1 John F. Kennedy Speeches. Remarks of Senator John F. Kennedy at Syracuse University in Syracuse, New York, June 3, 1957. http://www.jfklibrary.org/Research/Research-Aids/JFK-Speeches/Syracuse-University_19570603.aspx

2 Siehe den Artikel im „Time Magazine", http://content.time/magazine/article/0,9171,940778,00.htm

3 Joseph Conrad: „Das Herz der Finsternis", Frankfurt: Fischer, 1959, S. 38

4 Ebenda, S. 10

5 Ebenda

6 Munyau heißt die Flagge; sie hat drei Farben. Das Rot ist unser Blut. Das Schwarz ist unsere Hautfarbe. Und das Grün ist unser Land. Lass sie wehen, lass sie wehen.

7 Norman Ley: „Kenya", London, 1926, S. 45

Arbeit für die „Nation"

Ich war bereits Staatsbürger, als ich die Abschlussprüfungen ablegte, die für einen Bachelor-Titel der London University erforderlich waren. Ich weiß nicht, ob das meine Art war, mich zu puschen, oder ein Weg, dem Druck zu entkommen, jedenfalls ging ich am Wochenende vor dem Beginn der Prüfungen mit einem Kletterklub, in dem ich Mitglied war, außerhalb Kampalas zum Klettern in die Berge. Ich war dem Verein aufgrund meiner Höhenangst beigetreten. Ich wollte diese Angst überwinden, indem ich unter fachmännischer Aufsicht irgendwo hinaufkletterte. Durch den Klub hatte ich die unterschiedlichen Landschaften und Felsformationen rund um Kampala und darüber hinaus entdecken können. Diese Erfahrung ging ziemlich konform mit meiner Ehrfurcht vor der Natur und meiner Liebe zu ihr, die mir bei vielen Geschichten Inspiration gewesen war. Doch wenn ich zurückschaue, war das nicht so clever. Zu viel Entspannung kann dazu führen, dass die Wachsamkeit nachlässt. Aber ich habe es geschafft, alle Prüfungen mit einem gewissen Optimismus durchzustehen.

Welche Erleichterung, als ich meinen letzten Prüfungsbogen abgab! Die Reise, die 1947 damit begann, dass mich meine Mutter, eine Bäuerin, zur Schule schickte, war zu Ende. Die Tatsache, dass meine Romane erst noch veröffentlicht werden mussten, stellte die einzige Enttäuschung dar. Ich hatte darauf gehofft, dass zumindest „Abschied von der Nacht" erscheinen würde, bevor ich vom Makerere abging. Ich hatte die redigierten Korrekturfahnen bereits nach London zurückgeschickt, zusammen mit der unausgesprochenen, flehentlichen Bitte: Bitte, bitte, meine Herren Heinemann; ich möchte als veröffentlichter Student vom Makerere abgehen! Doch als die Prüfungen vorbei waren, stand fest, dass die Verleger meine stillen Gebete nicht erhört hatten. Nun kam zur Last und Angst, wann der Verleger lieferte, die wegen der University of London hinzu. Wie man es auch drehte, das letzte Wort über meine Zukunft würde in London gesprochen werden. Doch unabhängig vom Ausgang, mit den zwei Romanen, einem abendfüllenden Stück, zwei Einaktern, neun Kurzgeschichten und über sechzig Zeitungsartikeln war ich überzeugt, dass ich die Grenzen dessen neu bestimmt hatte, was es hieß, Student zu sein.

Ich fing an, mir Gedanken über Arbeitsstellen zu machen. Ich wandte mich an die Tageszeitung „Nation“: Zwei der drei Jahre ihres Bestehens war ich ihr Meinungskolumnist gewesen. Sie antworteten unverzüglich. Sie wollten mich als Reporter anstellen und gleichzeitig die Meinungsseite weiterführen.

Tatsächlich war es nicht das erste Mal, dass ich für die „Nation“ in einer anderen Funktion als der des wöchentlichen Beitragsschreibers für die „Sunday Nation“ arbeitete. Die „Daily Nation“ hatte mir befristete Jobs gegeben, für die ich dankbar war, weil sie mich neben der besseren Bezahlung davon befreiten, eine Rückkehr zu den EAAFRO-Leuten und dem schwarzängstigen Moses in Erwägung ziehen zu müssen. In jener Zeit war *Michael Curtis* Chefredakteur der „Nation“. Ich war ihm ein oder zwei Mal begegnet; er war freundlich und behandelte mich nicht wie eine Hilfskraft.

Ich hatte mich auch mit den wenigen afrikanischen Journalisten angefreundet, die damals für die Nation Media Group arbeiteten, vor allem mit der „Taifa Leo“-Sektion und George Mbugguss. Als Journalist, der als Mbugguss Mitaani regelmäßig für die „Nation“ schrieb und aus den städtischen Wohngebieten der Schwarzen berichtete – Kariakor, Bahati, Pumwani und Shauri Moyo[1] –, war er so etwas wie das kenianische Gegenstück zu den Drum-Autoren in Südafrika, der Generation um *Can Themba*, Lewis Nkosi und Bloke Modisane: der harten, selbstbewussten Städter mit lockerem Schlips, die über das lumpenproletarische Leben in den schwarzen Ghettos oder die illegalen, schnapsbrennenden *Shebeens* berichteten. Nicht, dass ich Mbugguss je saufen gesehen hatte; doch war das das Bild, das man aus seinen Berichten über diese Siedlungen gewann. Als ich dort zu arbeiten anfing, machte er keinen Außendienst mehr: Er war Assistent oder Korrektor für „Taifa Leo".

Das Sans Chique in der Government Road hinter den Büros der „Nation", die sich damals in der Victoria Street, der heutigen Mboya Street befanden, war unsere „Wasserstelle", doch als Student konnte ich mir nicht mehr leisten als das, was die „Taifa Leo"-Leute um John Chui oder Hezekiah Wapekhulu mir ab und zu spendierten.[2] Chui hatte gute Beziehungen zu den aufstrebenden Politikern und Bürokraten, war aber auch bodenständig und kannte sich in der Stadt aus. Bevor ich Wapekhulu begegnete, hatte ich mir nie vorgestellt, dass Schreiben über Sport so süchtig machen konnte. Er liebte es, redete darüber, war davon begeistert. Er versuchte vergeblich, mich zu überreden, ihn zu den Sportereignissen zu begleiten, aber ich war mehr von seinen Erzählungen vom Fußballfeld begeistert.

Ein Zeitungsbüro glich einem Marktplatz mit lärmenden Schreibmaschinen und dem ständigen Ein und Aus der Reporter. Bewegung, Lärm und Telefone. Wenn auf deinem Schreibtisch ein Telefon klingelte, erwartete man, dass du rangingst. Das konnten Nachrichten von unseren Außenreportern sein oder von irgendjemandem sonst, der versuchte, über das Telefon Neuigkeiten mitzuteilen. Ich jedoch hatte Angst vor dem Telefon und wartete anfangs ab, dass ein anderer Reporter kam und abnahm. Die Kunde von meiner Telefonangst musste bis zum neuen Chefredakteur gelangt sein, denn dieser wies mich an, unter allen Umständen ans Telefon zu gehen.

Ich war nicht mit Telefonen großgeworden. Als ich Jugendlicher war, gab es nur eine Telefonzelle für die gesamte Region, und die befand sich im Postamt in Limuru. Von Nakuru oder sonst woher dorthin zu gehen, „um einen Telefonanruf zu erwarten", war für sich genommen bereits ein Privileg: Du kamst aus einer Familie, die Telefonanrufe erhielt. Damit waren Zeremonien verbunden, eine Truppe eigener Freunde im Sonntagsstaat, die die „Wartemannschaft" zur Post begleitete, die einige Meilen entfernt war, und mitunter bedeutete es auch, den ganzen Tag auf der Post zu verbringen, ohne dass der erwartete Anruf kam. Doch selbst dies wurde zum Gegenstand von Geschichten, gespeist vom Neid derjenigen, die nicht so privilegiert gewesen waren, an der Langeweile teilzuhaben.

Es dauerte eine Weile, bis ich mich daran gewöhnt hatte, Diktate eines Anrufers entgegenzunehmen: Eine frustrierende Aufgabe, und bei schlechter Verbindung konnte man Stunden damit zubringen, wiederholt „Hallo, Hallo" zu sagen. Sogar erfahrene Reporter waren auf Telefondiktate nicht scharf, und so leiteten sie diese Aufgabe des Öfteren an mich weiter.

Anfangs begleitete ich, als Hilfskraft und für die großen Stories, einen erfahreneren Reporter, damit ich mich einarbeitete, doch wenn es um kleinere Sachen ging, schickte mich der Nachrichtenredakteur alleine los. Ich entdeckte, dass es schon eine Kunst für sich war, eine gute Story zu bekommen. Einmal sollte ich einen indischen Diplomaten interviewen, der Kenia verlassen wollte. Ich ging in sein Büro und für ungefähr die nächste Stunde überhäufte er mich mit einer Plattitüde nach der anderen über die guten Beziehungen zwischen Indien und Afrika und seine Arbeit bei der Förderung dieser guten Beziehungen. Ich schrieb alles auf. Der Nachrichtenredakteur brachte meine Geschichte nicht. Am nächsten Tag schickte er einen alten Hasen mit mir im Schlepptau zu demselben Diplomaten. Dasselbe Büro. Derselbe Typ. Doch sobald wir uns gesetzt hatten, machte mein erfahrener Reporter eine Bemerkung zu einer Anstecknadel am Revers des Diplomaten. „Oh, die", setzte der Diplomat an und erzählte in allen Einzelheiten über eine Reise, die er in ein Dorf unternommen hatte. Diese Geschichte führte zu anderen, die ebenso persönlich und sehr konkret waren, und nicht in der ausweichenden Diplomatensprache formuliert. Die Story meines Reporterkollegen wurde als Feature gedruckt.

Bei einer anderen Gelegenheit wurde ich an einem Sonntagnachmittag ausgeschickt, um über eine politische Kundgebung von *Dr. Munyua Waiyaki* zu berichten, eines Arztes, der einer von vielen afrikanischen Intellektuellen und Nationalisten war, die in Fort Hare in Südafrika ausgebildet wurden, zugleich war er aber unter den großen Drei der Politik im District Nairobi auch der leichtgewichtigste. Die beiden anderen waren der dramatischere *Argwings Kodhek* und der populärere Tom Mboya. Ich mochte Waiyaki: Zum einen hatte er 1945 – Jahre vor mir – die Alliance High School besucht, zum anderen war er tatsächlich der Enkel des legendären Waiyaki. Noch näher war mir, dass er den gleichen Namen trug wie eine Figur in „Der Fluss dazwischen".[3] Die Veranstaltung fand in Shauri Moyo statt, einer afrikanischen Township. Ich fuhr mit dem Bus hin. Anstatt mich in die Nähe der Bühne zu stellen oder nahe meinen Wettbewerbern vom „East African Standard" aufzubauen, setzte ich mich mitten in die bewundernde Menge und machte mir ausgiebig Notizen. Steno konnte ich nicht, und so musste ich mein eigenes Abkürzungssystem erfinden, nicht das ökonomischste oder effizienteste.

Sobald Dr. Waiyaki, der Hauptredner, geendet hatte, verließ ich die Kundgebung, um meine Story rechtzeitig zum Abgabetermin fertig zu haben. Ich weiß nicht warum, aber als ich auf dem Rückweg im Bus saß, hatte ich das Gefühl, beobachtet zu werden. Auch als ich aus dem Bus stieg, hatte ich noch das Gefühl, als ob mir jemand folgte, und ich war erleichtert, als ich schließlich die Victoria Street, heute die Tom Mboya, hinter mir ließ und die Redaktion betrat.

Ich wischte diese wohl unbegründeten Einbildungen weg. Nairobi war schließlich voller Menschen. Jahre später, bereits als Schriftsteller und Akademiker bekannt, begegnete ich in einer Bar zwei Menschen, und nachdem sie mich freundlich begrüßt hatten, lächelte der eine.

„Sie haben großes Glück gehabt", sagte er.

„Wieso?"

„Sie haben mal für die ‚Nation' gearbeitet, oder?"

„Ja, vor langer Zeit."

„Erinnern Sie sich an den Tag, an dem Sie eine Waiyaki-Kundgebung besucht haben?"

„Ja."

„Wir dachten, dass Sie Regierungsspion sind, ein Informant, weil Sie jedes Wort aufschrieben, das der Doktor sagte. Deshalb folgten wir Ihnen. Wir wollten Ihnen eine Abreibung verpassen. Gerettet hat Sie nur, dass Sie die Büros der ‚Nation' betraten. Erst da haben wir begriffen, dass Sie von der Zeitung kamen."

Hilary Ng'weno war der zweite Reporter, dem ich in meinen letzten Tagen als Aushilfe begegnet bin. Ich glaube, er testete ebenfalls die „Nation". Wir waren gleichaltrig, 1938 geboren, er in Busia und ich in Limuru. Wir besuchten rivalisierende Oberschulen; in seinem Fall war es die Mang'u und bei mir die Alliance. Ich stand kurz vor dem Abschluss in Englischer Sprache und Literatur am Makerere, er hatte bereits sein Diplom als Atomphysiker von der Harvard. Er hatte die große weite Welt gesehen; ich war nie über die Grenzen von Kenia und Uganda hinausgekommen. Ich hatte eine längere Beziehung zur „Nation", doch jetzt hatte er eine feste Stelle, während ich Hilfskraft war. *Bernth Lindfors*, einer aus der ersten Riege von Teachers for East Africa, der inzwischen in Gusii in Westkenia unterrichtete, machte vor dem Ambassador Hotel ein Foto von Hilary und mir. Ng'weno war größer als ich, aber gemeinsam ergab das ein Bild zweier junger Intellektueller, die ganz unbefangen miteinander umgehen konnten und sich auf eine Zukunft in einem Kenia vorbereiteten, das sich anschickte, den kolonialen Mantel abzuwerfen.

Ngũgĩ wa Thiong'o und Hilary Ng'weno

Nun war die Zukunft angebrochen, und ich freute mich darauf, für die „Nation" zu arbeiten. Es würde sein, als kehrte man zu einer Familie heim. Ich war ein wenig enttäuscht, als ich Hilary Ng'weno nicht antraf: Ich nahm an, dass er zurück nach Harvard gegangen war. Was sollte ein Atomphysiker auch in einem Zeitungsbüro tun? Aber die anderen waren da und empfingen mich herzlich, es war so etwas wie eine Wiedervereinigung. Eine Woche später ging ich wegen irgendetwas in das Büro des Chefredakteurs. Ich nahm an, es wäre Michael Curtis.

Hilary Ng'weno begrüßte mich und bot mir einen Stuhl an. Er lehnte sich im Stuhl zurück, wie ich es einmal bei Jack Ensoll gesehen hatte. Die Überraschung in meinem Gesicht muss ihm aufgefallen sein. Er erklärte, dass er Michael Curtis abgelöst hatte, der nun Group Managing Director oder etwas Ähnliches war. Er war herzlich, ohne sich zu vertraulich zu geben. Es war unglaublich, wie die Autorität des Chefredakteurs ihm zur zweiten Haut geworden war, noch dazu derartig schnell – der erste afrikanische Chefredakteur der „Daily Nation" und zugleich aller englischsprachigen Zeitungen im Land. In den kommenden Jahren sollte er neue Wege in Journalismus und Fernsehen beschreiten. Dazu gehörten auch der Besitz und das Betreiben seiner einflussreichen Zeitung „The Weekly Review". Damals jedoch war er der neue Chefredakteur. Ich war ehrlich stolz auf seinen Aufstieg an die Spitze, ein weiteres Zeichen der neuen Zeiten.

Am schlimmsten war es, im Gericht arbeiten zu müssen. In den Korridoren von Recht und Gerechtigkeit fand sich so viel Elend, und es waren immer Afrikaner, die in Ketten kamen, und weiße oder indische Richter, die über sie zu Gericht saßen. Ich musste alle Gerichte abdecken und lebte stets in der

Angst, einen dramatischen Fall zu verpassen, über den meine Rivalen der anderen Tageszeitungen berichteten. Meine Rivalen litten unter ähnlichen Befürchtungen, und so schlossen wir einen Pakt; wir machten uns gegenseitig auf die interessanteren Fälle aufmerksam. Wir freundeten uns auch mit den Gerichtsdienern an, die uns die Akten der Fälle einsehen ließen, deren Verhandlung wir verpasst hatten.

Einmal wurde ich in einem Mordfall, in den zwei Inder verwickelt waren, Zeuge einer sehr dramatischen Konfrontation zwischen einer Zeugin und dem Verteidiger, einem hochrangigen europäischen Rechtsanwalt. Irgendwann beantwortete eine Zeugin der Staatsanwaltschaft die Fragen des Verteidigers mit einer Abfolge sarkastischer Jas, als wollte sie sagen, dass diese Fragen nicht mal eine ernsthafte Verneinung wert wären. Ich konnte das nachvollziehen. In der Kultur, in der ich aufgewachsen war, konnte eine sarkastische Antwort als Verneinung aufgefasst werden. Dies aber war ein Gericht und das Protokoll verzeichnete ihre sarkastischen Jas als vollständige Antworten. Als ihr klar wurde, wozu ihr Temperament sie verführt hatte, brach sie zusammen.

Der Richter sagte, dass das Gericht später den Ort des mutmaßlichen Verbrechens aufsuchen würde. Ich eilte ins Büro zurück, glücklich, dass meine Konkurrenten zu dieser Zeit nicht anwesend gewesen waren. Ich war ihnen zuvorgekommen. Am nächsten Morgen wollte mich der Nachrichtenredakteur sprechen. Auf dem Tisch lagen zwei Zeitungen ausgebreitet, unsere und die unseres Rivalen. Leider Gottes musste der Reporter vom „East African Standard“ einen Tipp hinsichtlich des Nachmittagstermins bekommen haben. Sie brachten ein großes Foto vom gesamten Gericht am Ort des mutmaßlichen Verbrechens. Meine Story bestand lediglich aus Worten, kalten Worten auf Papier. Der Nachrichtenredakteur war so geduldig zu erklären, dass ein Bild mehr als tausend Worte sagte, und ich hatte nicht einmal tausend zusammengebracht.

Ich war an einem Sonntag Reporter vom Dienst in den alten Büros der „Nation“, als ein Anruf aus Gatundu hereinkam, dem Heimatort Jomo Kenyattas, des ersten Präsidenten Kenias, der um Berichterstattung über ein sehr wichtiges Ereignis bat. Der Nachrichtenredakteur übertrug mir diese Aufgabe. Was ist das für ein Ereignis?, fragte ich. Eine Zeremonie: Einige Menschen haben Spenden für die Opfer der Flut in der Kano-Ebene in Nyanza gebracht.

Jomo Kenyatta und sein Vize-Präsident Jaramogi Oginga Odinga standen im Hof, umgeben nicht etwa von den großen Spendern meiner Fantasie, sondern von einer Menge gewöhnlicher Männer und Frauen, die den ganzen Weg von Mũrang'a herübergekommen waren, um das ihnen Mögliche zur Linderung des Leids kenianischer Mitbürger in Nyanza beizutragen. Ich war bisher keinem der legendären Führer der antikolonialen Politik Kenias, die 1963 zu unserer Unabhängigkeit führte, begegnet. Meinem Fotografen gelang es, das einzige Bild von Jomo Kenyatta, Jaramogi Oginga Odinga und mir zu schießen.

Ngũgĩ (links) beim Interview mit Kenyatta und Odinga in Gatundu

Ich gewöhnte mich langsam an den Rhythmus in meinem neuen Job, und doch hing ich in einem Grenzbereich des Dazugehörens und Fremdseins fest, befand mich zwischen Vergangenheit und Zukunft. Ein Zustand der Unbeständigkeit hatte mein Leben seit dem Tag bestimmt, an dem ich aus der Großfamilie meines Vaters in den Haushalt einer Alleinerziehenden gezogen war, der ebenfalls zerstört wurde und uns zwang, in eins der neuen, strategisch angelegten Dörfer zu ziehen. Selbst am Ende des Ausnahmezustandes und trotz der Rücksiedlungen, die überall vor sich gingen, war klar, dass diese Dörfer bestehen bleiben würden.

Mit meinem Lohn unterstützte ich meinen jüngeren Bruder Njinjũ, der damals in der Bata-Schuhfabrik arbeitete, beim Kauf von etwas Land in der Nähe von Kĩnyogori, ziemlich weit weg von Kamĩrĩthũ. Dort baute ich für meine Mutter ein Drei-Zimmer-Haus. Sie hatte mit dem neuen Dorf nie ihren Frieden schließen können, sie liebte immer ihre Unabhängigkeit und wollte Dinge wachsen sehen. Jetzt hatte sie einen Ort, an dem sie Wurzeln schlagen konnte. Ihr zufriedenes Lächeln war mir ein Sonnenstrahl im Herzen. Ich werde niemals zurückzahlen können, was sie mir gegeben hat. Wie kann man auch einem Traum je ein Preisschild anheften? Der Traum von der Schule und vom Wissen hatte sie begleitet, bevor er zu meinem wurde, und sie hatte ihn mir geschenkt.[4]

Nyambura und ich wohnten immer noch in einem gemieteten Haus in Kamĩrĩthũ. Nachdem meine Mutter in ihr neues Haus gezogen war, kaufte ich ein Grundstück in Kamĩrĩthũ. Es war bloß einen Viertelmorgen groß, für mich aber war es wie eine Ranch. Es war ein seltsam erregendes Gefühl, ein Stück Boden zu besitzen. Dafür hatten in Kenia Schwarze und Weiße gekämpft: Tausende waren deshalb gefoltert, verstümmelt, getötet worden. Besitzen wir das Land jemals? Nur das Recht an seiner Nutzung für eine gewisse Zeit, denn am Ende ergreift die Erde wieder von uns Besitz, wir kehren zu ihr, zu unserer gemeinsamen Mutter, zurück. Wir bauten ein Haus für meine Familie, keinen Palast, nur einen Ort, an dem man wohnen konnte. Ich mochte es kaum glauben, aber ich freute mich an dem besonderen Gefühl, ein Haus zu besitzen, ohne Schulden zu haben, und Land nutzen zu können, auf dem wir unseren kleinen Obstgarten anlegen konnten, zumeist Pflaumenbäume. Nyambura kam aus einer großen Familie von Landbesitzern, sodass dieses Stück Land bei ihr nicht dieselben Gefühle ausgelöst haben mag; doch wir fühlten uns gut dabei, uns an einem Ort niederzulassen, den wir unser Eigen nennen konnten. Anders als ich werden meine Kinder in der Lage sein, ein Heim zu haben und einen Ort, an dem sie aufwuchsen. Letztlich hatte ich doch in Kamĩrĩthũ Wurzeln geschlagen, in dem neuen Dorf in der Region Limuru.

Trotzdem schien die Zukunft ungewiss. Ich wartete darauf, dass an der akademischen und der literarischen Front etwas geschah.

Es fällt schwer, die Erregung in Worte zu fassen, die mich ergriff, als ich ein Vorabexemplar meines ersten Romans bekam: „Abschied von der Nacht“. Ich eilte nach Hause, um ihn meiner Mutter zu zeigen, Nyambura und meinen unmittelbaren Brüdern und Schwestern. Die Kinder Thiong’o und Kĩmunya waren zu jung, als dass es sie interessiert hätte, aber ich zeigte ihnen das Buch trotzdem. Meine Mutter wollte wissen, ob das das Beste war, was ich hatte geben können, und war zufrieden, als ich sagte, dass ich mein Bestes gegeben hatte. Ich wusste nicht, wie die Nachbarn es aufnehmen würden. Das Bild eines erfolgreichen Universitätsabsolventen ging mit einem schwarzen Umhang einher, einer flachen Kappe samt Quaste und einem zusammengerollten Etwas in der Hand, und nicht mit dem eines Kerls in Alltagsklamotten, der ein Buch in Händen hielt und behauptete, dessen Autor zu sein. Sie nahmen es jedoch wohlwollend auf, und obwohl sie es nicht lesen konnten, berührten sie es ehrfürchtig.

Die Familie meines Vaters wohnte jetzt in Gĩtithia, wohin sie 1962 gezogen war. Sie gehörten zu den vielen Landlosen, die unter der neuen Unabhängigkeit angesiedelt wurden. Das war zwar einige Meilen entfernt, aber ich ging trotzdem hin, das Buch unter dem Arm, vor allem Wabia wollte ich es zeigen. Sie war meine Halbschwester und behindert auf jede nur mögliche Art, dennoch war sie dem Leben gegenüber immer zuversichtlich geblieben, lebte in der Welt der Lieder und Geschichten und war zum Kollektivgedächtnis der Gemeinschaft geworden. Mit ihren Geschichten war ich aufgewachsen, sie war die einzige, die sie auch am Tage zu vollem Zauber aufrufen konnte.[5] Sie konnte das Tageslicht nicht sehen, sie fühlte es in ihren zitternden Händen. Sie hatte meine Welt auf eine Weise geformt, die nur ich verstehen konnte. Sie hatte in mir den Wunsch geformt, ein Traumweber zu werden.

Es gab keine formelle Präsentation, nur ein Datum für die Freigabe. Mein erstes Interview als erster ostafrikanischer Romanautor gab ich John de Villiers, einem Kollegen bei der „Nation". Er erinnerte mich an den Vorfall mit Jack Ensoll bei der „Sunday Post" drei Jahre zuvor, als der mir sagte, meine Zukunft läge zwischen Buchdeckeln. Ensoll musste offenbar mit der journalistischen Bruderschaft über seine Weissagung gesprochen haben. Wie sonst hätte de Villiers wissen können, was sich in der Abgeschiedenheit des Büros eines Chefredakteurs zugetragen hatte? Ja, ich erinnerte mich an das Vorstellungsgespräch. Ich hatte es gehasst, weil ich einen Job in der

Gegenwart viel dringender brauchte als eine Zukunft zwischen Buchdeckeln, jetzt aber war ich in der Lage, seine verblüffende Voraussicht zu schätzen.

Ein Buchladen in Nairobi, der von *Marjorie Oludhe Macgoye* geleitet wurde, machte es möglich, dort zu signieren, und ich konnte nicht glauben, dass die Leute sich tatsächlich anstellen würden, damit ich ihre Exemplare von „Abschied von der Nacht" signierte.

Ngũgĩ wa Thiong'o beim Signieren seines ersten Romans „Abschied von der Nacht"

Bald darauf erhielt ich die Grafik für die Paperback-Ausgabe von „Abschied von der Nacht". Das bedeutete, dass sie bald nach der gebundenen Ausgabe erscheinen würde. Der Verlag Heinemann Educational Books hatte die Rechte an einem Gemälde des ugandischen Künstlers Eli Kyeyune erworben.

Kyeyune, der Bruder von Elvania Zirimu, geborene Namukwaya, war so alt wie ich. Wir hatten bereits bei der Inszenierung von „Der schwarze Eremit" zusammengearbeitet. Er war Absolvent der Makerere School of Art, die 1937 von Margaret Trowell gegründet wurde. Sie war Missionarin mit der Vision einer Emanzipation über die Kunst, doch peinigten sie ab und zu die Male des kolonialen Ursprungs der Schule. Man erzählt sich die Geschichte, dass der Ton für die Skulpturen aus Europa importiert wurde, weil der Ton aus Uganda angeblich für Skulpturen ungeeignet war. Der berühmte Spruch „Kopieren schläfert Gott ein" von Elimo Njau sowie sein Rat „Lasst die Kinder malen" mit der Betonung auf der Verwendung von Materialien vor Ort waren zum Teil eine Erwiderung auf diese Geschichte.

Elimo Njau war eben jener Student, der einst Sam Ntiro, einen anderen Schüler Margaret Trowells, an die Alliance High School begleitete und uns, schockierend und unglaublich zugleich, von einem schwarzen Jesus erzählte.[6] Trotz ihrer kolonialen Anfänge brachte die School of Art legendäre Maler und Künstler hervor, zu denen neben Sam Ntiro und Elimo Njau Gregory Maloba und Francis Naggenda gehörten. Auch Glen Dias, der das Plakat für „Der schwarze Eremit" gestaltete, Pat Creole-Rees, die unsere Kostüme entwarf, und Laban Nyirenda, mit dem ich viele Male über Kunst diskutiert hatte, waren Absolventen der Schule.

Trotz der Verbundenheit mit dieser Kunstschule, oder vielleicht auch wegen ihr, kritisierte ich sie in meiner letzten formellen Rede bei einem Northcote Hall Dinner wegen ihrer europäischen Ausrichtung. Im Rückblick war meine Kritik barsch und wurde der Schule, ihren Absolventen und dem, was sie für die Kunst in Ost- und Zentralafrika getan hatten, nicht gerecht. Die Geschichte verläuft nicht auf geraden Wegen und zeitigt voraussagbare Ergebnisse. Die Schule konnte nur anhand dessen beurteilt werden, was ihre Künstler taten, und nicht nach der Geschichte, die sie hervorgebracht hatte. Das Diktum, dass die Menschen ihre eigene Geschichte machen, aber nicht unter selbstgewählten Umständen, trifft auch auf die Kunst und die Künstler zu.[7]

Da Kyeyune den Einband von „Abschied von der Nacht" und nachfolgend von „Der Fluss dazwischen" gestaltet hatte, waren er und ich nun über Bücher und die Welt der Fantasie miteinander verbunden.

Eine Woche nach dem Schauspiel des Büchersignierens und der Interviews erhielt ich erneut Nachricht aus London. Ich hatte meine BA Honors in Englischer Sprache und Literatur in der Upper Second Division bestanden. Bahadur Tejani, einer der anregenden Geister bei der Inszenierung von „Der schwarze Eremit", und ich waren die beiden einzigen in jenem Jahr in dieser begehrten Kategorie.

Ich wurde Schriftsteller, was für eine ganze Menge Leute hieß: Besitzer von Büchern. Wohin ich auch immer kam, baten mich Angehörige der neuen politischen Klasse, ihnen Exemplare zu schenken. Einige von ihnen brauchten eine Weile, um zu begreifen, dass einem Autor die Bücher, die seinen Namen trugen, nicht gehörten.

Ngũgĩs Autorenfoto von „Abschied von der Nacht", 1964

Das von Ezekiel (Esk'ia) Mphahlele gegründete *Chemchemi Cultural Center* gehörte zu den ersten, die mich einluden, aus dem Buch zu lesen und darüber zu diskutieren. Das war sehr erfreulich: Chemchemi hatte sich als Ort etabliert, an dem sich junge, aufstrebende Schriftsteller unter seiner Anleitung versammelten. Mphahlele war auch ständig in Schulen unterwegs, um bei der Jugend das Interesse am Schreiben zu wecken, und ich freute mich, Teil dieses Bemühens zu sein und zugleich lebendiges Beispiel dafür, dass es zu etwas führen konnte.

Eines Tages lud mich die Pumwani Secondary School ein, vor der Form Four[8] über das Schreiben zu sprechen. Jungen, in Khaki gekleidet, hinter baufälligen Schultischen, füllten den Raum. Ich mochte meinen Augen nicht trauen. In ihrer Mitte saß, in ähnliches Khaki gekleidet, E. Carey Francis. Abgesehen von seinem Alter und seiner weißen Haut hätte er einer der Jungen sein können. Ich hatte völlig vergessen, dass er 1962 als Direktor der Alliance High School zurückgetreten und anschließend einfacher Lehrer in Pumwani geworden war.

Schon in den 1920er Jahren hatte er seine Freizeit darauf verwendet, mit den Kindern der britischen Armen zu arbeiten, all das missachtend, was von einem Professor in Cambridge erwartet wurde. Dann dehnte er seine Dienste auf die Armen Afrikas aus, zunächst mehr als zehn Jahre als Schulleiter einer Grundschule, danach über vierundzwanzig Jahre als Direktor der Alliance. Jetzt, 1964, weilte er wieder unter den Niedrigsten, in Missachtung all dessen, was vom pensionierten Direktor der hervorragendsten Schule des Landes erwartet wurde.

Ich freute mich wirklich, ihn zu sehen, weil mir unsere letzte Auseinandersetzung am Makerere einen bitteren Nachgeschmack hinterlassen hatte. Als die Zeit gekommen war, Fragen zu beantworten, waren Carey Francis' Hände unter den erhobenen. Nichts über Missionare, Christentum, Priester oder Imperialismus. Er wollte, dass ich ausführlicher erzählte, was mich zum Schreiben gebracht hatte. Welche Ratschläge konnte ich jemandem geben, der Schriftsteller werden wollte? Wie glich ein Schriftsteller die Anforderungen der Fantasie und des politischen Augenblicks aus? Ich dachte über die Fragen nach. Die einzige Loyalität, die ein Schriftsteller aufzubringen hat, ist die seiner Vorstellungskraft gegenüber. Der Schriftsteller muss

Zeit für sie finden, ihr gehorchen, wenn sie sich zu Wort meldet und von dem Gebrauch machen, was sie zutage fördert.

In einem Eintrag vom 5. November im Tagebuch, das ich begonnen und wieder aufgegeben hatte, hatte ich eine Beobachtung zu den Arbeitsgewohnheiten Virginia Woolfs aufgeschrieben:

> „Habe gerade gelernt, dass Virginia Woolf einen Absatz 15 Mal überarbeitet. Scheint mein Fehler zu sein. Bin so ungeduldig."

Heutzutage habe ich das auf eine Formel gebracht, die ich jedem mit auf den Weg gebe, der mich um Rat fragt: „Schreib schreib schreib – dann bringst du's weit." Das Schreiben ist Arbeit, verlangt demütige Hingabe. Nur: War das anders als bei irgendeiner anderen Berufung? Selbst der eines Missionars?

Carey Francis war sich seit dem Augenblick seiner Ankunft in Kenia bewusst, dass er die Führer von morgen ausbildete, auch wenn er sich die Zukunft als die eines aufgeklärten britischen Weltreiches vorgestellt haben mag. In einer Beziehung aber hatte sich seine Vision vom Formen der zukünftigen Führer erfüllt. Das Independence Cabinet und die Verwaltung waren fast ausschließlich mit Absolventen der Alliance besetzt.

Nur wie viele aus der neuen post-kolonialen Elite würden sich so für die Niedrigen aller Gemeinschaften aufopfern, wie er das getan hatte? Schon begannen einige seiner Schüler, Minister und Staatssekretäre im neuen unabhängigen Kenia, ihren Fünfprozentanteil von den Menschen einzufordern, denen zu dienen sie geschworen hatten. Sie bekamen den Spitznamen Fünfprozentler. Wenn ich den nächsten Roman schriebe, was würde ich über diese Fünfprozentler im Vergleich zu den Menschen auf der Straße sagen?

Ich beantwortete seine Fragen, so gut ich konnte. Das Forschen eines Schriftstellers ist auf die Wahrheit gerichtet, sein

Führer ist sein gesellschaftliches Bewusstsein. Dennoch hätte ich den Bezug auf das Schreibethos von Virginia Woolf anfügen sollen.

Anmerkungen

1 Die afrikanischen Stadtteile Kampalas

2 Die heutige Moi Road, und das Sans Chique gibt es nicht mehr

3 „Der Fluss dazwischen", Berlin (DDR): Verlag Neues Leben, 1970, („The River Between", London: Heinemann, 1965)

4 Siehe „Träume in Zeiten des Krieges"

5 Ebenda

6 Siehe „Im Haus des Hüters"

7 Vgl. Karl Marx/Friedrich Engels: „Der achtzehnte Brumaire des Louis Bonaparte", in: Werke, Band 8, S. 115

8 Nach dem damals in Kenia gültigen System entspricht das der 11. Klasse des Gymnasiums

Notizen und Notizbücher

Meine Zukunft bei der „Nation" war alles andere als gesichert. Und mit der Zeit und aus Gründen, die zu verstehen mir nicht völlig gelang, verlor der Journalismus langsam seinen Glanz. Ich hatte meine Hoffnung auf meine Meinungsseite gerichtet, doch sah ich sie jetzt nicht mehr so wie zuvor. Kein „quid pro quo" zwischen Investition und Rendite, so kam es mir vor. Ich wollte nicht weg, aber die Frage der Fünfprozentler gegen den Rest begann mich immer stärker zu beschäftigen.

Sie war nicht erst bei der letzten Begegnung mit Francis aufgetaucht. In einem Artikel, der am 24. August 1963 im „Makererean" veröffentlicht worden war, hatte ich unter der Überschrift „The Writer and the Public" über die bevorstehenden Veränderungen gesprochen und dann eine Reihe rhetorischer Fragen gestellt:

Welche Auswirkungen haben die Veränderungen für den einfachen Mann, der täglich mit dem Fahrrad zur Fabrik fährt? Für die Frau, die Tag für Tag zu ihrem kleinen shamba stapft, um sie zu beschwören, die Mahlzeit für den Tag abzuwerfen? Gibt es eine neue Wahrnehmung, ein neues Bewusstsein, das beim Bauern Erwartungen und Erfahrungen erweitert? Und gibt es einen Konflikt zwischen seinen Erwartungen und dem Anspruch seiner Regierung? Darüber hinaus stellte ich Fragen nach dem Makerere-Absolventen; „einem Mann, der in einem Bildungssystem aufgewachsen ist, das mit all seinen Vorurteilen und der intellektuellen Neigung zugunsten des Westens ganz und gar kolonial ist".

Diese Fragen verschwanden nicht. Es kamen andere hinzu. Wer waren die wesentlichen Triebkräfte hinter den Meutereien im Militär? Wie kam es, dass sie sich zur selben Zeit und im selben Monat in verschiedenen Ländern ereigneten? Worin bestanden die Auswirkungen einer fortgesetzten Militärpräsenz in Kenia? Warum hallten in diesem Chaos die Ereignisse im Kongo wider und was bedeuteten sie?

Bereits vor meinen Abschlussprüfungen hatte ich Anträge für weiterführende Studien ausgefüllt. Die Erinnerung an die Alliance High School beeinflusste meine Wahl der Universität. Ich hatte die Möglichkeit, über ein Stipendium, das am Makerere für außergewöhnliche Leistungen vergeben wurde, nach Cambridge zu gehen. Trotz meiner Bewunderung für die vielen positiven Eigenschaften von Carey Francis war mir immer noch im Gedächtnis, was er uns einmal über seine Überzeugung gesagt hatte: Kein afrikanischer Student könnte jemals auf Grund seiner Leistungen in Cambridge zugelassen werden, mit Ausnahme eines einzigen, Dr. Wasawo, der inzwischen Pro-Rektor des Makerere war. Der Anglo-Chauvinismus war die Schwachstelle von Carey Francis' Charakter, und mitunter vernebelte er ihm seine Vision. Obwohl ich seine Vorurteile nicht als wahr annahm, wollte ich dennoch nie irgendwo aus akademischer Gunst zugelassen oder von ihrem Schatten verfolgt werden.

Meine Mutter hatte mich gelehrt und erwartete von mir, dass ich das Beste zu meinem Standard erklärte. Für sie hatte das Beste keine Beschränkung; es gab immer noch Raum, das Beste zu verbessern. Wohin ich also ging, es hatte unter den Bestimmungen und Bedingungen zu geschehen, die es mir erlaubten, das Beste für mich festzulegen und den Traum weiter zu verfolgen. Auf jeden Fall schien die Leeds University für mich das Beste zu sein. Andere, die ich bewunderte – Grant Kamenju, Peter Nazareth sowie Piu und Elvania Zirimu – studierten bereits dort. Und natürlich war vor allem Wole Soyinka dort gewesen, einer der Schriftsteller, denen ich bei der Makerere-Konferenz begegnet war.

Also sagte ich rundheraus Nein zu allen Vorschlägen, die auf Cambridge hindeuteten. Bevor es an die Abschlussprüfungen ging, hatte ich auch Unterlagen für ein Commonwealth-Stipendium ausgefüllt, es dann jedoch vergessen. Ich hatte geglaubt, meine Zukunft liege im Journalismus, nicht in der weiteren akademischen Betätigung. Gegen Jack Ensolls Rat setzte ich auf eine Zukunft im Journalismus, doch das war kein Problem, weil es eine Zukunft war, die ich mir selbst ausgesucht hatte, und die „Nation" hatte mir dazu die Chance geboten.

Und die Chefetage brachte weiterhin mit allen möglichen Aufträgen ihr Vertrauen zu mir zum Ausdruck – Leitartikel schreiben zum Beispiel. Ich fühlte mich jedes Mal geschmeichelt, wenn ich den Auftrag bekam, einige zu verfassen.

Leitartikel artikulieren die Meinung der Zeitung zu einem Ereignis. Man kann einen Leitartikel durchaus als Ansicht bezeichnen, die das Gewicht der Zeitung hinter sich weiß. Rasch wurde mir klar, dass das etwas anderes war als die Meinungsreportagen, die ich sonst schrieb. Ein Leitartikel muss scharfsinnig sein, zugespitzt, und den richtigen Ton anschlagen. Er muss Gravitas haben. Der eigene Name steht nicht unter dem Leitartikel, und das ist das Entscheidende. Die Anonymität des Verfassers macht den Leitartikel zur Meinung der gesamten Redaktion.

Irgendwann im August 1964 kam die Chefetage der „Nation" auf die Idee signierter Leitartikel, die sie nun Kommentare nannten. Indem sie sie als Kommentare bezeichnete, noch dazu als mit Unterschrift versehene, wollte die „Nation" alles auf einmal erreichen; nicht auf die Gravitas verzichten, wenngleich diese in ihrer Kraft gemindert war, und gleichzeitig den Raum haben, sich damit herauszuwinden, dass es eine persönliche Meinung war, sollte die Regierung feindselig reagieren.

Anfang August brachte die „Daily Nation“ eine Story, in der die USA unterstellten, dass nordvietnamesische Torpedoboote am 2. und 4. August im Golf von Tongking ihren Zerstörer „Maddox“ angegriffen hatten. Das wurde als der Tongking-Zwischenfall bekannt. Mich bat man, dazu einen signierten-Kommentar zu schreiben.

Die „Daily Nation“ vom 7. August brachte meinen Kommentar über „einen amerikanischen Bombenüberfall auf nordvietnamesische Torpedobasen als Vergeltung für einen Angriff auf den US-Zerstörer Maddox“. Es war offensichtlich, dass ich die amerikanischen Behauptungen für bare Münze genommen hatte. Später stellte sich allerdings heraus, dass die Zwischenfälle Lügenmärchen waren, um den Weg in den Krieg freizumachen. Die nachfolgende Bestätigung der Golf von Tongking-Resolution durch den US-Kongress ebnete den gesetzlichen Weg für den formellen Beginn des amerikanischen Krieges in Vietnam.

Ich fühlte mich schuldig, und doch konnte ich niemanden verantwortlich machen, denn obwohl man mir die allgemeine Denkrichtung vorgegeben hatte, hatte ich den Kommentar mit eigenen Worten verfasst und mit James Ngugi unterzeichnet. Meine Gespräche mit dem verstorbenen Njoroge, die ich drei Jahre zuvor mit ihm geführt hatte, kehrten als schlechtes Gewissen zu mir zurück. Fast hörte ich sein sarkastisches Lachen aus dem Grab: Ich habe es dir ja gesagt! Wenn du bei einer Zeitung arbeitest, dann heißt das, innerhalb ihrer allgemeinen Meinung über die Welt zu arbeiten.

Dadurch wurden einige Zweifel und Fragen, die ich in meinem Artikel „The Writer and the Public“ im „Makererean“ vom 24. August 1963 erhoben hatte, nur noch stärker. War ich jener Makerere-Absolvent, den ich als „einen Mann, der in einem Bildungssystem aufgewachsen ist, das mit all seinen Vorurteilen und der intellektuellen Neigung zugunsten des Westens ganz und gar kolonial ist“, beschrieben hatte?

Die Tatsache, in eine koloniale Situation hineingeboren und in ihr erzogen worden zu sein, musste Narben hinterlassen haben. Nur, dass der antikoloniale Widerstand ebenfalls Teil meines Erbes war. Die kolonialen und die antikolonialen Werte standen innerhalb meines Weltbilds immer auf Kriegsfuß, und das wurde in meinem oftmals inadäquaten Verständnis des globalen Charakters des Imperialismus' und der Komplexität seiner neokolonialen Manifestation deutlich und spiegelte sich auch in einigen der über achtzig journalistischen Arbeiten wider, die ich in Zeitungen und Zeitschriften veröffentlicht hatte. Ich fühlte mich in Fiktion und Theater stärker geerdet als im Journalismus.

Langsam kam ich mir ein wenig verloren vor. Ich fühlte mich ausgelaugt. Etwas in mir starb täglich ab. Die „Nation“ hatte mir eine Karrierechance geboten, würde mir aber nicht bieten können, wonach ich im Leben strebte. Nach buchstäblich nur etwa sechs Monaten im Job empfand ich das? Und 1964 war noch nicht einmal vorbei? Vielleicht hatte Jack Ensoll letzten Endes doch recht: Meine Zukunft lag zwischen Buchdeckeln.

Eines Morgens wachte ich auf und schrieb meine Kündigung, den üblichen Monat im Voraus. Einen Grund gab ich nicht an. Ich glaubte nicht, dass es jemand verstehen würde, weil mir selbst nicht so richtig klar war, was mich erstickte.

Michael Curtis lud mich zum Mittagessen ein. Es waren noch ein oder zwei andere dabei, und ich nahm an, dass sie zur Chefetage gehörten. Mir fiel allerdings auf, dass mein Chefredakteur Hilary Ng'weno nicht zu den Gastgebern gehörte.

Es war ein freundschaftliches Mittagessen, doch wurde mir bald klar, warum es angesetzt worden war. Sie wollten wissen, warum ich gekündigt hatte. Sie redeten über meine lange Verbindung zur „Nation“-Gruppe und sie hatten Pläne mit mir. Es muss sich noch verdächtiger angehört haben, als ich ihnen sagte, dass es keinen rechten Grund gab.

Wollte ich wegen höherer Bildung irgendwohin?

Naja, ich hatte mich beworben, aber bislang weder Antwort noch Stipendium.

Hatte es irgendetwas mit Hilary Ng'weno zu tun? Hatten wir uns entzweit, oder so? Sie fragten, während sie mir gleichzeitig versicherten, dass ich mich ihnen vollkommen anvertrauen könne. Aber ich hatte nichts gegen Hilary. Ich war der Meinung, dass er seinen Job fantastisch machte. Und wir hatten uns nicht entzweit.

Das Essen neigte sich seinem Ende zu, und mit Dank meinerseits und ihrer Versicherung, dass ich, sollte ich je ... Also, das war's.

Ich glaubte nicht, dass ich meine Meinung ändern würde, aber man konnte nie wissen.

Als später die Zulassung zur Leeds University kam, gefolgt vom Angebot eines Stipendiums, unterstellten mir meine Arbeitskollegen, davon gewusst und deshalb gekündigt zu haben.

Ich gab mir nicht die Mühe, es ihnen zu erklären. Nur die Ironie fiel mir auf: Der British Council, der einst meine Pläne zunichte gemacht hatte, weil er mutmaßlich seine Hand im Spiel hatte, als man meinem Stück „The Wound in the Heart“ die Bühne im Kampala National Theater auf der Grundlage verweigerte, dass ein „britischer Beamter so etwas nicht tun kann“, spielte jetzt eine große Rolle dabei, mir zu ermöglichen, meine Träume in Leeds, einer Einrichtung in Yorkshire, dem Land der „Sturmhöhe“ von Emily Brontë, weiterzuverfolgen.

Damit bot sich mir jetzt noch eine Möglichkeit, meiner Zeit am College einen Rahmen zu geben. Ich schrieb mich als kolonialer Untertan im akademischen Jahr 1959 am Makerere ein und ging 1964 als Bürger des unabhängigen Kenia ab. Dazwischen wurde ein Schriftsteller geboren. Ich hatte mit „Abschied von der Nacht“ einen Roman auf dem Markt und mit „Der Fluss dazwischen“ einen weiteren in Vorbereitung, mit „Der schwarze Eremit“ einen Dreiakter, außerdem zwei Einakter und über sechzig journalistische Texte in Zeitungen und Zeitschriften.

Doch selbst damit fiel es mir schwer, das Wort Schriftsteller auf mich anzuwenden. Für mich war das alles eine Art Vorbereitung auf den Schriftsteller, der ich erst noch werden wollte. Deshalb schrieb ich in vielen Formularen und Dokumenten in die Spalte Beruf Student. Es war, als hätte ich den Roman, den ich schreiben wollte, noch nicht geschrieben. Der Wunsch jedoch, Träume zu weben, brannte weiter, ein integraler Teil meines Lebens.

Ein verdammtes Paradies

„Wir hatten keine Ahnung, dass wir im Paradies lebten", zitierte Hugh Dinwiddy, was Sam Lunyiigo, ein ehemaliger Institutsdirektor bei den Historikern, Jahre später bei einer Konferenz zu ihm sagte.[1]

Dieses Paradies konnte nur das Makerere der Fünfziger und frühen Sechziger sein. Das lag nicht allein daran, dass es auf einem Hügel lag und andere Hügelkuppen vor sich hatte, auf denen sich Kathedralen mit poetisch klingenden Namen wie Rubaga und Namirembe erhoben oder der Lubiri-Königspalast und die Kasubi-Königsgräber lagen.

Es spiegelte sich in den Gesellschaftsabenden der verschiedenen Wohnheime und in den Tanzabenden im Saal der Main Hall wider, ergänzt durch das Nachtleben Kampalas in und um Top Life, Suzana und anderen Klubs, in denen Hausbands Livemusik spielten. Musik durchdrang auch die Dinnerpartys bei den Leuten zu Hause in Kololo oder, für mich, die literarischen Salons um Rajat Neogy und die „Transition". Erst jetzt wird mir klar, dass ich als angehender Schriftsteller, Dramatiker und Kolumnist andere gesellschaftliche Räume besucht haben mag, zu denen meine Kommilitonen keinen Zugang hatten, im Allgemeinen allerdings war das Makerere der Ort, an dem unterschiedliche Rassen, ethnische Gemeinschaften und sogar Religionen zur Zusammenarbeit fähig schienen. Es war der Ort, an dem wir das Gefühl hatten, wir könnten mit dem Besten mithalten, das jede Universität auf der Welt, sei es nun Cambridge, Oxford oder Harvard, zu bieten hatte. Es war eine Institution, die, wurde man nicht an ihr zugelassen, eine Fehlstelle zurückließ, die selbst durch Erfolge anderswo nicht geschlossen werden konnte. Es war der Ort, an dem das Unmögliche machbar erschien: das Makerere damals war ein Ort der Träume.

Einzig an diesem Makerere schien es möglich, dass „dann der Wolf beim Lamm (wohnt), der Panther liegt beim Böcklein. Kalb und Löwe weiden zusammen, ein kleiner Knabe kann sie hüten ... Man tut nichts Böses mehr und begeht kein Verbrechen auf meinem ganzen heiligen Berg; denn das Land ist erfüllt von der Erkenntnis des Herrn, so wie das Meer mit Wasser gefüllt ist."[2]

Doch sie taten Böses und begingen Verbrechen in Gestalt Idi Amins, der 1971 das Obote-Regime stürzte und Ugander wie Makererianer in alle Winde zerstreute: Künstler, Schriftsteller, Politiker – keine Gesellschaftsschicht blieb verschont. Für Idi Amin und seine Soldaten war das Makerere Hort einer gebildeten Elite, die unterworfen werden musste, gezwungen, dem Soldaten zu dienen, die Frauen entführt. Doch erfüllte das Makerere Idi Amin auch mit Neid und da er nun Kanzler war, verlieh er sich selbst mehrere Ehrendoktortitel. Einige Professoren und Studenten wurden umgebracht, andere flohen ins Exil.

Wir hätten es kommen sehen sollen, zumindest den Rauch des Höllenfeuers. Die Kolonisatoren hatten das Feuer entfacht. Sie hatten nach Gutdünken Könige ins Exil getrieben, sich dann auf raffinierte Weise mit den Königen gegen die Forderung der Nationalisten nach Unabhängigkeit und später gegen Obotes unbestimmte Linksdrift verbündet; sie hatten die Spannung zwischen Baganda und Bunyoro wegen der Lost Counties geschürt, Bunyoro-Land, das von den Buganda eingenommen wurde, als sich dieses Königreich den frühen britischen Kolonisten anschloss, und es danach den neuen Männern an der Macht überlassen, die Angelegenheit zu klären. Vor allem hatten sie Idi Amin für seinen Eifer beim Sammeln der Schädel von LFA-Soldaten in Kenia, der so genannten „Mau Mau", befördert. Obote hatte das Geschenk der Kolonie angenommen und benutzt, um den Palast des Kabaka zu stürmen (nicht einmal der Kabaka selbst war gegen militärische Intrigen gegen die Zentralregierung gefeit) und belohnte seinen rabiaten Sieg mit militärischer Überlegenheit. Er hoffte darauf, das Geschenk zur Konsolidierung seiner Linksdrift zu nutzen, musste jedoch feststellen, dass das Geschenk ein Giftkelch war.

Der Westen umarmte seine Schöpfung voller Freude: Man schenkte Idi Amin Staatsbesuche bei Golda Meir in Israel, bei Georges Pompidou in Frankreich und Queen Elizabeth in England. Erst als sie mitbekamen, dass er sich sonderbar zu verhalten begann und nicht immer die Anstandsregeln einhielt, stellten sie ihn als Diktator bloß, als Beispiel schwarzer Missregierung. Auf einmal fanden sie heraus, dass er tatsächlich die abgeschlagenen Köpfe seiner Gefangenen in einem Kühlschrank aufbewahrte und ihre Leiber den Krokodilen zum Fraß vorwarf. Nur für ihn war es nicht das erste Enthauptungsprogamm, hatte er doch die Kopfjagd in seiner Zeit als Angehöriger der King's African Rifles beim Kampf gegen die „Mau Mau“ zur Gewohnheit werden lassen, und so muss er von der Wankelmütigkeit eines Volkes überrascht gewesen sein, das ihn jetzt für Dinge verurteilte, für die es ihm einst Medaillen verliehen hatte.

Die ganze Zeit barg das Paradies die Hölle in sich, zumindest das Höllenfeuer, nur sahen wir es nicht, nicht einmal den Rauch, und deswegen traf es uns wie ein Schock. Für mich verband sich damit die reine Hilflosigkeit, die Freunde über die ganze Welt verstreut zu sehen und nicht bei ihnen zu sein, um ihnen zu helfen oder zumindest ein bisschen Trost zu spenden. Nun mag des einen Leid durchaus des anderen Freude sein. Die Schulen in Kenia profitierten von den Hunderten Exil-Ugandern, die in Kenia engagierte Lehrer wurden. Großbritannien, Kanada und die USA profitierten von den unternehmerischen Fähigkeiten vieler ugandisch-asiatischen Exilanten im Land.

Peter Nazareth kannte ich aus unserer Anfangszeit am Makerere bis zu den Tagen in Leeds. Wir waren uns nahegekommen. Seine Frau hieß Mary und wir spielten mit ihren Namen als Maria und Peter aus dem biblischen Nazareth. Seine Geschichten und Stücke der Makerere-Zeit hatten seine Liebe für das Uganda geatmet, in das er hineingewachsen war. Und jetzt war er „Uganda-Asiate". Dasselbe bei Bahadur Tejani: Fünf Jahre gingen wir in dieselbe Klasse, dieselbe Seminargruppe, hatten dieselben Freunde wie zum Beispiel Bethuel Kurutu – und nun war er „Uganda-Asiate", vertrieben aus dem Land, das er liebte. Ihre Geschichte war die Geschichte Afrikas.

„Schnappschüsse", ein Gedicht von *Susan Kiguli*, fängt das am besten ein.[3] Kiguli beginnt das Gedicht, indem sie klar sagt, dass sie die Inder niemals weggehen sehen hat. Sie fühlt ihren Exodus aber in der Geschichte der Massaker in Uganda und an anderen Orten auf dem Kontinent.

Ich sehe die Inder ausgetrieben
Aus ihrer Heimat
In den verlassenen Häusern
Unseres Distrikts.

[...]

Immer wenn ich an Diktatoren denke
Sehe ich die ugandischen Inder ausziehen.

Susan Kiguli schreibt in Englisch und Luganda und hat den Lehrstuhl an dem Institut, an dem Nazareth, Tejani und ich einst studierten. Und sie widmet ihr Gedicht „Schnappschüsse" Peter Nazareth. Das Makerere überlebte irgendwie, wenn auch als Schatten seiner selbst. Jetzt aber, mit dem Geist und der Hingabe von Susan Kigulis Generation, werden alle Zeichen sichtbar, dass es sich wie Phönix aus der Asche des Terrors erhebt und wieder zum Leuchtfeuer auf dem Hügel wird, das man aus allen Winkeln des Kontinents und der ganzen Welt sehen kann. Das Chaos mit Idi Amin wird dann nicht mehr sein als das: ein zweitweiser Rückschlag auf dem Marsch der Geschichte.

Natürlich hatte auch Obote das Seine dazu beigetragen, das Chaos loszutreten: Schließlich war er es, der Makerere-Mann, der Rajat Neogy, den Mann der Literatur, ins Gefängnis steckte und ins Exil trieb, lange bevor Idi Amin, der Mann des Militärs, den Exodus der Asiaten bewirkte und dann die volle Höllengewalt auf andere Intellektuelle losließ, die ich kannte und mit denen ich gearbeitet hatte: Pio Zirimu, Wycliff Kingi und andere Künstler und Schauspieler aus Uganda. Die Straße zur politischen Hölle beginnt bei der Intoleranz gegenüber Ideen und Unterschieden.

Einmal begegnete ich Barbara Kimenye in Nairobi; sie arbeitete für die „Nation“, und ihre Kolumne hatte Tausende Leser. Für mich aber, der ich sie stets mit Kampala in Verbindung brachte, wirkte sie auf den Straßen von Nairobi wie eine Außenseiterin. In meinen Augen gehörte sie immer noch in das auf mehreren Hügeln (garantiert mehr als den sieben, auf denen Rom errichtet war) errichtete Kampala, träumte sich ihren fiktiven Moses herbei und ihre fiktive Schule. Das Kampala der literarischen Salons, der Diskussionen und aneinandergeratenden Ideen, gehörte der Vergangenheit an.

Ja, wir lebten im Paradies, doch war es ein Paradies, das man auf den ungleichen kolonialen Strukturen errichtete, die wir noch dazu zu erhalten geschworen hatten. War es derart vom übrigen Kontinent geschieden? Als Idi Amins acht Terrorjahre vorbei waren, hatte in meinem geliebten Kenia schon ein ziviler Idi Amin den Thron bestiegen. Er hieß Daniel arap Moi; er ließ Kinder zu seinen Ehren Lieder singen, weil er ihnen in Zeiten des Hungers, den er verursacht hatte, gelben Mais aus Amerika besorgte; der im ganzen Land Märsche mit dem Slogan „Karamu chini – nieder mit dem Stift" veranstalten ließ. Nun war die Reihe an den kenianischen Intellektuellen zu fliehen. Die Diktatur zwang mich dazu, mich Peter Nazareth und Bahadur Tejani und vielen anderen im Exil anzuschließen. Dort sprachen wir über das Makerere, das uns einst das Paradies verhieß. Das aber, Gefängnis und Exil, ist eine andere Geschichte. Doch das Makerere, an dem ich meine Berufung zum Traumweber entdeckte, wird immer Teil davon sein.

Kenia feiert seine Unabhängigkeit von Großbritannien, Präsident Jomo Kenyatta präsentiert am 13. Dezember 1963 im Beisein von Prinz Philip von Edinburgh das offizielle Dokument

Anmerkungen

1 Hugh Dinwiddy in einem Brief vom 1. Januar 1997 an jemanden, den er mit „Dear Charles" anspricht

2 Jesaja 11,7–11,10, in: Die Bibel. Einheitsausgabe der Heiligen Schrift, Stuttgart: Katholische Bibelanstalt, 1980, S. 835

3 Susan N. Kiguli: „Zuhause treibt in der Ferne". Gedichte. Ü: Brigitte Oleschinski. Heidelberg: AfrikAWunderhorn, 2012, S. 83

Dank

Mein herzlicher Dank geht an Barbara Caldwell für die Bibliotheksarbeit und ihre Aufsicht über die verschiedenen Dokumente für diese Erinnerungen; Dr. Susan Kiguli und Charles Ssekitoleko für die Archivarbeit am Makerere; Mary Musoke, für die Freigabe derselben; Peter Nazareth dafür, dass er Erinnerungen und Geschichten aus der Vergangenheit mit mir teilte; Carol Sicherman für ihre Arbeit über die Makerere, für die Überlassung von Informationen und Bildern sowie das Lesen und Korrekturlesen des Manuskripts; Bahadur Tejani für seine mündlichen und schriftlichen Zeugnisse; Bethuel Kiplagat, der mich daran erinnerte, dass wir damals in benachbarten Zimmern wohnten; Dan Kahyana, Kathy Sood, Gulzar Kanji, Susie (Ooman) Tharu, Mĩcere Mũgo, Nat Frothingham und Bernth Lindfors, die nützliche Bilder zu Verfügung stellten, und Lindfors, der mir mit seiner Arbeit zu meinen journalistischen Anfängen verhalf, Erinnerungen freizulegen; Heather Pesnani dafür, dass sie den Makerere-Konferenzbericht ausgegraben hat; Jones Kyazze, der Erinnerungen an die Makerere auffrischte, indem er Elly Wamalas Song „Talanta Yange“ entdeckte und übersetzte; Njeeri wa Ngũgĩ, die zu den Abschnitten, die ich an ihr ausprobierte, wertvolle Kommentare gab; Kĩmunya Ngũgĩ für Bilder, Mũkoma wa Ngũgĩ dafür, dass er das Manuskript gelesen und nützliche Vorschläge gemacht hat; Gary Stimeling für das Lektorat und Gloria Loomis und Henry Chakava dafür, dass sie den ersten Entwurf gelesen und wertvolle Anregungen gegeben haben.

Glossar

Baganda ~ Ostbantuvolk, Ackerbauern, siedeln vor allem am Victoria-See, Begründer des Königreiches Buganda

Black Orpheus ~ von 1957 bis 1964 einflussreiche Literaturzeitschrift der Übergangsperiode zur Unabhängigkeit, in Ibadan herausgegeben und vom Congress for Cultural Freedom finanziert, Ziel war die Förderung und Verbreitung der Werke afrikanischer Schriftsteller

Black Power ~ Ngũgĩ wa Thiong'o greift hier auf den Slogan der afroamerikanischen Bürgerrechtsbewegung und die Bewegung zur Stärkung eines schwarzen Selbstbewusstseins („Black is Beautiful") zurück

Brother Jero ~ „The Trials of Brother Jero", das erste von insgesamt drei Jero-Stücken des nigerianischen Dramatikers und Literaturnobelpreisträgers *Wole Soyinka*

Busuti (auch Gomezi) ~ traditionelles, farbenfrohes Wickelgewand der Baganda-Frauen mit breitem, andersfarbigem Hüftband

Casaubon ~ Figur aus dem Roman „Middlemarch" von George Eliot

Charing Cross ~ gilt als Mittelpunkt Londons, liegt jedoch nicht im alten Stadtkern, sondern in Westminster

Chemchemi Cultural Center ~ 1963 von *Es'kia Mphahlele* in Nairobi zur Unterstützung der Entwicklung in bildenden Künsten und Literatur gegründet

Congress for Cultural Freedom ~ von 1950 bis 1969 in Paris ansässige, von der CIA beeinflusste und finanzierte Kulturorganisation, die sich als Teil des Kampfes „gegen den Feind im Osten" verstand, viele linke und liberale Intellektuelle gingen ihr zunächst ins Netz, in Deutschland u. a. Heinrich Böll und Siegfried Lenz, organisierte Konferenzen, gab in verschiedenen Ländern Zeitschriften heraus

D.P.M. ~ Diploma of Psychological Medicine

Everyman's Library ~ 1906 von Joseph Dent begonnene Reihe mit Literaturklassikern. Ziel war es, eine 1.000 Bände umfassende Bibliothek der Weltliteratur zusammenzustellen, die allen zugänglich und erschwinglich war, Mitte der 1970er Jahre wurde nach über 1.200 Bänden die Publikation neuer Titel eingestellt

GCMG ~ Knight Grand Cross of the Most Distinguished Order of Saint Michael and Saint George

Harlequins ~ Harlequin Football Club, 1866 gegründeter Rugby-Verein, in London ansässig, Meisterschaft 2012

Happy Valley ~ die Gegend um die Stadt Nyeri (Central Province) in Kenia, von den 1920er bis Ende der 1940er Jahre Zentrum einer Gemeinde hedonistischer Briten aus der Oberklasse, die für ihren dekadenten Lebensstil berühmt-berüchtigt wurde

Harlem Renaissance ~ zwischen 1920 und 1930 Emanzipationsbewegung afroamerikanischer Schriftsteller und Künstler, wichtige Vertreter neben *Langston Hughes*: Countee Cullen, Claude McKay, Duke Ellington, Zora Neale Hurston

Hohe Tafel ~ im Speisesaal englischer (z. T. auch amerikanischer) Universitäts-Colleges (meist erhöhter) Tisch für den Lehrkörper, Ehrengäste etc. am Kopfende des Saales, verlangt formelle Kleidung, soll die Hierarchie verdeutlichen und die Tradition der Einrichtung bewahren und fortführen

Kabaka-Polizist ~ indigene Polizeitruppe des Kabaka von Buganda

Kanzu ~ weißer oder cremefarbener Kaftan arabischen Ursprungs, mit darüber getragenem Blazer die Nationalkleidung der *Baganda*

Karambaa ~ Verballhornung von „coulour bar" – Hautfarbenschranke

KBE ~ Knight Commander of the Order of the British Empire

KCVO ~ Knight Commander of the Royal Victorian Order

Kenya African Union (KAU)~ 1942 als Kenya African Study Union gegründet, ab 1947 KAU, nach 1960 Kenya African National Union (KANU), politische Partei im Unabhängigkeitskampf, unter Kenyattas Führung Abrücken von der *LFA*

KG ~ Knight of the Most Noble Order of the Garter (Hosenbandorden)

Kirore ~ Gikuyu: Dokument

Kraal ~ (Afrikaans) ursprünglich kreisförmige Siedlung von streng hierarchischer Ordnung, von Dornenpalisaden zum Schutz vor äußeren Feinden umgeben

Land and Freedom Army (LFA) ~ Unabhängigkeitsbewegung in Kenia gegen Landraub, Rassismus und Diskriminierung, die v.a. vom Volk der Gĩkũyũ getragen wurde; nach zuerst friedlichem Protest zwischen 1952 und 1956 offener Guerillaaufstand, der brutal niedergeschlagen wurde; die von den Briten als „Mau-Mau" bezeichnete Bewegung führte dennoch 1963 zur Unabhängigkeit Kenias

Lingala-Musik ~ Lingala ist Nationalsprache im Kongo, Zweit- und Verkehrssprache in Angola; Ngũgĩ bezieht sich hier auf die Kongo-Rumba der 1950er und 1960er Jahre, aus der später der Soukous entstand, als der diese Musik auch in Europa bekannt wurde

Manyanga ~ im Kongo-Becken siedelnde Ethnie

Matoke ~ grüne Kochbananen, auch die Bezeichnung für das Gericht (gedämpft, zu Brei gestampft), eines der Hauptgerichte in Uganda

M.B. ~ Medical Bachelor, akademischer Grad

Mbari-Club ~ Mbari (Igbo): Schöpfung; von Ulli Beier 1961 in Ibadan gegründet, fungierte als Kunstgalerie, Workshop, Theater und förderte über „*Black Orpheus*" junge Schriftsteller

Muratina ~ traditionelles alkoholisches Getränk Kenias aus den Früchten des Leberwurstbaumes (Kigelia africana), die mit Zuckerrohrsaft oder Honig vermischt und einige Tage zum Fermentieren stehen gelassen werden

Mwalimu ~ KiSwahili: Lehrer, Ehrenbezeichnung Nyereres

Mzungu ~ bantusprachig, KiSwahili, ursprünglich: „der, der ziellos herumwandert", datiert aus dem 18. Jahrhundert, als die ersten europäischen Forscher in der Region der Großen Seen gesichtet wurden, heute: in Ostafrika übliche Bezeichnung für alle Weißen

Oxbridge ~ Zusammensetzung aus Oxford und Cambridge; bezeichnet die durch beide Universitäten begründete Tradition englischer Universitätsbildung

Pan Africanist Congress (PAC) ~ südafrikanische Befreiungsbewegung, entstand 1959 durch Abspaltung vom ANC, dessen Politik viele Mitglieder, die radikaleren Positionen anhingen, nicht mehr mittrugen, in den 1970er Jahren populärer als der ANC, nach Robert Sobukwes Tod v. a. wegen Führungsstreits eher bedeutungslos

Peace Corps ~ von John F. Kennedy 1961 gegründete unabhängige Behörde der USA, die im Kalten Krieg die Einflussnahme vornehmlich der UdSSR auf andere Länder durch freiwillige Einsatzkräfte in Hilfsprojekten kontern sollte

Platons Höhlengleichnis ~ aus dem 7. Buch der Politeia, von Sokrates erzählt, beschreibt den Sinn eines (philosophischen) Bildungswegs als Befreiung: aus einer unterirdischen Höhle ans Licht des Seins

Présence Africaine ~ seit 1947 in Frankreich herausgegebene Zeitschrift zu kulturellen, politischen und literarischen Themen, 1949 um Verlag erweitert, beeinflusste den antikolonialen Befreiungskampf und begleitete die literarisch-philosophische Strömung der Négritude; vor allem in den französischen Kolonien präsent

Queen's Scout ~ höchste Jugendauszeichnung der Pfadfinderbewegung im Commonwealth, für die Prüfungen abgelegt werden müssen

Shebeen ~ illegale Kneipe ohne Lizenz zum Alkoholausschank

Studentenluftbrücke ~ Initiative *Tom Mboyas*, afrikanischen Studenten den Zugang zu amerikanischer Bildung zu ermöglichen. Kennedy, damals noch Senator, unterstützte die Kampagne während seines Wahlkampfes um das Präsidentenamt. Einer der Studenten, die so nach Amerika gelangten, war Barack Obamas Vater

Teachers for East Africa (TEA) ~ von 1961 bis 1971 Programm zur Förderung der Sekundarschulbildung in Kenia, Uganda, Tanganyika, Zusatzprogramm Teacher Education in East Africa (TEEA)

Uhuru ~ KiSwahili: Freiheit

Waragi ~ dem Gin ähnliches Getränk, meist aus Hirse hergestellt, der Name ist eine Verballhornung von „War Gin“, wie der im 2. Weltkrieg der im Lande hergestellte Gin bezeichnet wurde

Warrant Officer ~ in den Streitkräften anglophoner Länder eine Ranggruppe zwischen Unteroffizieren und Offizieren

Personenverzeichnis

Abrahams, Peter ~ (*1919) südafrikanischer Schriftsteller; verließ Südafrika 1939, Exil in Großbritannien und Jamaika

Achebe, Chinua ~ (1930–2013), nigerianischer Romancier, Lyriker und Essayist; gilt mit seinem ersten Roman „Things Fall Apart“, 1958 („Okonkwo oder Das Alte stürzt“) als einer der „Väter“ der modernen afrikanischen Literaturen, entwickelte einen eigenen Erzählstil, der auf der Tradition der mündlichen Dichtung beruht und z. B. über die Einbeziehung von Sprichwörtern eine Afrikanisierung der englischen Sprache erreichte, 2002 Friedenspreis des deutschen Buchhandels, 2007 Man Booker International Prize

Astles, Robert „Bob“ ~ (1924–2012), britischer Kolonialbeamter in Uganda; arbeitete nach der Unabhängigkeit in der Regierung *Obotes* und nach dem Staatsstreich für *Idi Amin Dada*, Spitznamen aus der Amin-Zeit: „Major Bob“ und „die weiße Ratte“; flüchtete nach Amins Sturz nach Kenia, später Prozess in Uganda, trotz Freispruchs blieb er sechseinhalb Jahre im Gefängnis

Awoonor(-Williams), Kofi ~ (1935–2013), ghanaischer Schriftsteller und Literaturwissenschaftler; Studium in Ghana, Großbritannien und den USA, Hochschullehrer in Ghana, Botschafter Ghanas in Kuba und bei der UNO, in Nairobi bei einem Überfall der somalischen al-Shabaab erschossen

Bagchi, Ganesh ~ (*1926) in Indien geboren, 1951 und nach dem Studium in London Lehrer in Kampala; Dramatiker

Beier, Ulli ~ (1922–2011), Sprachwissenschaftler und Herausgeber, einer der Pioniere der Vermittlung moderner Literatur des afrikanischen Kontinents in Deutschland und Europa; 1957 Gründung der Zeitschrift *Black Orpheus*, die vor allem nigerianische Autoren bekannt machte; 1968 Australien und Papua-Neuguinea, 1974 Rückkehr nach Nigeria, Professur in Ile-Ife 1981; Rückkehr nach Deutschland, Gründung des Iwalewa-Hauses in Bayreuth

Blundell, Sir Michael ~ (1907–1993), kenianischer Bauer britischer Abstammung; 1948 Parlamentsmitglied, Gründung der United Country Party, Landwirtschaftsminister bis 1962, 1959 Gründung der New Kenya Group/Party (erste multirassische Partei Kenias); politischer Rückzug nach der 2. Lancaster House Conference (Verhandlungen über Kenias Unabhängigkeit)

Brutus, Dennis ~ (1924–2009), südafrikanischer Lyriker und Politiker, Lehrer; wegen seiner politischen Aktivitäten 18 Monate Haft auf Robben Island, 1966 Exil in Großbritannien, später in den USA

Busia, Kofi Abrefa ~ (1913–1978), ghanaischer Wissenschaftler und Politiker; Studium in England, 1942–1949 District Commissioner in Ghana, 1949 Professur an der University of Cape Coast; 1959–1966 Exil in den Niederlanden und Großbritannien, 1969 Premierminister, 1972 nach Militärputsch Exil in Großbritannien

Césaire, Aimé ~ (1913–2008), Studium in Frankreich, politische Karriere auf Martinique; Gründung der Parti progressiste martiniquais, 1945–2001 Bürgermeister von Fort-de-France (Martinique); am einflussreichsten war sein Langgedicht „Cahier d'un retour au pays natal", 1939 (Rückkehr ins Land der Geburt), in dem erstmals der Begriff Négritude Verwendung fand

Clark, John Pepper ~ (*1935), nigerianischer Lyriker und Dramatiker; Studium in Ibadan und Princeton, 1966 Professur an der Universität Lagos, leitet seit 1980 das PEC Repertory Theatre in Lagos

Cohen, Andrew Benjamin ~ (1909–1968), Gouverneur Ugandas (1953–1957), zwang den König Bugandas wegen „separatistischer Tendenzen" ins Exil, um aus den Kolonien Kenia, Tansania und Uganda eine Ostafrikanische Föderation zu schmieden

Cook, David ~ (1929–2003), britischer Hochschullehrer, Literaturkritiker und Herausgeber, Professor am Makerere und in Nigeria

Corfield, Frank Derek ~ (1902–1968), trat nach dem Studium in den Colonial Service Großbritanniens ein; 1937 Gouverneur der Provinz Khartoum im Sudan, 1937–1939 Palästina, 1940–1941 Befehlshaber im Krieg gegen die Italiener in Äthiopien; Sekretär des War Council, 1960 Corfield Report, der nur auf Regierungsdokumenten und loyalen Quellen beruhende Bericht wurde im unabhängigen Kenia gebannt

Curtis, Michael ~ (1920–2004), liberaler britischer Journalist; 1959 Gründung der Nation Media Group Aga Khans, schied 1977 aus und übernahm das Sozialhilfswerk Aga Khans in Aiglemont (F)

Dada, Idi Amin ~ (1928–2003), von 1971 bis 1979 Diktator Ugandas, dessen Gewaltherrschaft wahrscheinlich 400.000 Menschen zum Opfer fielen; zunächst von *Obote* gefördert, putschte er 1971 gegen ihn, als dieser in Singapur an einer Commonwealth-Tagung teilnahm, führte wiederholt Krieg gegen Tansania, 1979 Niederlage und Einnahme Kampalas durch die tansanische Armee und Exilugander, Exil Amins in Saudiarabien

Damas, Léon-Gontran ~ (1912–1978), Lyriker und Essayist aus Französisch-Guayana, lebte ab 1929 in Frankreich, dort Begegnung mit *Senghor* in der Studentenbewegung, beklagte in seiner Lyrik vor allem die Ausbeutung durch das koloniale Europa und das dadurch entstandene soziale Elend in der Karibik, ab 1970 Hochschullehrer in den USA

Diệm, Ngô Đình ~ (1901–1963), erster Präsident der Republik Vietnam (1955–1963); zunächst Beamter in der französischen Kolonialverwaltung, 1933 Innenminister, überwarf sich mit den Franzosen, später Exil in den USA, die ihn als Präsidenten einsetzten, um freie Wahlen zu verhindern, weil die Kommunisten unter Ho Chi Minh diese Wahlen vermutlich gewonnen hätten, autoritärer Regierungsstil, der auch die USA von ihm abrücken ließ, 1963 Militärputsch und Ermordung unter aktiver Mithilfe amerikanischer Geheimdienste

Dinwiddy, Hugh ~ (1912–2000), in den 1930er Jahren herausragender Cricketspieler Englands; Studium in Cambridge, 1956 bis 1970 Dozent für Literatur und Kreatives Schreiben am Makerere College, danach Lehrtätigkeit u. a. an der Londoner School of Oriental and African Studies; 1971 Officer des OBE (Order of the British Empire) in Anerkennung der Arbeit am Makerere

Diop, Alioune ~ (1910–1980), senegalesischer Schriftsteller und Verleger, Studium in Algerien und Frankreich, Anhänger der Négritude; organisierte 1956 den 1. Kongress schwarzafrikanischer Schriftsteller und Künstler in Paris und 1966 gemeinsam mit *Senghor* das 1. Weltfestival der „Negro Arts“ in Dakar

Drayton, Arthur ~ (*1933), Literaturwissenschaftler mit Schwerpunkt afrikanische und karibische Literatur; Professur an der University of Kansas, unterrichtete auch in Nigeria, Kenia, Großbritannien

Du Bois, William Edward Burghardt ~ (1968–1963), afroamerikanischer Philosoph und Bürgerrechtler; 1895 der erste Afroamerikaner, der in Harvard promovierte

Ekwensi, Cyprian ~ (1921–2007), nigerianischer Erzähler; eröffnete 1947 mit der Erzählung „When Love Whispers" die Tradition der sogenannten Onitsha Market Literature, der modernen nigerianischen Populärliteratur, schrieb mit „Jagua Nana" den ersten Großstadtroman Westafrikas, adaptierte u. a. Western-Muster in die afrikanischen Literaturen

Fanon, Frantz ~ (1925–1961), Psychiater und Philosoph aus Martinique, wichtiger Denker der Entkolonialisierung; Arbeit als Psychiater in Algerien, Botschafter in Ghana

Frothingham, Nat ~ (*1938), amerikanischer Lehrer, Wissenschaftler und Publizist; nahm 1961 am Teachers for East Africa Program der Columbia University teil, Ausbildung in Kampala, unterrichtete danach an einem Gymnasium nahe Nairobi

Henderson, Ian Stuart McWalter ~ (1927–2013), britischer Polizeioffizier, „berühmt" für die Gefangennahme des *LFA*-Generals Dedan Kimathi; nach Kenias Unabhängigkeit Versetzung nach Bahrain ins General Directorate for State Security Investigations, Pensionierung 1998; Spitzname „the Butcher of Bahrain" wegen der Menschenrechtsverletzungen unter seinem Kommando; mit hohen Auszeichnungen in Bahrain geehrt

Hinde, William Robert Norris „Looney" ~ (1900–1981), Generalmajor; zwischen 1953 und 1956 Director of Operations in Kenia, Oberbefehlshaber der Offensive gegen die „Mau Mau"

Hughes, Langston ~ (1902–1967), afroamerikanischer Schriftsteller der *Harlem Renaissance*; sein Gedicht „I, too, Sing America" wurde eine Hymne der afroamerikanischen Bürgerrechtsbewegung

Huxley, Elspeth ~ (1907–1997), CBE, britische Journalistin und Schriftstellerin; wuchs in Kenia auf, Studium in Großbritannien und den USA, schriftstellerische Tätigkeit ab Anfang der 1930er Jahre, viele

Reisen, veröffentlichte insgesamt 42 Bücher zwischen 1935 und 1993

Hyslop, Graham ~ (1910–1978), kam 1936 nach Kenia und arbeitete als Music and Drama Officer der Kolonie, Chorleiter der All Saints Cathedral in Nairobi, 1963 Teil des Advisory Committee, das die Nationalhymne Kenias „erdachte"

Irele, Francis Abiola Irele ~ (*1936), Studium in Ibadan und an der Sorbonne in Paris, akademische Lehrtätigkeit in Ghana, Nigeria und den USA, gilt als einer der ersten und führenden Literaturwissenschaftler des afrikanischen Kontinents

Jahn, Janheinz ~ (1918–1973), Studium der Theaterwissenschaften und Arabistik; 1951 Begegnung mit *Senghor*, später Übersetzung seiner Gedichte; die „Janheinz-Jahn-Bibliothek für afrikanische Literaturen" der Universität Mainz entstand aus der Sammlung Jahns

Kariara, Jonathan ~ (1935–1993), kenianischer Dichter, Erzähler, Hochschullehrer und Verleger

Kibaki, Mwai Emilio ~ (*1931), 3. Staatspräsident Kenias (2002–2013); Studium in Uganda und Großbritannien, seit 1960 Mitglied der KANU, Finanzminister unter Kenyatta, Vizepräsident unter arap Moi, gründete 1991 die Democratic Party, später Mitbegründer der National Rainbow Coalition der kenianischen Opposition

Kiguli, Susan ~ (*1969), ugandische Dichterin und Literaturwissenschaftlerin, Mitbegründerin von FEMRITE, der Vereinigung ugandischer Schriftstellerinnen

Kimenye, Barbara ~ (1929–2012), Uganderin mit britischen Wurzeln, mit über 50 Büchern die erfolgreichste Kinderbuchautorin Ostafrikas, Privatsekretärin des Kabaka von Buganda; später journalistische Arbeit, Exil in Kenia (während der Amin-Diktatur), danach London, 1986 Rückkehr nach Uganda, lebte später wieder in England; besondere Beachtung fanden die Bücher ihrer Moses-Reihe (1968–1996), die auch ins KiSwahili übersetzt wurden

Kiplagat, Bethuel ~ (*1936), studierte Physik und Soziologie an der Sorbonne in Paris; wechselte in den diplomatischen Dienst, Botschafter Kenias in Frankreich und Großbritannien, danach für das kenianische Außenministeriums in der internationalen Konfliktlösung tätig, u. a. in Uganda, Mosambik, Äthiopien, Sudan

Kironde, Erisa ~ (1935–2008), in Kampala geboren, Studium am Makerere College; nach der Unabhängigkeit Eintritt in die Regierung *Obote*, verantwortlicher Minister für die Stromversorgung, nach Machtübernahme durch *Idi Amin Dada* Flucht in die USA, später Vorsitzender des Roten Kreuzes in Uganda

Kitto, Humphrey Davy Findley ~ (1897–1982), britischer Altphilologe; Professor in Bristol, übersetzte die Dramen „Antigone", „Elektra" und „Oedipus Rex" von Sophokles

Kiyingi, Wycliffe ~ (1929–2014), ugandischer Dramatiker, studierte in Großbritannien; Begründer der Tradition des Reise-Theaters in Uganda, schrieb in Luganda

Kodhek, Argwings ~ (1923–1969), kenianischer Anwalt und Politiker, Hauptverteidiger in den „Mau Mau"-Prozessen; 1968 Außenminister unter Kenyatta

Kyeyune, Eli ~ (*1936), bildender Künstler aus Uganda; wird auch als der „Matisse Afrikas" bezeichnet

La Guma, Alex ~ (1925–1985), südafrikanischer Schriftsteller, Buchhalter, Gewerkschafter; 1948 Beitritt zur kommunistischen Partei, 1953 Gründung der South African Coloured People's Organisation, dem ANC nahestehend; 1955 Beginn der journalistischen Tätigkeit, mehrfach gebannt und unter Hausarrest; 1966 Exil in London, später in Kuba als Repräsentant des ANC

Lamming, George ~ (*1927), Schriftsteller und Hochschullehrer aus Barbados; Arbeit als Lehrer und für die BBC

Lindfors, Bernth ~ (*1938), schwedisch-amerikanischer Wissenschaftler; Professor für Englische und Afrikanische Literaturen an der University of Texas in Austin, USA, einer der wichtigsten Vertreter der postkolonialen Literaturwissenschaft, begründete die weltweit größte Sammlung afrikanischer Literatur

Lumumba, Patrice Emerick ~ (1925–1961), eigentlich Tasumu Tawosa; wegen Widersetzigkeit der Schule verwiesen, arbeitete bei der Post, Gefängnis wegen Veruntreuung; 1958 Gründungsmitglied der Mouvement National Congolais, 1959 verhaftet und gefoltert;

1. Ministerpräsident nach der Unabhängigkeit des Kongo, bemühte sich um die Einheit des Landes nach dem Vorbild Ghanas, wollte die reichen Ressourcen (Uran, Kupfer, Gold, Zinn, Kobalt, Diamanten, Mangan, Zink etc.) verstaatlichen; v. a. die ehemalige Kolonialmacht Belgien, Großbritannien und die USA begannen, die Republik zu unterminieren; September 1960 mit den USA abgesprochener Putsch Mobutus, Ermordung vermutlich auf Befehl des amerikanischen Präsidenten Eisenhower

Luthuli, Albert John Mvumbi ~ (1898–1967), Zulu-Chief, Lehrer, Gewerkschaftssekretär, Gründer der South African Football Association; Mitglied des ANC ab 1945, ab 1952 dessen Vorsitzender; vertrat stets eine Politik der Gewaltlosigkeit des Widerstands; 1957 scheitert der erste Hochverratsprozess gegen Luthuli, ab 1959 Hausarrest, 1961 Friedensnobelpreis

Lwanga, Charles (Karl) ~ (1865–1886), Anführer der zum christlichen Glauben konvertierten Pagen am Hofe des Kabaka Mwanga II. von Buganda; da sie nicht abschwören wollten, ließ der Kabaka Lwanga und 15 weitere Pagen verbrennen, Lwanga wird sowohl in der katholischen als auch in der anglikanischen Kirche als Märtyrer und Heiliger verehrt

Macgoye, Marjorie Phyllis Oludhe ~ (1928–2015), britischstämmige kenianische Schriftstellerin; arbeitete zunächst lange Jahre als Buchhändlerin, bevor sie mit dem Schreiben begann

MacMillan, Harold ~ (1894–1986), 1. Earl of Stockton, britischer Politiker, Premierminister (1957–1963); davor unter Churchill und Eden bereits Verteidigungs- und Außenminister, nach der Politik Verleger (MacMillan) und Autor von politischen Sachbüchern

Maimane, Arthur ~ (1932–2005), südafrikanischer Journalist, Dramatiker und Schriftsteller; Tätigkeit für „Drum“, ab 1958 in Ghana, leitete die dortige „Drum“, erste Rundfunkarbeiten; 1990 Rückkehr nach Südafrika, Redakteur bei „Weekly Mail“ und später Geschäftsführer der Tageszeitung „The Star“

Mann, Herbie ~ (1930–2003), eigentlich Herbert Jay Solomon; spielte Tenorsaxofon, bevor er sich auf die Flöte festlegte; Jazz- und Fusionmusiker; einer der ersten Vertreter der „Weltmusik“

Mazrui, Ali Al'amin ~ (1933–2014), kenianischer Wissenschaftler, Studium in Großbritannien und den USA; beeinflusst von Nkrumah und der Idee des Pan-Afrikanismus, die er zum Gedankengebäude des Dreifachen Erbes Afrikas (Dokumentarserie „The Africans: The Triple Heritage", das koloniale und imperialistische Erbe des Westens, den spirituellen und kulturellen Einfluss des Islam aus dem Osten, das indigene Erbe Afrikas) ausbaute, lehrte u.a. am Makerere und der University of Michigan

Mboya, Thomas Joseph Odhiambo ~ (1930–1969), kenianischer Gewerkschafter und Politiker, Generalsekretär der Kenya Labour Workers Union; vertrat pan-afrikanische Ideen, die ihn nach der Unabhängigkeit zunehmend in Konflikt mit Jomo Kenyatta brachten, und propagierte einen „afrikanischen Sozialismus", 1969 bei einem ungeklärten Attentat erschossen

Mkapa, Benjamin William ~ (*1938), Studium am Makerere und an der Columbia University; zwischen 1977 und 1990 lange Außenminister, von 1995 bis 2005 Präsident Tansanias; trat gegen Korruption an, wurde später aber selbst der Korruption verdächtigt

Mobutu, Joseph-Désiré ~ (1930–1997), 1949 Eintritt in die belgisch-kongolesische Armee (Sergeant Major), ab 1956 Journalist, nach der Unabhängigkeit Oberst und Stabschef der Armee; beteiligt am Sturz *Lumumbas* und dessen Ermordung, 1965 Staatsstreich, danach Präsident, baute seine Macht aufs Militär und mit der Unterstützung durch die USA auf; 1971 Umbenennung des Landes in Zaïre, Afrikanisierung christlicher Vornamen im Rahmen der Authenticité-Bewegung; 1972 Namensänderung in Mobutu Sese Seko (Kuku Ngbendu wa za Banga: Der Hahn, der von Eroberung zu Eroberung schreitet, ohne Angst zu haben), „Nationalisierung" belgischer Unternehmen (sie gingen in Mobutus Privatbesitz über), Sturz Mobutus 1997

Modisane, Bloke ~ (1923–1986), südafrikanischer Journalist und Schauspieler; schrieb für die südafrikanische Zeitschrift „Drum"; 1959 Emigration nach Großbritannien

Moore, Gerald ~ (*1924), britischer Hochschullehrer mit Schwerpunkt zeitgenössische afrikanische Literaturen in Englisch und Französisch; unterrichtete u.a. an Universitäten in Hongkong, Kampala,

Ife, Port Harcourt, Jos, Madison; mit Ulli Beier Herausgeber der einflussreichen Anthologie „Penguin Book of Modern African Poetry" (1963/1999), übersetzte auch afrikanische Autoren, z.B. Mongo Beti, Tchicaya U Tam'si, Henri Lopes

Mphahlele, Ezekiel ~ (1919–2008), südafrikanischer Dichter, Romancier und Literaturwissenschaftler; Ausbildung als Lehrer, danach Studium der Englischen Sprache und Literatur, erste Kurzgeschichten, verlor wegen Apartheid-Kritik seine Lehrberechtigung; 1955 Beitritt zum ANC, 1957 Exil in Nigeria; 1977 Rückkehr nach Südafrika, Professur an der University of the Witwatersrand in Johannesburg; 2002 Gründung des Es'kia Institute für die Sammlung und den Fortbestand afrikanischer Kultur

Mũgo, Mĩcere ~ (*1942), kenianische Dramatikerin, Lyrikerin, Literaturkritikerin und Hochschullehrerin; seit 1982 im Exil, zunächst in Simbabwe, später in den USA, schrieb mit Ngũgĩ wa Thiong'o das Stück „The Trial of Dedan Kimathi" 1976

Musazi, Kangaye Ignatius ~ (1905–1990), ugandischer Politiker und Gewerkschafter, 1947 Mitbegründer der Uganda African Farmer Union und bis zu deren Verbot 1949 Vorsitzender, 1952 Mitbegründer des Uganda National Congress

Mũtiga, Joseph ~ (*1940), kenianischer Dichter; seine Gedichte erschienen vornehmlich in Zeitschriften und Anthologien

Nagenda, John ~ (*1938), Rwanda, spielte für Uganda Cricket; auch als Schriftsteller tätig, schreibt heute eine wöchentliche Kolumne in „Onemansweek", Medienberater der Regierung Ugandas

Nazareth, Peter ~ (*1940), Studium in London und Leeds, Literaturwissenschaftler, Essayist, Romancier und Herausgeber; Beamter im Finanzministerium *Idi Amins*, später Emigration, Professur an der University of Iowa

Neogy, Rajat ~ (1938–1995), Ugander indisch-bengalischer Abstammung, Studium in London; 1961 Gründung des „Transition Magazine", das zum einflussreichen intellektuellen Fachblatt Ostafrikas wurde, 1970 Exil in Ghana

Ng'weno, Hilary ~ (*1938), kenianischer Journalist; studierte Nuklearphysik in Harvard, arbeitete als Reporter, gründete 1975 die erste eigene Zeitung „The Weekly Review“, aus der ein Medienunternehmen entstand

Njau, Rebecca (auch: Rebeka) ~ (*1932), kenianische Schriftstellerin, Studium am Makerere College; „The Scar“ ist 1963 das erste Theaterstück einer kenianischen Frau

Nkosi, Lewis ~ (1936–2010), südafrikanischer Schriftsteller, Journalist, arbeitete für „Drum“; ab 1960 Exil, Studium in Harvard, Hochschullehrer in Sambia, Polen, Großbritannien, USA

Nsibambi, Apolo ~ (*1938), ugandischer Politiker, von 1999 bis 2011 Premierminister, unterrichtete zuvor an der Makerere-Universität

Ntiro, Sam Joseph ~ (1923–1993), Kunststudium am Makerere und in London, Lehrtätigkeit am Makerere und der University of Daressalaam, Botschafter Tanganyikas in Irland, Kulturminister in Tansania, zahlreiche Ausstellungen weltweit

Nwoga, Donatus ~ (1933–1991), nigerianischer Literaturwissenschaftler, Studium in London, Dozent an der University of Nigeria

Nyerere, Julius Kambarage ~ (1922–1999), Lehramtsstudium in Edinburgh; 1954 Gründung der Tanganyika African National Union, 1960 Ministerpräsident, nach der Unabhängigkeit 1962 Staatspräsident, 1964 Zusammenschluss Tanganyikas mit Sansibar zu Tansania, 1967 Arusha-Deklaration (Verstaatlichung von Banken und Unternehmen, Gründung von Ujamaa-Gemeinschaftsdörfern, Reform des Schulwesens, Unterstützung des ANC im Kampf gegen die Apartheid), 1985 Rücktritt als Staatspräsident

Obote, Apollo Milton ~ (1924–2005), Studium am Makerere College; Ministerpräsident Ugandas (1961–1966), mehrmals Präsident zwischen 1966 und 1985; 1979 Gründung der Uganda National Liberation Front zum Kampf gegen *Idi Amin Dada*; nach dem Militärputsch 1985 Exil in Sambia

Odinga, Jaramogi Ajuma Oginga ~ (1911–1994), kenianischer Politiker, Vizepräsident der ersten Kenyatta-Regierung, später Oppositionsführer; 1966 Gründung der Kenya People’s Union, 1990 Gründung des Forum for the Restauration of Democracy (FORD), seine Söhne Raila und Oburu sind ebenfalls Politiker

Ogot, Bethuel ~ (*1929), kenianischer Historiker, Studium in Uganda und Großbritannien; Referent *Oginga Odingas* während der Lancaster House-Verhandlungen, später Professur an der Universität Nairobi und Kanzler der Moi-Universität

Ogot, Grace ~ (1930–2015), kenianische Schriftstellerin, gelernte Krankenschwester und Hebamme, später Journalistin, Botschafterin Kenias bei UNO und UNESCO, erste literarische Arbeiten in „Transition" und „*Black Orpheus*", schrieb in Englisch und Luo

Okigbo, Christopher ~ (1932–1967), nigerianischer Lyriker, studierte klassische Philologie in Ibadan, Lehrer, Geschäftsführer der Cambridge University Press für Westafrika; griff in seinen Gedichten immer wieder die politische Situation seines Heimatlandes auf und verband griechische Mythologie mit den Traditionen seines Volkes, der Igbo, fiel im Biafra-Krieg auf Seiten Biafras

Redding, James Thomas Saunders ~ (1906–1988), afroamerikanischer Schriftsteller und Literaturprofessor

Renison, Patrick Muir ~ (1911–1965) Gouverneur in Britisch-Honduras (1952–1955), Britisch-Guyana (1955–1958), Kenia (1959–1962)

Rubadiri, David ~ (*1930), in Malawi geboren, Diplomat, Dichter und Romancier; 1964 Botschafter Malawis in den USA und bei der UNO, 1965 Bruch mit Malawis Präsident Hastings Banda, Exil u. a. in Uganda, Kenia und Nigeria, 1997 erneut UN-Botschafter

Samoei, Koitalel arap ~ (1869–1905), oberster Chief der Nandi, Anführer des frühen antikolonialen Widerstands, am 19. Oktober 1905 von den Briten in einen Hinterhalt gelockt und ermordet

Senghor, Léopold Sédar ~ (1906–2001), senegalesischer Dichter, Philosoph und Politiker, 1960 bis 1980 erster Staatspräsident des Senegal; Studium in Paris, Gymnasiallehrer in Frankreich, Mitbegründer und wichtiger Denker der Négritude, die ein besonderes Wesen des Afrikaners propagierte und auf Aussöhnung v. a. mit Frankreich ausgerichtet war, die Eckpunkte seines Denkens sind in den drei Bänden der „Liberté" (1964, 1971, 1988) niedergelegt; 1983 Mitglied der Académie française

Sobukwe, Robert ~ (1924–1978), Lehrer, ab 1952 Dozent am Fort Hare College; 1959 Mitbegründer des Pan Africanist Congress durch

Abspaltung vom ANC und dessen erster Präsident, 1960 dreijährige Haftstrafe auf Robben Island, die vom südafrikanischen Justizminister jeweils um ein Jahr bis 1969 verlängert wurde, danach Bann und Hausarrest bis zum Tod

Soyinka, Wole ~ (*1934), nigerianischer Schriftsteller, 1986 Literaturnobelpreis als erster Afrikaner überhaupt, Studium in Ibadan und Leeds, anschließend Lehrtätigkeit in Nigeria; intervenierte literarisch wie außerliterarisch immer wieder zu politischen Problemen Nigerias, was ihn in große persönliche Gefahr brachte (Biafra-Krieg, Abacha-Diktatur)

Tejani, Bahadur ~ (*1942), indischer Abstammung, kenianischer Dichter, Romancier und Kritiker

Themba, Can ~ (1924–1968), südafrikanischer Journalist und Schriftsteller; begann nach dem Lehrerstudium Kurzgeschichten zu schreiben und schrieb zwischen 1953 und 1959 regelmäßig für die Zeitschrift „Drum", später Arbeit als Lehrer in Swasiland

Thuku, Harry ~ (1895–1970), kenianischer Politiker; gründete 1922 die East African Organisation, die erste ethnisch übergreifende politische Organisation in Kenia, 1944 Gründer der Kenya African Study Union, stand der *LFA* ablehnend gegenüber

Tschombé, Moïse Kapenda ~ (1919–1969), kongolesischer Politiker; 1959 Gründungsmitglied der Conféderation des Associations du Katanga (CONAKAT), einer Interessenvertretung des Lunda-Volkes, strebte für den unabhängigen Kongo eine föderalistische Ordnung an, was im Interesse der belgischen Kolonialverwaltung und ihrer im Land tätigen Unternehmen lag, befürwortete „gute Beziehungen" zu Belgien, 1960 Abtrennung der reichen Provinz Katanga mit Unterstützung westlicher Geheimdienste und belgischer Kolonialbeamter, verteidigte die „Unabhängigkeit Katangas" bis 1963 mit Hilfe von Söldnern, danach Exil in Spanien

Verwoerd, Hendrick Frensch ~ (1901–1966), Studium in Stellenbosch, Leipzig, Hamburg und Berlin, danach Professur für Psychologie, ab 1937 Journalist; gilt als einer der ideologischen Begründer der Apartheid, ab 1950 Minister für Eingeborenenfragen, ab 1958 Premierminister, weitere Verschärfung der Rassengesetze, 1966 im südafrikanischen Parlament ermordet

Wali, Obi ~ (gest. 1993), nigerianischer Politiker; setzte sich insbesondere für die Rechte von Minoritäten ein, sein Essay „The Dead End of African Literature" (1963) war Ausgangspunkt einer bis heute anhaltenden kontroversen Debatte über die Sprachproblematik sowie Inhalt und Ziel afrikanischer Literaturen

Waiyaki wa Hinga ~ (gest. 1891), Chief der Gĩkũyũ im Gebiet von Dagoretti, einer der ersten Anführer des antikolonialen Widerstands in Kenia

Waiyaki, Munyua ~ (*1926), kenianischer Politiker, Arzt, Landwirtschafts- und Außenminister, Studium in Südafrika und Schottland

Wamala, Elly ~ (1935–2004), ugandischer Musiker; erste kommerzielle Veröffentlichungen in den 1950er Jahren, später eigene Radiosendung, 1966 Studium der Fernsehproduktion in Schottland, danach Theaterwissenschaft an der Makerere University, ab den 1980er Jahren wieder mit eigener Band aktiv

Wasawo, David Peter Simon ~ (1923–2014), Zoologe, Studium in Uganda und Großbritannien, akademische Lehrtätigkeit in Kampala, an den Universitäten Nairobi und Kisumu

Wright, Richard ~ (1908–1960), afroamerikanischer Romancier, Begründer des afroamerikanischen sozialen Realismus

Inhalt

Chinua Achebe

Wie man unsere Namen schreibt

Essays

Aus dem Englischen von Uda Strätling

Deutsche Erstausgabe

Band 95020

›Mein Vater und ich‹, ›Meine Töchter‹ – in 17 persönlichen, polemischen und politischen Essays betrachtet Chinua Achebe den Bogen seines Lebens. Kein Autor hat die Signatur, mit der ihn Afrika prägte, so deutlich beschrieben, analysiert und um seine Anerkennung gekämpft wie Achebe. In dem zum ersten Mal auf Deutsch vorliegenden Band erzählt er von seiner Kindheit, seiner Herkunft und seinem Erbe: von dem Kind in Nigeria bis zu dem Verkehrsunfall, der ihn über zwanzig Jahre an den Rollstuhl fesselte.

»Ohne das Werk von Chinua Achebe wäre die
afrikanische Literatur überhaupt nicht vorstellbar.
Seine Leidenschaft, sein scharfer Geist,
seine glasklare Prosa sind unübertrefflich.«

Toni Morrison

fi 95020 / 1